銀之夜

[日]角田光代 著
李筱砚 译

译林出版社

图书在版编目（CIP）数据

银之夜 /（日）角田光代著 ; 李筱砚译. -- 南京 : 译林出版社, 2024. 10. -- ISBN 978-7-5753-0279-1

I. I313.45

中国国家版本馆CIP数据核字第2024H9R535号

著作权合同登记号　图字: 10-2021-225 号

银之夜 ［日］角田光代／著　李筱砚／译

责任编辑　黄文娟
装帧设计　尚燕平
校　　对　戴小娥
责任印制　单　莉

原文出版　光文社，2020年
出版发行　译林出版社
地　　址　南京市湖南路 1 号 A 楼
邮　　箱　yilin@yilin.com
网　　址　www.yilin.com
市场热线　025-86633278
排　　版　南京展望文化发展有限公司
印　　刷　徐州绪权印刷有限公司
开　　本　850 毫米 × 1168 毫米 1/32
印　　张　9.625
插　　页　2
版　　次　2024 年 10 月第 1 版
印　　次　2024 年 10 月第 1 次印刷
书　　号　ISBN 978-7-5753-0279-1
定　　价　69.00 元

第一章

晴天的那种青蓝色不行，夜晚的那种深蓝色也不太好，夜幕时分带点粉嫩色调的橙色如何？井出千鹤点击鼠标，对背景的色度进行微调。突然，她抬起了头，感觉眼球表面有些干涩，她不停地眨眼睛，然后紧闭双眼，用食指反复揉压自己的太阳穴。

千鹤睁开眼。工作桌的前方是一扇巨大的玻璃窗。窗外，天空阴沉，云很低。从十楼的房间向下望去，远方的街景蒙上了一层朦胧的灰色。千鹤发觉房间里有些昏暗，于是伸手够到墙壁上的开关，打开了灯。在橙色灯光的照耀下，房间突然变得局促起来。细小的水滴滴滴答答地落在眼前的玻璃窗上。千鹤直起腰望向正下方,走在街上的行人陆续撑开了伞。红色、黑色以及透明的伞像绽放的花瓣一般依次张开。

千鹤关掉了正在上色的插画稿，打开了邮箱。有三封新邮件，其中两封是以前网购过的食品公司发来的广告邮件，另一封来自冈野麻友美。广告邮件千鹤看也没看就删除了，接着她点开了麻友美的邮件。

好久不见。一切都好吗？嗯，小伊好像前不久回东京了。为了庆祝她回国，我们一起吃个午饭怎么样？你什么时候有空？告诉我你方便的时间就行，剩下的细节决定好后我再联系你。等你回复哟。

屏幕上的文字虽然平平淡淡，但是麻友美那讲话含糊不清的声音好像可以通过扬声器传过来似的。千鹤把手伸向放在工作桌一角的台历。其实无须看台历，因为几乎所有日子的行程都是空白的。

千鹤点击了回复键，对着弹出的空白框出神。如果诚实地写“什么时候都可以，不好决定的话明天也可以”，总觉得有些难为情，好像公开说自己非常闲一样。

千鹤想，我和麻友美谁更闲呢？麻友美要带孩子，可能比我忙，可是就连伊都子去国外生活了三个月这样的事情，她也想办个欢迎会，看来说不定她比我还闲。想到这里，千鹤感到有些奇怪：为什么一想到谁比我更闲，我会觉得安心呢？

千鹤没回邮件，又把刚才删除的广告邮件从已删除文件夹中找了回来。一封是北海道的一家螃蟹专卖店发来的，另一封是京都的一家豆腐专卖店发来的。千鹤点击店面的网页地址,弹出了商店的主页。她仔细观察网页的每一个细节。“买到就是赚到！毛蟹和酱油鲑鱼子现在一起买，只要8 500日元……拉面套餐开始售卖……”

前年冬天，千鹤从这家店网购了螃蟹。一只加盐煮了，另一只和排骨一起做了锅仔。那时，丈夫寿士每天八点就会回家。千鹤孩子似的笑着说:“网购真是方便啊!”荞麦面、豆腐皮、干货，千鹤买个不停，有段时间网购在井出家几乎成了习惯。千鹤还记得，她甚至网购过面包和调味料。网购来的东西有好有坏，但即使东西不如预期，也别有一番趣味。她和寿士两个人互相抱怨着，围坐在饭桌边的那段时光很开心。千鹤看着画面上鲜艳的螃蟹照片，回忆着过往。她近乎无意识地将螃蟹、鲑鱼子和拉面的套餐放入购物车，回过神来后，又急忙关闭了页面。现在，千鹤已经不可能跟寿士说:“网购的螃蟹今天会送到，早点回家吃饭。”就算千鹤这么说了，他可能也不会像以前一样回来。

千鹤抬起了头。窗玻璃上沾满了密密麻麻的雨滴。有几滴雨水聚集壮大后，顺着窗面流了下来。

7号或者8号，再或者15号中午我有空。工作堆起来了，可能没办法耽搁太久。

千鹤输入了回复麻友美的文字，末尾她又加了一句“期待和你们见面”，然后点击了发送键。

“要不要去买点东西呢？”

千鹤自言自语，抬头望了望墙壁上挂着的时钟。四点三十五分。千鹤刚起身就嫌麻烦了。这个点超市里人很多，撑把伞走过去，再提个塑料购物篮子在拥挤的店内徘徊，想想就让人觉得痛苦到难以忍受。

千鹤走出房间，来到客厅。客厅昏暗，千鹤也不开灯，直接躺倒在沙发上。透过客厅的窗户可以望见新宿副都心。淅淅沥沥的雨中，高楼的灯光模糊不清。

寿士出轨了。虽然难以置信，但这就是现实。千鹤知道第三者是谁。那个人和寿士在同一家公司工作，名字叫新藤穗乃香。这名字听起来像是某种大米的品牌。她的生日是1月5日，现年二十五岁。寿士所在的公司主要从事技术类翻译，但她的理想是翻译小说。她希望能够发掘出当代的弗兰纳里·奥康纳[1]，并将其介绍到日本。

为什么千鹤会知道这些？因为她调查过了。寿士的手机短信，书房电脑里收发过的电子邮件，扔到包里的手账，橱

1 弗兰纳里·奥康纳（1925—1964），美国小说家，曾获欧·亨利短篇小说奖和美国国家图书奖，代表作有《智血》《好人难寻》等。——译注（本书注释均为译注，以下不再一一标明。）

柜顶层深处的盒子里放着的信和卡片，寿士本人或许想要隐藏，但实在过于敷衍。千鹤最开始发觉时，甚至感觉有些好笑。她想，丈夫应该是出生以来第一次出轨吧。说到底，寿士并非那种受女人欢迎的男人。胖乎乎的，肉肉的，结婚之后又胖了八公斤，他也不在意自己的服装打扮，千鹤帮他整理好的衣服他看也不看就往身上套。他也不了解什么有格调的餐厅或酒吧，就算偶然知道了一家两家，在餐桌上也说不出幽默风趣的话逗人开心。

千鹤发现自己丈夫自出生以来第一次出轨时，内心好像孩子考试得了满分一样激动。她并没有败下阵来的不甘心，也没有其他类似的情绪，只是单纯感觉有一点小骄傲，但是又叮嘱自己不要得意忘形。

获得默许后，寿士更加肆无忌惮了。如今，工作日过了十二点，寿士才回家，有时，周末他会蠢到以去工作为借口，独自出门。这样的生活已经持续了快半年。

到了这个地步，千鹤开始搞不懂自己的情绪了。她现在依然感觉不到嫉妒，并对自己感觉不到嫉妒这件事感到很困惑。千鹤感觉到的，不如说是一直被丈夫当作傻子看待的不愉快。她隐约发现，这种感觉并非源自爱情，所以她无法逼迫寿士尽快解决问题。

千鹤想，不如索性嫉妒呢。如果她能恨二十五岁的新藤穗乃香就好了。嫉妒对方的年轻，羡慕对方有自己没有的优点，如果能像肥皂剧的主人公那样，说着老套的台词——“到底要我还是要她，说清楚！看着我的眼睛！”——去责备寿士就好了。

千鹤从沙发起身，打开房间的灯和电视机，然后打开冰箱，取出土豆、芹菜、西红柿和一块冷冻的鳕鱼肉，放在水槽里。千鹤低头看着水槽，脑中想好了今天的菜单：鳕鱼和蔬菜都切片，叠垒起来后撒上奶酪烘烤，还剩了些罗勒酱，就拿它来拌意面，配在旁边，这样就不用去超市买东西了。然而，千鹤既没有摊平菜板，也没有拿出菜刀，而是再次打开冰箱，取出了昨天喝到一半的白葡萄酒。千鹤把酒倒进玻璃杯中，喝了起来。

即将与麻友美她们见面，千鹤心不在焉地回想起过去几个人一起吃午饭时的样子。麻友美总是笑得天真烂漫，明明牢骚满腹，脸上却看不出任何不满。伊都子的笑容有些阴冷，如果不问到她，她就不会主动开口说话。千鹤没有把寿士出轨的事告诉她们。三个月前的聚会，以及更早见面时，千鹤都曾想向她们坦白。可话都到嘴边了，最终还是咽了回去。不是因为好面子，像明明很闲却要说自己很忙那样，而是千鹤不知道该如何解释清楚自己的心情。如果千鹤说“不管那个女人什么样，我都无所谓”，或许她们会安慰千鹤，说“不要勉强自己，没事的”吧；如果再糟糕些，她们或许会一脸严肃地说“什么都可以跟我们讲，没事的”，然后亲如家人般地对待千鹤吧。不是这样的。年轻的女人，出轨的丈夫，一直在家等夫君归来的可怜的妻子——在她们充满同情的言语包裹之下，所有的一切就会被总结成这种简单的图表结构。千鹤受不了这样。千鹤想，不对，如果被她们总结成这样，或许我就会感觉到嫉妒了吧。

千鹤从炉灶上方的橱柜中取出了一包吃到一半又密封好的开心果，嘎啦嘎啦地倒了几颗在客厅的餐桌上，坐在椅子上剥起了壳。

十五岁起，千鹤就一直和这两位好朋友有来往。千鹤重新回忆起她们的样子，内心觉得有些不可思议：为什么我们三人会一直在一起呢？每次听麻友美讲述带孩子的烦恼，我和伊都子都无法感同身受，我也不觉得她们能够理解我的婚后生活。至于伊都子，她的目标究竟是什么，她现在又在做什么，我和麻友美都不知道。所以，不知从何时起，我们三人即便聚在一起，也只会说一些无关紧要的话题，再也不像从前那样将心中所思所想和盘托出了。可是，为什么即使这样,我们还一直见面呢？回邮件说了“期待和你们见面”之后，我才真正开始期待，这又是为什么呢？

不知从何时起，千鹤脑中浮现出的两人的面容已经回到了近二十年前少女时的模样。

千鹤打印出麻友美在邮件中附上的地图，一边确认位置，一边走在神保町的街道上。高中毕业后，每次三人说要聚会，都是麻友美安排好一切。

三个月前，三人借伊都子要去国外的由头，办了一次壮行会。当时聚会的地点在国会议事堂附近的一家法餐厅。麻友美总是提前为大家预约饭店，虽然值得感激，但是她每次订的店都似近又远，很不方便前往。千鹤住在东北泽，伊都子的公寓在神乐坂，麻友美则住在目黑，明明可以选在新宿或者惠比寿这种三人都能很方便抵达的地方。一想到这里，千鹤不禁苦笑起来:不管是新宿、吉祥寺，抑或是北千住、横滨，反正自己一天到晚也没什么安排，差别并不大。

昨夜，一连下了好几日的雨终于停了，今天是久违的晴天。很快就要出梅了吧。湛蓝的天空中透着白光，学生和工薪族们正快步来来往往。

千鹤怕迷路，所以提前出了门，没想到一下子就找到了预约的中餐馆。虽然比预约时间早了十分钟，但去别的地方打发时间也不合适，没办法，她还是走进了店内，报上麻友美的名字。服务员领着她上了二楼的包间。千鹤一个人孤单地坐在铺着白布的圆桌前。领她上楼的服务员离开后，千鹤翻看着菜单打发时间。

草部伊都子比约定时间早三分钟到达。她穿了一件白衬衫和一条与之搭配得恰到好处的牛仔裤。她像高中时那样，挥着手走进包间，坐了下来。千鹤觉得，不管什么时候见伊都子，她都没什么变化。她的脸上只涂了一层薄薄的粉底，几乎是素颜，但看起来还跟二十四五岁的小女生一样年轻。明明穿着也很随意，但清爽又干净，浑身透露出一种引人注目的华丽感。千鹤认为，她之所以不会老，是因为没结婚，不必为生活琐事操心。

“三人还坐个圆桌，有点夸张了吧。”伊都子从包里取出烟，笑着说。

“你去哪了来着？”

千鹤这么一问，伊都子有些不好意思地笑着回答：“摩洛哥。”提到摩洛哥，千鹤脑中完全想象不到任何与摩洛哥有关的东西。

“那地方是在哪儿来着？”

“讨厌，小千你这地理白痴的样子一点没变。就在非洲大陆的边上，西班牙对面。”

“你在摩洛哥待了三个月？”

“偶尔也去西班牙或者突尼斯。呐，反正麻友美肯定会迟到，不如我们先点些喝的吧？”伊都子点上烟，翻开菜单。

“小伊你要喝酒吗？”

“当然了。肯定喝的啊。小千你也喝吧。”伊都子耸了耸肩，冲千鹤笑了笑，然后叫来服务员，给千鹤和自己各点了一杯啤酒。阳光透过房间深处的玻璃窗照了进来，好似要将房间斜着切开。啤酒端上来后，千鹤和伊都子一同举杯遮住阳光，碰了碰杯。

“整整三个月，你都在那边做什么？”

“先不说这个，小千你还好吗？最近怎么样？”

“还不就那样，和三个月前没半点变化。”

“插画的工作怎么样了？”

“还行吧。”

只要被问到工作上的事，千鹤总是缄口不言。大约一年半以前，千鹤靠着丈夫的关系，开始了画插画的工作。给杂志的专栏或者投稿栏目配小插画，每个月这类工作的数量掰着手指头都能算清楚。画出的作品几乎不会注明作者是井出千鹤，收入连一个月的餐费都不够。就算千鹤撒手不干了，也没人会觉得有什么大不了的。不对，或许都没人发现千鹤不干了。千鹤觉得,这不过是家庭主妇闲来无事的兴趣爱好罢了，但不知为何，如果别人也这么想的话，她会很不愉快。

于是，千鹤说：“差不多是时候搞个个展了。地方还没定，但我想画点与工作不同的，更大一点的那种。”

“哇!”伊都子将啤酒杯从嘴边拿开，脸往千鹤的方向凑了凑，似乎很佩服的样子频频点头。“定了之后务必立马告诉我啊。我会捧束花去的。从前我就一直很喜欢小千的画。”

伊都子突然认真起来，然后她闭口不言，咕咚咕咚地将剩余的啤酒一饮下肚。

“你这也喝得太快了吧?”千鹤开玩笑地说，可伊都子依旧很认真的样子:“不可以吗?反正这次也是庆祝我回国。我再点一杯啤酒，顺便再点点吃的吧。麻友美应该没有提前预约套餐吧?”

伊都子拿起菜单，把服务员叫了过来。

“服务员说可以单点。吃什么好呢?前菜拼盘和，嗯，芦笋炒牛肉，蛋黄酱虾仁看着也不错。小千你要什么?”伊都子把又厚又重的菜单推到了千鹤面前。

距离约定的时间过去了二十分钟，麻友美终于到了。一阵上楼时踢踢踏踏嘈杂的脚步声之后，包间的门啪的一下打开了。

“哎呀，讨厌，你们都喝上了。”麻友美和她那疯疯癫癫般的大嗓门一起走了进来。她穿了一身简练的淡粉色连衣裙，外面套了一件夏季薄外套。

“眼看要来不及了，我就打车来了。结果，好倒霉啊，路上车太多了……小伊!好久不见!去坦桑尼亚过得怎么样?

啊，我也要一杯啤酒。啊呀呀，晴天是挺好的，就是热得人难受。”麻友美进门之后嘴就没闲着，落座后慌慌张张地脱下外套，从包里取出手帕压住太阳穴。

“什么坦桑尼亚啊？”伊都子笑了。

麻友美的啤酒也上来了，三人再次轻轻地碰了碰杯。

“小伊你不是去坦桑尼亚了吗？不是啊？那是加拉帕戈斯？”

“什么啊！真是受不了你们。麻友美说什么坦桑尼亚，小千又不知道摩洛哥在哪儿。那三个月前的壮行会算什么嘛。”伊都子第二杯啤酒已经喝掉快一半，或许是醉意已经开始有些上头了，她的笑声也比刚才豪迈了一些。

“不管这些了，所以怎么样啊？”

“没什么怎么样不怎么样的。”

伊都子将剩余的前菜都夹到了麻友美的碟子里。服务员端上来了蟹肉和鸡蛋白的汤，伊都子又迅速点了一份绍兴黄酒。

“黄酒？怎么大中午的就开始喝烈酒啊？”

“哎呀，没关系。不说这个了，麻友美你怎么样啊？一切都好吗？小露娜还健康吗？”

“啊，露娜啊，健康健康。对了，我今天两点多就得先走了。小千今天也得早点回去吧？所以我喝不了黄酒。哎呀，我说，这汤真好喝。菜你们都点好了？这家店的锅巴鱼翅可好吃了，蛋黄酱虾仁也是名菜，你们该不会点了其他米饭类的料理了吧？”麻友美才夹了几筷子前菜，便坐不住了，翻开了菜单。

“你稍微冷静一下行不行啊。”千鹤笑了起来。

“就是，一起喝黄酒啦。”

“行了行了，不喝了。一会儿该被当成酗酒的母亲了。”

“什么？一会儿要去接露娜吗？”

“对，去幼儿园接孩子，然后送去培训学校。服务员！不好意思，麻烦点一下菜。”

“什么培训学校？”

“游泳？还是英语？”

“不是的。”麻友美从摊开的菜单中探出个头，像孩子公开小秘密那样笑着说，“露娜啊，我想把她培养成一个艺人。所以从四月开始，我就送她去培训学校了。”

千鹤与伊都子面面相觑。服务员打开门，手里端着放有绍兴黄酒的餐盘走了进来。他毕恭毕敬地将酒瓶、玻璃杯和冰块并排摆放在桌上，三人默默地看着服务员做完这一系列动作。麻友美好像突然想起来一样，将脸靠近菜单，又追加了几个菜。千鹤与伊都子再次面面相觑。伊都子挑了挑眉，于是千鹤问道：“艺人？”两个人都忍不住笑出声来。

“什么呀，笑什么啊？有什么好笑的嘛。”麻友美往桌子方向探了探身子，视线在两个人身上不停地游走。

千鹤想：麻友美总是这样，我和伊都子不管什么时候都不说实话，搪塞敷衍一下就过去了，只有麻友美毫无保留，什么都说。要不我今天也跟她们坦白好了，我的胖头鱼丈夫和一个年轻女人出轨了。千鹤喝光了第二杯啤酒，擦掉大笑时溢出的泪花，脑中闪过这个念头。

“在那个什么培训学校都学些什么呢？”伊都子忍住笑意问。

“跳芭蕾，唱歌，还有演技指导课。另外，他们还给介绍试镜的机会。”

“艺人也分很多种，模特、歌手、女演员，各种各样。”千鹤一边给麻友美分菜，一边问。

“哪种都行。”麻友美爽快地回答。千鹤和伊都子又对视了一下。“那么小的孩子，谁知道她在什么方面有天赋呢？”麻友美将餐巾摊开在膝上，表情仿佛是在说，你们怎么连这种事情都不知道。

菜陆陆续续地上了，三人各自负责分菜，小碟子不停地传过去传过来。千鹤瞥了一眼伊都子，她正往自己的空杯子里倒黄酒。

麻友美好像又突然想起来什么似的，往桌子前方探探身子，问：“对了，那什么，怎么样啊？哪儿来着，嗯，摩洛哥。”

“很开心啊。”伊都子的回答很简短，一如既往。

“旅途中有艳遇吧?”

千鹤察觉到伊都子的回答都很短，或许有什么难言之隐，于是不再多问。麻友美却完全相反，一直追问个不停。

“有相处得还不错的，但恋人嘛，没有。”

伊都子看了看千鹤，莞尔一笑。

“那你在那边三个多月都干啥了？做驻地记者？之前你不是写了个什么甜品特辑的文章吗？这次是做那个特辑的摩洛哥版吗?”

麻友美忙着动筷子的同时，继续追问。千鹤发现，自己内心其实很希望听到麻友美的提问。伊都子究竟在做什么，千鹤到目前为止也完全不清楚。伊都子从四年制的大学毕业后，也没正式上班，偶尔在翻译家母亲的办事处做做文秘，或者去大学同学开的进口杂货店帮帮忙，二十五岁之后，不知什么缘故,她又开始写作。千鹤在杂志上看见过几次伊都子的名字。和千鹤画插画的杂志不同，伊都子的文章刊载在更时尚的女性刊物上。原以为她肯定会专心做这个工作,结果过了三十岁，突然又到一家两年制的摄影专科学校上学去了。专科学校毕业后，又像这次一样，常常往国外跑。去摩洛哥之前，她好像还去过东欧，再之前去过爱尔兰。应该不是杂志社委托的。她现在的身份究竟是作家还是摄影师，千鹤也搞不清楚，只知道伊都子有余力像这样尝试各种事情，不管是时间上，还是经济上和精神上。

“干了几份别人委托的活儿。拍沙漠的照片，了解西班牙的酒吧之类的。”

“哦哦。”

千鹤希望麻友美继续追问，但麻友美好像已经失去兴趣，随口感叹了两声后，夹起小碟中的虾仁放入嘴里。接着，她像孩子般双手合掌放在胸前，惊叫道：“真好吃！”

之后便是例行的近况报告会了。不过，说得最多的还是麻友美，邮购的无农药蔬菜质量如何，丈夫体检时发现甘油三酯过高，露娜又学会了说这样那样的话，幼儿园家长里关系好的朋友的近况等等，麻友美既不装腔作势也不遮遮掩掩，将所有的事情都说个明白。每次千鹤都感觉自己体验了一次从未体验过的主妇带孩子的生活。当然，麻友美也会毫不客气地对千鹤问这问那，比如，跟丈夫关系还好吗，一般去哪儿吃饭，插画的工作进展如何，等等。千鹤和伊都子一样，只会支支吾吾地简单回答，千鹤想，伊都子肯定也很不了解她究竟在做什么。

服务员端上了锅巴，将配菜浇在上面，菜肴发出吱吱的夸张声响。三人热闹地欢笑着，一边互相诉说着感想，一边动筷子夹菜。千鹤想，看来今天不用听麻友美的那句口头禅了。

然而，就在此时，麻友美埋头看着碟子，感触颇深地说出了那句三人每次聚会时她都会说的话：

“我们人生的巅峰，应该就定格在十五六岁的时候了。”

千鹤觉得厌烦极了，装作没听见，继续吃着锅巴。似乎是因为黄酒喝得有点多了，她有种整个身体咣当一下舒展开了的感觉。千鹤想，默默品尝着黄酒的伊都子应该也对麻友美这句话感到极其厌烦。两人都没搭理她。原以为麻友美会就此打住，没想到她越说越来劲。

“我不是说前不久送露娜去培训学校了吗？培训学校的孩子们的妈妈跟幼儿园的那群家长一样，都比我年轻多了。当然了，她们都不知道我是谁。哎呀，不知道就不知道吧，但我内心还是有些失望的。不过啊，培训学校的经理人还记得我们。”

“都快二十年前的事了，别老拿出来说了。”伊都子微笑着说。

然而，麻友美并没有停止的意思：“还不到二十年吧。啊，四十岁前我们还有机会站在聚光灯下吗？哎，不用站在聚光灯下也行，至少有那种什么……充实感或者成功感，如果能有机会再打心眼里感受一下就好了。”

“你现在过得这么无聊吗？”千鹤的口气似在揶揄。

“不是无聊。就是……怎么说……感觉自己好像套着个游泳圈漂在水上一样。每天不管发生什么事，不管是要克服困难还是要改换方向，都只能借助游泳圈的力量行动。我想用自己的双臂，这样使劲儿游游看。”

“呐，麻友美，你时间来得及吗？马上两点了。”

伊都子说完，麻友美赶紧看了一眼手表。

“糟了糟了。谢谢你提醒我。”

麻友美放下筷子，用餐巾擦了擦嘴角，拿出带镜化妆盒迅速确认了一下面部的妆容，站了起来。她抓起放在桌子一角的结账单，微笑着说：

“这次我付钱，下次你们谁再请客吧。再联系。很高兴今天能见上面！”

说完，麻友美又像刚来时那样火急火燎地出了包间。

包间里突然恢复平静。隔壁房间传来轻微的笑声。吃剩的餐盘，沾上了褐色污渍的桌布，与刚才相比位置发生了微妙变化的阳光，千鹤盯着这些出神。

伊都子说：“麻友美还是老样子啊。”两个人相视一笑。

“咱们也回吧。”千鹤说。

“哎，有时间的话，一起去喝杯咖啡吧。我还想接着喝酒，但这个点酒馆也都还没开门。”伊都子很少见地主动向千鹤提出邀约。

“那去我家吧。要喝的话去我家喝正好。”千鹤莫名开心起来。她感觉自己似乎还有话想和伊都子说，虽然伊都子会回避掉所有直击本质的问题，而且自己应该也不会把内心真实的想法说出口。

“啊？可以吗？小千你不是还有工作吗？”

“我也想喝几杯了。走吧走吧。”

“从这里去你们家要经过新宿吧？去伊势丹买些好喝的葡萄酒吧。”

“那不如晚饭也在我家吃吧。一起去百货店的地下卖场买点美味佳肴。”

“美味佳肴？”伊都子耸了耸肩笑着说，“美味佳肴，好久没听过这么余韵悠长的词了。”

井出千鹤与冈野麻友美、草部伊都子三人曾在同一所中学上学。这所女子学校是从幼儿园到短期大学的一贯制学校，千鹤从小学开始入学，麻友美从初中开始，伊都子则是初二时转校来的。三人只在初三那一年同班。井出千鹤当时叫片山千鹤，冈野麻友美叫井坂麻友美。[1]

十五岁那一年，三人成了同班同学。她们是因为什么机缘巧合走到一起的，彼此都记不清了。虽然她们回家的方向

1 日本女性结婚后通常要改为跟丈夫同姓，所以会出现文中这种改姓的情况。

各不相同，但等到大家回过神来，三个小姑娘已经开始放学后一起离校了。尽管学校禁止学生绕远路不直接回家，但她们还是会悄悄去甜甜圈店和家庭餐厅点甜品边吃边聊好几个小时。她们还常常一起聚会过夜。姑娘们带上睡衣去三人中某个人的家里，把自己关在儿童房里秉烛夜谈。

两年后，三人收到退学处分。起因也是那年暑假的一次彻夜聚会。

当时，三个小姑娘一起去伊都子母亲名下一间位于伊豆高原的度假村公寓住了下来，她们偶然通过卫星电视看到了"拯救生命"演唱会[1]的直播节目。千鹤记得，似乎是麻友美先说："我们也一起组乐队吧。"当时说要一起组乐队，然后策划一场公益演出。当然，这不过是孩子们看电视节目后深受触动而产生的兴奋感罢了。度假村公寓附近，繁华的街市自不必说，就连便利店都没有，为了打发无聊，三人开始订立计划。麻友美从小就学习钢琴，所以她负责作曲，而伊都子九岁至十二岁期间曾在英国居住，所以作为海归子女的她负责写一些夹杂英文的歌词。千鹤喜欢画画，于是她在素描簿上画了好几张演出服的设计稿。在四天三晚

1 "拯救生命"演唱会，1985年7月13日在伦敦和费城同时举行的大型慈善演唱会，英文名为"LIVE AID"，主要呼吁人们关注非洲的贫困与饥荒。演出期间，鲍勃·迪伦、皇后乐队、U2等知名歌手和乐队登台献唱。

的旅行里，三个女孩因为一次空想的少女乐队组建计划而情绪高涨。

然而，这一计划并没有停留在打发一个夏天的无聊之上。千鹤想，之所以会这样，肯定是因为当时的生活无聊透顶，无聊到与住在被树林和别墅环绕的伊豆高原度假村公寓时并无二致——虽然放学后她只需要坐几站就能到涩谷，从家步行不到三分钟就是便利店。

令千鹤感到意外的是，报名参加初三秋天举办的业余乐队比赛的不是麻友美，而是伊都子。伊都子说，反正都报名了，而且是乐队比赛，不如就确定各自负责的部分临阵磨枪。伊都子练习打鼓，千鹤学习弹吉他。三人练到指甲破了，手指全是茧子，原来在甜甜圈店和家庭餐厅的茶话会变成在音乐教室或租来的录音棚里的练团会。不用说，她们的水平糟透了。参赛者清一色是二十多岁的人，他们把音乐看得比自己的命还重要。在这些人中，三个初中小女孩的演奏糟糕到不仅让裁判而且让其他参赛者忍俊不禁。自然，她们在比赛中没有获得任何名次，不过被艺人经纪公司的人相中了。经纪公司的人问她们，要不要去他们公司训练。

三个女孩是所有参赛者中最年轻的，穿着超短裙的校服，经纪公司的人只是单纯地觉得她们新鲜可爱。这是千鹤到后来才知道的。当时，有一首什么脱不脱水手服的歌很流行[1]，市面上都是玩偶娃娃一样的偶像，伊都子提出的理念——“有主见，好胜心强，稍微有些任性”——或许让对方觉得很有趣吧。可是，当时千鹤她们误以为自己是因为才华而被经纪公司看中的。她们以为，仅仅花三个月左右的时间练习，就获得了大人们的认可，她们肯定拥有无限的音乐才华。她们完全没有思考过自己喜不喜欢音乐，只是一味相信“才华”这个词。

在那之后，三人的生活发生了翻天覆地的变化。放学后，她们去经纪公司的录音棚专心练习。乐器自不必说，声乐训练也有，不知为何，还被安排了舞蹈课程。练习结束后，她们偶尔会和大人们一起吃饭。在千鹤看来，这些成年男人带她们去的地方与家庭聚会的餐馆以及寿司店的风格完全不同。在酒馆的包间或者昏暗的酒吧内，三人基本不说话，只是相互使着眼色。

高一时，她们正式出道。千鹤的吉他技术几乎没什么长进，于是吉他被没收，改为摇铃鼓。伊都子比千鹤更热爱训练，所以打鼓技术有所长进，再加上伊都子唱歌水平最高，英语也说得很流畅，虽然大人们没明说，但大家都知道伊都子的长

1 指女子偶像组合“小猫俱乐部”的出道单曲《不要脱人家的水手服啦》。这首歌曲由秋元康作词，后成为1985年日本年度最佳歌曲之一。

相是那种标准的美女，所以最终决定由伊都子站在中间位置主唱。伊都子被要求抱着吉他，但其实吉他基本上就是个装饰，只需要在个别地方假装弹一下就可以了。麻友美的钢琴被换成了电子琴键盘，公司的人教她记住了程序性的演奏。那个夏天，三人经过冥思苦想后确定的团名“雏菊”，后来也被改成了“Dizzy”（吵闹）。作词仍由伊都子负责，作曲名义上是麻友美的任务，实际上有专业人士在做。千鹤不需要再画服装的草图了，公司已经为她们配备了造型师。虽然服装还是校服，但那也是由专业人士设计的演出服。一切都在没有征求三人意见的情况下顺利地进行着，千鹤虽然也觉得这么一来她们和玩偶娃娃偶像没有任何区别，但讽刺的是，伊都子提出的“有主见，好胜心强，稍微有些任性”的理念被保留了下来。三人的人设也被详细确定了下来，包括发型、个人服装、化妆、说话方式、接受采访时的话术等。一切都由大人们决定，三个女孩对此却没有任何反抗的情绪。比起往返于家和学校之间，这种生活更刺激也更有乐趣。不过，三人都觉察到自己一开始做的事和现在正在做的事有所不同，于是，带着讽刺和反抗，三人聊天时还是称自己的组合为“雏菊”。这样，似乎所有已经发生的超出她们预想的事情，就都变成自己主动选择的结果。现在做的所有事情就不是被迫的，而是自己选择的。

为了宣传新发行的单曲CD，三人首次登台演唱，地点在横滨的一个地下拱廊特设舞台。在那之后，她们在小型演奏厅也演出过，还做过演唱会的暖场嘉宾。此外，她们还参加过车展以及其他演出活动。高一那年冬天,她们出了第一张专辑。穿着校服的高中生用自创的歌词和旋律（虽然事实并不是这样），夹杂着英文，大声地、叫喊般地唱着颇具内涵的歌曲（大人们这么指导的），她们渐渐获得了关注。杂志的采访邀约络绎不绝，由于接受采访时，她们回答直率、生硬且很有主见（已提前练习过），她们的关注度进一步提高。

每天去固定的地方做固定的事情，让三个小姑娘筋疲力尽，完全没时间思考和判断自己所处的位置。结果，在高二暑假前，她们收到了学校的退学处分。千鹤她们上的一贯制学校，校规之严格是出了名的，不管是打零工还是演艺活动，一概不允许。千鹤当时觉得，现在每一天的生活比在学校有意思多了，退学也没什么大不了的，但她同时也感觉到，自己的人生完全偏向了预想之外的另一条轨道。三人的父母态度各不相同，有的反对，有的震怒，有的无比赞成，但是退学处分已下，三个女孩只有离校这一条路可走。虽然与自己的本意有所不同，但是未来也只能沿着另一条别人为自己铺好的道路向前进。

因为退学，三人受到了更广泛的关注。关注度持续了很长一段时间。

千鹤二十八岁时，与井出寿士结婚。当时她觉得，自己的人生曾经走向了完全意料之外的方向，等回过神时，一切却已恢复原样，人生又回到了自己手里。当然，现在她也这么认为。不管是坐飞机还是打车，抑或坐公交，甚至步行，所有人最终都会回到他/她一开始出发的地方。

“不过，麻友美真厉害啊，竟然要把女儿培养成艺人。”双手提满了买好的东西，在百货店门口上了出租车后，伊都子在车里笑着说。

“麻友美还是太不成熟了。明明第一个提出解散‘雏菊’的就是她。”

“或许是吧。今天她不又说了嘛，人生的巅峰什么的。”

千鹤和伊都子再次相视，微微一笑。

“我突然去你家没关系吗？你丈夫不会觉得我打扰你们了吗？”伊都子突然收回了笑意，嘟囔道。

“不会打扰的。再说了，我们家那位回来很晚的。”千鹤爽朗地说完后，瞬间开始抑制自己内心不断奔涌而出的冲动情绪。她想，不如就这么说清楚算了。听我说，我丈夫是不会在零点前回来的。他那种货色的人，居然还和年轻女人搞外遇。千鹤好想借着微醺醉意坦白。伊都子肯定会一言不发听我说完，也不会说“不要勉强自己”“没事的”这种不痛不痒安慰人的话，更不会眨巴着眼睛说“全都向我倾诉吧”。所以，跟伊都子坦白应该没关系，说了之后一定会比现在轻松很多。

千鹤抬起头，正准备开口，不料伊都子先发言了："我可能要出一本摄影集。"伊都子像汇报自己考了满分的小孩子一样，仰视着千鹤。

"哇，真厉害啊！用这次旅行拍的照片吗？"千鹤错过了坦白的时机，她用响亮而欢快的声音问道。

"对。以前拍的也放一些进去。具体怎么操作还在摸索。"

"太厉害了。这么好的事情为什么刚才不说呢？今天明明就是专门给你庆祝的。"

"我不是害羞嘛，这种事情。"

"那一会儿我们重新干一次杯！"千鹤轻轻掂了掂放在脚边的葡萄酒。

伊都子看了看千鹤，小声说了一句"谢谢"，微微一笑。她本来还想再说些什么，但是看了看千鹤之后，又突然转头看向窗外。千鹤也看着窗外，她想，还好自己没坦白。千鹤和伊都子之后一路沉默，各自眺望着出租车窗外夜幕降临时远方的街景。

两人将买来的东西挨个儿摆放在桌上。又将几种沙拉一点点盛到大盘子里。法棍和奶酪切成小块装入盘中，油橄榄则倒进小盘子里，千鹤顺手抓两颗放到嘴里。为了搭配塑料包装里的烤牛肉，千鹤又切了几片薄洋葱片。这是千鹤第一次邀请伊都子来自己和寿士居住的这间公寓，但伊都子好像在这里住过一样，动作娴熟地取出盘子，使用菜刀，从橱柜中抽出餐具。两个女人在厨房忙来忙去，这对于千鹤来说竟愉悦到有些吃惊。千鹤情绪高涨，仿佛回忆起了以前这样愉悦的时光。醉意早就清醒了，但她还是好几次笑出了声。每次伊都子也跟着笑翻了天，说油橄榄掉在地板上了也笑，说泡菜瓶子打不开也笑。

“总觉得好怀念啊，这场景。”伊都子一边仔细比对买回来的三瓶葡萄酒，一边说道。

“但是，怀念这个词用得有点怪，怀念应该针对自己经历过的事情才对，我们之前没有过这样的经历吧，在某个人的家里做饭的经历。”

“有啊，在伊豆不就是吗？”伊都子选中了中间那瓶葡萄酒，插上开瓶器后笑着说道。

“伊豆啊？又要回溯到那个时候吗？”千鹤的语气中略带厌烦，而伊都子只是莞尔一笑。

盘子已经快要占满整个桌面了。千鹤在内心感叹着伊都子卓越的摆盘技艺。不管是沙拉还是面包，经伊都子的手一摆盘，就好像美食杂志上的图片一样高端华丽。这些盘子都不是艺术品，但看起来很贵重的样子。不过，这样卓越的摆盘技艺也让千鹤觉得，做饭应该并非伊都子日常生活的一部分。

“太豪华了。不过，我还不饿。”千鹤姑且坐在了桌边，几小时前吃的中餐还在胃中。伊都子坐在寿士的位置上，伸手给千鹤的玻璃酒杯中斟上葡萄酒。

“慢慢就会饿的。要是剩下了，就留给你丈夫当晚餐好了。”

“也行吧。”千鹤一边回答，一边回忆起以前丈夫深夜不回家时，自己将精美菜肴都扔进垃圾桶的样子。

“这地方真安静。”

伊都子重重地坐下，环视着屋内。确实，这套房子很安静。电视机的声音、笑声、互相呼唤对方的声音都曾经充满过这个空间，但现在，这些都像谎言一样了无踪迹。只要千鹤不发出声响，房间就像忠犬一样保持沉默。千鹤感觉这份安静的来由被伊都子看穿了，于是低下头品尝自己本不太想喝的酒。窗外暮色渐沉，西边的天空只剩一抹淡淡的粉色。

“我基本上是一个人过。”千鹤见伊都子看向窗外一言不发，索性坦白了。她觉得，如果要说的话，就只有现在了。“已经很长一段时间，我丈夫没有在我醒着的时候回过家了。”

伊都子将眼神从窗外收回，看着千鹤。她出神地看着千鹤，仿佛不由分说就被没收了玩具的孩子一样。千鹤嘴角微微上扬，她突然意识到自己微笑的样子像是在模仿电视剧中的情节，便很快收起了笑容。

伊都子依旧出神地望着千鹤，千鹤索性直截了当地说："我被抛弃了。和我结婚的那个人，他把我丢弃了。"然而，伊都子的表情还是没有变化。千鹤想伊都子不可能不知道她在说什么，于是越发焦躁不安起来。该不会要清楚明白地说丈夫有外遇了，伊都子才能明白吧？千鹤正准备开口，没想到伊都子一脸认真地说："丈夫不回家，妻子更开心。[1]是不是有这样的一句谚语来着？"

千鹤情不自禁地笑出声来："小伊，那可不是什么谚语。"

"啊？不是吗？那就是典故？"看来伊都子并不是在敷衍，也不是在开玩笑。

"什么典故啊？"千鹤又笑了。笑着笑着，千鹤想：也是，为什么我会以为，她们会不得要领地安慰我呢？为什么我会以为，她们会误会我的心境，会站在我这边让我尽情吐露不快呢？对千鹤而言，伊都子旅行时是去了坦桑尼亚还是去了摩洛哥，或者无论去哪儿都没有关系，同理，对伊都子而言，一个只在朋友婚礼上见过一面的肥胖男子，究竟在加班还是在出轨，一定也无关紧要。千鹤觉得，这是横亘在她们之间的鸿沟，也是她们之间约定俗成的惯例。

1　20世纪80年代的广告语，曾被选为1986年日本流行语之一。

“不说这个了。你的摄影集要在哪个出版社出版啊?”千鹤转换了话题。她想,不管是不回家的丈夫,还是这个家的死寂,都无所谓了。几个小时后,或许自己又会为这些问题忧愁,但至少现在,这些都是无关紧要的。

伊都子说了一家千鹤从未听过名字的出版社。

“虽然不是大出版社,但他们主要在摄影类出版上下功夫。”伊都子好像在找借口,“摄影集发售时,准备同步搞个摄影展。哦,对了,小千,你不是说也要做个人作品展吗?”

“我那个无足轻重,和小伊你的那个没法比,只是个很小的展览。而且,最后能不能办起来还说不定呢。”千鹤慌慌张张地说。个展不过是自己信口胡说的罢了。

伊都子抓起一颗油橄榄放入嘴里,给杯中斟上酒,说:“我觉得,我这次再也不会被任何人操控,终于能够自主行动了。”

千鹤想,伊都子大概又在说“雏菊”的事了,当时事情的发展的确完全偏离了几个人原本的想法。她点头附和,用牙签插了一块泡菜放进嘴里。谈到任何事情,麻友美和伊都子总会以十多岁时那段特殊的记忆为参照标准,这让千鹤多少有些厌烦。为什么总要回到那个时候呢?那段时光并不是三人的人生要达到的基准线,而只不过是一瞬间非日常的体验而已。麻友美大言不惭,说那是自己人生的巅峰,就已经让千鹤惊掉下巴了,现在,连伊都子也要说什么现在她终于可以按自己的意思行动了。总觉得大家都怪怪的。千鹤又想转移话题，她的视线开始在空中游走。伊都子的眼睛边缘因为醉意染上了一层红色，她仿佛捕捉到了千鹤的眼神，靠了过来仔细看着千鹤说：

“你觉得，麻友美为什么要让露娜去那个奇怪的学校？不过是自己没做到的事，想让孩子来完成罢了。虽然当着她的面不好说，但是我觉得，麻友美根本就没把露娜当成一个人，而是当作自己的分身在抚养。说夸张些，她不过是想借露娜的身体重新活一次而已。”

千鹤目不转睛地盯着坐在寿士位置上的伊都子。看来伊都子想说的不是“雏菊”的事情。伊都子倒了大半杯酒，然后像喝果汁一样一饮而尽，又继续刚才的话题。

“你知道吗？我母亲和现在的麻友美完全一样。不是，应该说，比麻友美还要歇斯底里。我一直没发现，还以为一切都是自己选择的。但并不是这样。全都是那个人让我做的。我到现在终于发现，到三十四五岁了才发现啊！”

从初中开始，伊都子就几乎不怎么说自己的事情，现在突然一下子说个不停，而且都是这样隐秘的话题，让千鹤感到十分惊讶。伊都子的母亲，千鹤在十多岁时倒是见过几次。即便是现在，也偶尔会在购买的杂志上看到她。千鹤心不在焉地想，如果说寿士的出轨对象新藤穗乃香憧憬想成为什么样的人，那应该就是伊都子的母亲吧。伊都子的母亲曾经是翻译家。伊都子家里的情况千鹤知道得并不详尽，但从与伊都子断断续续的交谈以及杂志的报道中，千鹤了解到，伊都子母亲未婚生下了伊都子，她主要从事童书翻译。她在英国生活了几年后，开始翻译英美短篇小说，其中有一本译作成了畅销书。之后，那个作家所有的书都由她翻译。最近没怎么听说她从事翻译活动，但偶尔能见她出现在杂志上。在“永葆辉煌的秘诀”“优雅变老的方法”之类的特辑里，总有她的身影。从杂志上看,她确实和千鹤高中时见到的样子并无二致，甚至还有返老还童之感。

“我一直没发觉这件事。在现在这个年龄之前，我一直对她唯命是从。‘雏菊’的事情是那样，之后写专栏也是这样。那个人想把我变成某个东西，想让我成为她没能成为的那种人。我在某个地方努力加油，但没法取得突破，她发现这一点后就开始贬损我。看到我写的杂志文章时会若无其事地说，名字印得真小。她还说，如果只是写吃了蛋糕觉得味道不错，这种文章谁都能写，也算情有可原吧。我以前完全没意识到这是我妈的战术，所以一味努力奋斗，想要博得她的认可。我的人生就这样一直反复。但是，到头来，我并没有做成自己想做的事情,而是在做她让我做的事情。我太累了。这些事情，我到现在这个年龄才意识到啊！”

母亲，那个人，妈妈，伊都子不断变换着称呼方式。千鹤偷偷看了她几眼。虽然千鹤觉得伊都子的话有不对之处，但她没有插嘴，只是将视线移向伊都子伸向葡萄酒瓶的手。千鹤想，伊都子的母亲虽然不是特别有名的人，但也算小有名气，只要是看小说的人都听过她的名字。伊都子说母亲没做成的事让女儿做，而事实似乎有些不同，应该是伊都子一直拼命想要追上母亲的脚步，结果没追上，只好随意改换方向吧。伊都子又将自己的酒杯斟满，但没有喝下去，而是用指尖将烤牛肉片卷成一团放进了嘴里。

“哎呀，这个真好吃。”

伊都子与千鹤眼神撞上，笑了。在千鹤看来，伊都子与其说是笑，不如说是痛哭前那一瞬间的忍耐。千鹤见状赶紧说：

“不过，你现在也挺好的啊。摄影集也要出了，摄影展也快开了，你已经做成了自己想做的事了。”

“不管她怎么妨碍我，我都不会被骗了，也不会再迷失自己了。”

伊都子脸上浮现出安稳得有些冷淡的笑容。以前她从不多讲，如今却语气粗暴地说了这么多。窗外的天空已经彻底变成了深蓝色。千鹤稍微觉得有些饿了，于是伸手去够菜肴。她一边撕开面包一边看了看时间。已经过了七点。以往这个时间，千鹤都是一个人看窗外或者凝望电视机的画面，今天屋内有人，她高兴得在内心飘了起来。千鹤这才知道，自己曾经多么孤独。

千鹤想，好不容易不是独自在家了，不如把气氛弄得欢快些吧。她转换了话题，略带戏谑地问："小伊你没有男朋友吗？你应该很受欢迎啊。"然而，陷入沉思的伊都子一直盯着桌子，又开始讲母亲的事情。

"我的恋情也被那个人搞得支离破碎。我妈总是千方百计地挑我男朋友身上的毛病，而且挑得让人无可反驳。我二十六岁时很认真地交了一个男朋友，冲着结婚去的。我去见了他的父母，他也来过我家。他比我稍微矮一点点，于是我妈就对他说：'和我女儿一起走路时，千万别帮她拎东西，否则我女儿看起来会更像个身材高大的女人。'你看，我妈总能若无其事地笑着说出这样的话。还不只这些呢，她还说人家赚得少，吃饭时费用得平摊，最后甚至说人家牙长得不齐，这些话她都说得出来。"

"但是，要结婚的不是你妈妈，而是小伊你，这种话你就当耳边风，听过就算了呗。"

"现在回想起来，我确实应该这么做的。但在当时，我对她言听计从。既然我妈都已经挑出一些毛病了，那么我也会不自觉地认为那个人确实有点无趣，就感觉好像如果不被我妈认可，交个男朋友也没什么意义。"

“要什么样的人，你妈妈才会满意呢？就算是汤姆·克鲁斯，身高也会被你妈妈嫌弃吧？”

千鹤用开玩笑的语气讲完，冲伊都子笑了笑，可伊都子脸上不见笑容。她认真地回答：“肯定会这样。”然后，她继续讲母亲的事情，无休无止。或许是趁着醉意发泄，又或许是长久积累的忧愤情绪一口气喷涌而出，总之，不知伊都子内心是怎么想的，对于千鹤来说，伊都子找她诉苦，她虽然很欣慰，但也渐渐对诉苦的内容感到厌倦。伊都子把所有的责任都推给了自己的母亲。没结婚是因为母亲，没能在一份职业上专心耕耘也是，一切不顺利都因为母亲。可是，千鹤觉得，伊都子一直都是个典型的美女，而且不管是进口杂货店的工作还是专栏的工作，都不是她自己主动争取来的，而是工作机会找上门的。这些工作伊都子做到一半就撒手不干，却没有起任何冲突，她自己随心所欲改换方向所消耗的费用，全都是由她母亲负担的。千鹤觉得，其实伊都子一直以来都在非常优越的环境中长大。

千鹤一边听伊都子抱怨，一边思考如果自己站在伊都子的立场会怎么做。会和丈夫结婚吗？千鹤决定结婚最主要的原因是对于未来生活有着莫名的不安。这种不安不仅是经济层面上的，精神层面上也一样。人生临近三十岁，已经没有心思思考未来会不会失去自我，或者自己目前想做什么。现在，千鹤之所以不敢责问不回家的丈夫，也是因为害怕再次与那种不安的情绪搏斗。想着想着，千鹤惊讶不已：原来，自己没法逼迫寿士拿出解决方案，并不是因为对新藤穗乃香没有嫉妒之情，而是因为害怕那种不安的情绪再次出现。明明内心已经如此孤独了，她居然还会畏惧自己在物理意义上也变为孤身一人。

母亲、那个人、我妈……伊都子依旧滔滔不绝。为了打断她，千鹤站起来走向厨房，百无聊赖地将冰箱门打开又关上，从厨房柜台探出头来问：

“要不要烤几片面包？”突然，千鹤心头一紧，她发现伊都子正眼含热泪。

“啊啊，对不起，小千。”两人对视后，伊都子微微一笑，擦了擦眼角。“不用了。不用烤面包了。我第一次跟人说这些。我想着说了之后心里肯定好受些，所以……”伊都子的左眼中啪嗒一下滴落一颗泪珠，她急忙用右手背按住脸庞。“小时候想，到了三十四岁肯定就是大人了，就是大妈了，事实上，现在看来也并不是这样。真让人失望。”伊都子笨拙地拿起叉子，开始吃沙拉。

“哎，什么事都会有的。”千鹤也不知道该说什么，只好随意附和了一句，然后懒散地回到客厅的餐桌旁。这时，玄关突然响起了开门声。千鹤大惊失色地看着伊都子，伊都子反而看起来更从容。

“啊，你丈夫回来了啊，我继续待在这儿不太好吧。”

千鹤慌忙站起来，走向玄关。太奇怪了，自己和伊都子的态度竟然完全颠倒了，妻子惊讶于丈夫的归来，而客人却自然而然地接受了这一事实。

千鹤对正在门口脱鞋的丈夫说：“怎么回事？这么早就回来了。”

寿士抬起头问：“有客人啊？”

“啊，对啊。从初中起就一直有来往的朋友来家里玩了。我完全没想到你会这么早回来。”

“你们喝酒了？”

“嗯，对，喝了一点儿。”

千鹤一边回答，一边觉得扫兴。为什么丈夫要用责备的语气问她“喝酒了？”。为什么她要像做错事被发现的小孩那样张皇失措地回答？寿士一言不发地穿上拖鞋，顺着走廊走向客厅。

“初次见面，多有打扰。我叫草部伊都子。一直以来受千鹤照顾了。”

醉得面红耳赤的伊都子站了起来，有礼貌地弯下腰。寿士就那样伫立在原地，扫视了一下伊都子的全身，然后说了句“啊，你好”，便迅速退出客厅返回走廊，嘭的一声关上了卧室的门。

千鹤站在门口，一股强烈的羞耻感袭来，她从心底里觉得，寿士实在太丢人了。大腹便便不说，最近常穿的条纹衬衫更是花哨至极，视线还一直在伊都子身上游走。像样的招呼也不打一声，就连最基本的场面话“你们慢慢玩”也不说，只知道像逃跑一样躲在卧室里——为什么要让伊都子看到自己这么不堪的丈夫啊？

“该不会我来得太突然了，让你丈夫心情不愉快了吧。我还是回去吧。不好意思啊，一不小心待了这么久。”伊都子迅速收拾起来。

“没有的事。再待会儿吧，葡萄酒还有两瓶没喝呢。”听到自己那接近歇斯底里的声音传到耳畔，千鹤自己都觉得有些滑稽。

“没事没事，你和你丈夫喝吧。下次到我那里去玩。那我先走了啊，今天真是谢谢了。”

伊都子确实喝得有些多，走路有些摇摇晃晃。出了客厅后，她蹒跚着走向玄关，穿鞋时一度失去平衡，还跌了一跤。

“你没事儿吧？”千鹤下意识地伸出手扶了一把伊都子，伊都子抓住千鹤的手后一下子站了起来，发出一阵急促的笑声。

“没事没事。没帮你收拾就走了，抱歉啊。也替我跟你丈夫道个歉。那我走了，今天打扰了。”伊都子像个极其认真的小学生一样深深鞠了一躬，消失在门背后。

千鹤望着眼前关上的门，伫立了半晌。虽然并没有被伊都子抱怨这一切，但就在这一瞬间，千鹤完全体会到了伊都子在男朋友被母亲贬损后内心的那种扫兴。

“你太过分了吧！”千鹤愤怒地推开卧室门。寿士已经换上了T恤和运动裤，盘腿坐在床上读着晚报。与寿士完全不搭的花哨衬衫以及卡其色休闲裤被卷成一团扔在床上。

“人家一直住在国外，我和她好久没见了，今天是第一次来咱们家做客。”

千鹤语气很强硬，但寿士头也不抬，只是嘴里嘟囔道：“我又没赶她走。”

“你确实没有赶，但是你那态度不就是在赶吗？怎么回事啊！你以前不都是零点才回来的吗，为什么偏偏今天就这么早回来了啊？”

“我回我自己的家，还要挨一顿骂，真是新鲜。”寿士的声音极端沉着冷静，语气里还带着些许戏谑。说着，他舔了舔食指，将报纸翻了一页。

“是我邀请人家来，人家才来的。你也知道的，我的朋友很少来家里。你就不会说一句欢迎之类的话吗？摆出一副明显撵人走的态度，真是丢人丢到家了！”千鹤借着些微的酒劲，声音越来越大，最后几乎是在吼叫了。寿士仿佛路过街头选举演讲的正前方时那样，轻轻摇了摇头，抬眼看着千鹤。

“咱们先讲清楚了，我可没说过要她离开之类的话。而且，我筋疲力尽回到家，为什么还必须接待你的朋友？我实在想不通有什么理由。”寿士的语气冷静得让人憎恶，千鹤甚至想捡起被丈夫脱下后扔到床底的拖鞋砸过去。

但她没有这么做，她调整了自己的呼吸，用尽可能冷静的口吻说：“草部芙巳子，你知道吗？”

或许是听到千鹤的语气平静下来，寿士觉得放心了，他直瞪瞪地看着千鹤，微微歪了下头说：“啥？”

“著名翻译家草部芙巳子。刚才这个人就是草部芙巳子的女儿。你去问问你们公司的年轻女孩子吧，你们公司不是有一个年轻女孩想做小说翻译家，憧憬成为草部芙巳子那样的人吗？”

千鹤安静地说完，还好没出错，她放心了许多，然后脸上慢慢浮现出笑容。千鹤又一次感觉自己在模仿电视剧的桥段，这种感觉今天已经是第二次出现了，不过这次她没有收回笑容。她确认寿士的脸上显露出不安的神情，只是这种神情瞬间便消失了。

“啊，这样，我会问问的。”寿士装出一副成熟的笑脸，继续看报纸。

千鹤想：他肯定以为我没什么确凿证据，不过是嘴里胡乱说了个“公司的年轻女孩”罢了。干脆我直接挑明了说，那你去问问你们公司那个喜欢弗兰纳里·奥康纳的女孩子吧，但千鹤又觉得在这时候就亮出底牌并不明智。

“向别人介绍你是我丈夫都让我感到羞耻。”

千鹤像是吐掉嘴里的脏东西一样，扔下这么一句话，关上了卧室门。她用尽全力想要在言语上羞辱寿士，但这句话究竟有没有伤到他，千鹤无从求证。

和几小时前想象的一样，千鹤将餐桌上如料理杂志介绍页面般豪华的菜肴接二连三扔进了垃圾桶。此时，千鹤心里还惦记着，刚才还是应该更明确地让他知道，自己知道新藤穗乃香这个人的存在。她把脏盘子端到水槽里，用力拧开了水龙头，又否定了刚刚萌生的这个想法。王牌必须要留到最后出，必须要在最能派上用场的时候出。要想在吵架中取胜，靠的不是爆发力也不是武力，而是智慧。千鹤此刻虽然没和寿士吵架，但一直在思考这些事，同时用海绵擦拭着盘子。

第二章

伊都子上了出租车，看了眼计价器上的电子时钟，确认时间后急急忙忙地从包里取出手机。她从联系人中找到了宫本恭市的电话，按下了拨号键。现在刚过八点，恭市应该还在工作地。

通话等候音嘟嘟嘟地响了五声，恭市才接了起来。

“我在回家的路上了。”伊都子看着或白或黄或橙的霓虹灯招牌从车窗外飞驰而过。

“吃过饭了吗？”恭市问的第一句话永远都是这样。

“吃过了。”伊都子回答之后，偷偷笑了。沉默半晌后，伊都子问：“你要来吗？”

恭市稍稍顿了一会儿，说：“要不然还是来吧。不过，待不了多久就是了。”

“来吧来吧。”伊都子意识到自己的话很好笑，于是又一个人笑了起来。

“那好吧。”

“饿了吗？”

“啊，你这么一说我才发现，中午之后我就一直没吃东西了。”

“那我给你准备点吃的吧，你直接来就行。”

“嗯，好。一会儿见。”

“一会儿见。”

伊都子学着恭市的语气，笑着挂断了电话。她看向窗外，出租车正要驶过新宿。街道和白天一样明亮，行人如织，仿佛没人意识到已经入夜一样。恋人们手挽着手，女生的装扮大都相似，一群男孩子穿着低腰牛仔裤。在微醺的伊都子眼里，新宿明亮的夜景仿佛一座移动的游乐园，那个她和母亲一起在异国城市的短暂夏日中看到的，光彩夺目却异常安静的游乐园。

伊都子让司机把车停在了超市门口，然后她提着购物篮在超市内走走瞧瞧。饿着肚子的恋人即将来访，她想为他做点吃的。可是伊都子并不擅长做饭。以前，她煮个南瓜料理竟然花了整整半天，煎个汉堡牛排也煎得又煳又焦，所以伊都子直奔熟食和软罐头食品区。

伊都子觉得，自己不擅长做饭，全是拜母亲所赐。伊都子的母亲从不自己做饭，不仅如此，她还鄙视下厨的女性。

她们家的饭桌上永远摆着外卖或者从百货店地下食品区买来的外观好看的料理。

伊都子挑了瓶装油橄榄、意大利面、泡菜，还有汤罐头和几款意面酱汁，放进购物篮里。挑着挑着，伊都子的内心被一种无可名状的幸福感填满。为自己喜欢的男人逛超市，这是件多么幸福的事啊。如果这变成日常，她会不会不再觉得幸福呢？会变成恼人的日常琐事吗？伊都子坚信，一定不会这样。购物之后，准备晚饭，等待恭市回家，这么美好的事情怎么可能会厌烦呢？

伊都子移步到酒水区。虽然自己依然醉意半醒，但她猜想恭市肯定想来一杯啤酒。顺带再买一瓶白葡萄酒好了。伊都子一脸兴奋地望着琳琅满目的标签。

伊都子双手提着超市塑料袋，小跑着往公寓赶。她焦急地拿出钥匙，打开了楼下大厅的门，冲进电梯坐到八楼，再将钥匙插进房门。伊都子在屋内忙前忙后，先将啤酒和葡萄酒冰镇好，再简单收拾了一下卧室。猛然想起了什么，于是坐到梳妆台前精心地补了个妆。补完后，恭市还没来，于是她又换了张新床单，迅速清扫了一番厕所。

伊都子一边忙一边想，虽然听人说过幸福的样子参差百态，但幸福的种类其实没那么多，也就一两种而已。提到幸福，人们想到的东西总会大同小异。但可以确定的是，只有她的母亲，那个叫草部芙巳子的女人，与幸福相隔甚远。

伊都子最近发现，母亲过去对她的谆谆教诲一步步将她逼入不幸的泥沼之中。不许做饭。芙巳子曾断言："没有比给喜欢的男人做饭的女人更惨的人了。"不用自己收拾屋子，交给别人做即可。芙巳子曾反复说："你一定要做一个不用自己打扫屋子的大人。"完全不化妆。芙巳子说过："化妆就是谄媚，就好像脖子上挂着'便宜货'的牌子招摇过市一样。"于是，伊都子从小就对化妆毫无兴趣。不要对男人有任何期待。芙巳子曾露出淡淡笑容说："对男人抱有期待是无能的表现。"还有，要拒绝平庸。芙巳子曾语气严厉地说："平庸不过是残兵败将的遮羞布罢了。一辈子平庸的人为了拼命隐藏自己遇事畏首畏尾、依赖他人的性格，只拿出社会平均的实力，一味安分守己。"

这所有的教诲，所有的一切，伊都子曾经全都信以为真，奉为圭臬。在幼小的伊都子眼中，母亲永远那么帅气，是她心中理想女性的样子，母亲说的所有话她都当作真理，直到过了三十岁。

母亲说的话有没有可能是错的呢？有没有可能偏激呢？自从伊都子发现自己一切都不顺利之后，她开始怀疑母亲的理论。之所以会事事不顺，是不是就是因为她忠实地践行了母亲的理论呢？一旦开始这么想，就仿佛黑白棋游戏中白棋瞬间被染黑了一样，伊都子开始觉得母亲说的一切都是错的。而且，这种质疑的情绪还不断将伊都子的记忆拖回从前。没能过上一个普通的高中生、普通大学生应有的生活，都是母亲过分狂热的错。伊都子比一般人晚三年进大学，毕业时拼命寻找不凡的工作。在她母亲眼里，就业就已经够平庸的了。然而，伊都子从自己身上找不到任何非凡的才能。乐队不过是一瞬间的热度，伊都子完全没有作词等音乐方面的才能。为了逃离平庸，她拜托一直靠过去的人脉在认真工作的麻友美介绍了杂志模特的工作，但由于不太合心意，很快就不做了。没办法，最后只能去给母亲打杂，但是，只要是在给母亲打杂，就不可能获得母亲的认可。一位在母亲公司工作的编辑给她介绍了一份写专栏的工作，伊都子刚刚感觉到这份工作的价值，就被母亲付之一笑，接着，她再也找不到继续工作的意义了，于是又辞职了。

伊都子回想着，自己过去栽的所有跟头都跟母亲的错误言论有关。这个时候也好，那个时候也罢，如果能将母亲的话有所取舍甚至完全推翻的话，她早就轻而易举地将幸福握在手中了。

门铃响了，伊都子回过神来。她从厕所中飞奔出来，解除了楼下大厅的门禁。恭市上到八楼来还得一会儿，伊都子再次照了照镜子，检查自己的妆容，又往桶锅里加上水，打燃火。房门前的门铃响了，伊都子飞奔到玄关前。

“嗨。”

打开门，恭市一脸笑容站在她面前。伊都子不自觉地张开双臂，光着脚走到玄关处抱紧恭市。她用力地吮吸着恭市衬衫肩部附近飘浮着的洗衣粉和汗液混合的味道。“哈哈。”恭市吐露着笑意。伊都子感觉，与母亲所谓的真理离得越远，自己越幸福。

恭市一边喝着白葡萄酒，一边吃着香辣茄酱意面。伊都子就坐在他对面喝着咖啡看着他吃。仅仅安静地看着恭市，伊都子就很满足了。突然,她意识到这样或许会让恭市感到不快，于是开始手足无措地寻找话题。

“摄影集的事，进展还顺利吗？”

“上次之后，对方就再也没联系过我了。不过，下周应该就会有消息吧。”

“有什么需要我出面交涉的，随时告诉我。”

“那自然了，你不来，事情怎么办？”

伊都子的视线落在了恭市卷意面的叉子上，她问：“好吃吗？”

“嗯。”

简短回答后，恭市将叉子放入口中。只要恭市说好吃，伊都子就高兴得快要飞起来，哪怕这东西不过是软罐头类的速食而已。伊都子想，自己要不要去学一下做菜呢？她觉得这主意不错。以后为恭市做饭的机会应该会越来越多，在不远的将来，这应该会成为日常生活的一环。如果是这样，那么提前学一学不会有任何损失，甚至是必要的。剩下的就是钱的问题了。伊都子没法开口跟母亲说自己要学做菜，所以钱只能自己筹措。可如今伊都子基本上没在赚钱。不过，如果摄影集出版了就不一样了，伊都子想着想着，嘴角微微上扬。如果摄影集出版了，就会有一大笔钱汇入自己的账户，如此一来，不管是做菜还是瑜伽，所有她喜欢的东西都可以随心所欲地去学。还可以拒绝母亲每个月的汇款。这样的话，就得好好思考和恭市的未来了。或许，恭市也想借摄影集出版的机会，正式跟她提什么呢。

“你在笑什么啊？”恭市问，“有什么好事吗？”

“好事就是小恭你来了啊。”伊都子毫不掩饰嘴角的笑意，答道。

“哇，这种话你也能说得脸不红心不跳。”或许是有些害羞，恭市转过脸，一块接一块地夹起泡菜放入嘴中。

伊都子任凭脏盘子在水槽里放着，和恭市在厨房里做了爱。伊都子一开始还想，好不容易换了新床单也没用上真是遗憾，但很快她就将这些想法抛诸脑后，配合着恭市的动作，忘情地在男人的身下喘息。恭市想要在各种不同的地方做爱，此前他们在浴室、更衣间、玄关还有客厅都做过。伊都子以前从没和男人在床以外的地方做过爱，所以一开始当她被恭市按在洗衣机前，以及用鞋柜支撑着自己上半身时，总觉得自己的样子滑稽又羞耻，内心有些抗拒，可是，最近她反倒沉溺其中，无法自拔。

激情过后，恭市压在伊都子身上半晌没有动静。突然，他站了起来，朝浴室走去。伊都子躺在厨房的地板上，目送着恭市那肌肉线条优美的背影远去。虽然背上沾满了汗水很不舒服，但伊都子依旧顺势横躺着，不愿动弹。

电话铃响了。伊都子缓缓起身，踩着脱掉的衣服拿起分机。拿起分机听筒，她的耳边，响起了母亲芙巳子的声音。

“是我。”

伊都子的脸一下子就红了。她觉得，母亲仿佛正在某个角落看着她刚刚和男人性交后全裸的样子。伊都子赶紧用肩膀夹住分机的听筒，迅速套上了内裤。

“嗯，伊都子，我的密码是多少来着？”电话那头，母亲的声音嘶哑低沉，又有些过度利落干脆。走廊尽头的浴室里，淋浴的声音持续着。这两种声音同时进入伊都子的耳朵里。

“你在说什么啊？现在我这边有客人，所以……”

芙巳子打断了伊都子的话，说：“哎呀，就是运通信用卡的密码啊。”

“这种事情，我怎么知道。现在我这里有客人。过会儿再说，行不行？”

“你不可能不知道啊，密码是我们当时一起想的。是青山那套房子的电话号码吗？还是你的生日来着？或者是格拉斯哥住处的门牌号？”

“不好意思，我现在没空。”

“是男人吧。”芙巳子一语中的，“你说的客人就是男人吧？”

“跟你没关系吧。”

电话那头传来了芙巳子扑哧一笑的声音。伊都子仿佛闻到了母亲身上香烟、咖啡和香水混合的味道，不自觉地皱起了眉头。

“什么样的男人啊？小年轻？大哥哥？还是有家室的？哎，让我见见嘛。”

伊都子沉默了。走廊尽头响起了浴室门开启的声音。

“我挂了。”伊都子匆忙挂掉了电话，将分机扔到沙发上，急忙穿上衣服。汗水早就干了。

伊都子走到洗脸池，恭市正在吹头发。他对着镜中的伊都子笑了笑，说：“我得回去了。”

吹风机轰鸣着，伊都子假装没听见，大声问：“喝点啤酒吗？”

“啊，我要回去了。”恭市也提高声调回答。

恭市从来没有在这间屋子里留到十二点以后。他说是因为自己认床，换了枕头就睡不着。不知从何时起，他总说，不能次次都打车回去，所以要赶在末班电车停运之前回去。伊都子知道他会回去，但每次还是会失望。这种失望和孩提时那种想要四脚朝天仰天痛哭的失望很相似。

恭市吹干了头发，如刚刚说过的那样，他走出了屋子。伊都子也跟着一起走出玄关，在电梯内与恭市缠绵拥吻，最终在楼门口的大厅前送走了他。伊都子极力抑制着想要放声大哭的情绪，一个人默默地走进电梯。2层，3层，伊都子看着电梯屏幕上的数字不断滚动，耳边突然响起芙巳子低沉的声音——“有家室的？”

不会吧。伊都子好像看到了什么脏东西一样，使劲地摇头。

恭市下个月才满三十岁，不可能已经有妻子，更别说孩子了。伊都子想，母亲就是这样的女人，见不得别人享受幸福，喜欢给人泼冷水。我刚感觉到那么一丁点儿愉悦，她就说一些让我焦虑的话。

门没锁，伊都子拉开玄关的门，静静地踏进残留有恭市气味的屋子里。水槽里还放着脏盘子，伊都子从一侧开始清洗。中午开始喝个不停的酒以及在厨房做爱后的余韵让她的身体麻木疲软。

恭市是一名自由编辑。东欧旅行结束后，伊都子拿着自己一直以来拍的照片，找到几家此前写过专栏的出版社，结果每家出版社都以摄影集不好卖为由拒绝了她。就在这时，她遇见了恭市。伊都子从出版社出来后，恭市追上来叫住了她，约她去喝杯茶。

恭市说："我看了你在会议室里拿出来的那些照片，色彩选择很有个性，很不错。不过，你把照片拿到这种地方来是没用的。完全没在摄影出版方面下功夫，不对，应该说完全没在美术作品出版方面下功夫的出版社，是不会懂这些作品的好处的。"

那天傍晚，在出版社附近的居酒屋里，在恭市的祈求下，伊都子再次摆开了照片。恭市极尽所能地将伊都子拍的照片吹捧得天花乱坠。那些吹捧的言语伊都子几乎都没记住。应该说，在恭市吹捧时，伊都子根本就没好好听他在讲什么。她只觉得自己因被夸赞而既飘飘然又斗志昂扬，并一直出神地盯着恭市看。

恭市仿佛是根据伊都子的喜好量身定做的男人。他个子很高，伊都子本就不矮，但他和伊都子并排走时仍比她高一头。细长的眼角，高直的鼻梁，细薄的嘴唇和光滑白皙的肌肤，除此之外，他的体形还很匀称，手指可能常常翻阅文件，又细又长。想跟他上床。伊都子想，我想和眼前的这个人上床。

这是伊都子内心第一次萌生这样的想法。

出了居酒屋，伊都子主动邀请恭市。她说："我家里还有好多照片，去看看吧。"恭市欣然前往。于是，在伊都子的公寓里，在看照片之前，恭市就把伊都子推倒在客厅餐桌上。

那天，恭市也在十二点前就回去了。恭市离开后，伊都子感觉自己完全摆脱了母亲的精神束缚。母亲曾经说，没有比给喜欢的男人做饭的女人更惨的人了。同样，母亲还说过，没有比见面第一天就带男人回家的女人更蠢的人了，因为这么做就是在告诉对方自己已如饥似渴。

然而，她就是这么做了。不是接受男人邀约跟着他去，也不是祈求对方发生关系，更不是多次约会后慎重决定在一起，而是主动邀请第一次见面的男人来家里，在认识几小时之后就和他上床。而且，和那个男人在一起时，伊都子一次也没有想到过母亲。母亲会不会打电话来？要不要把他介绍给母亲认识？这么做会不会被母亲责骂？所有这些念头，一次也没有在伊都子的脑中闪现过。

去摩洛哥也是恭市建议的。他曾说，捷克和爱尔兰也很不错，但比起那些光鲜亮丽的景色，伊都子的摄影手法更适合拍稍显杂乱、略带灰尘的景色。要离开恭市三个月，伊都子想想都觉得度日如年。但恭市说，不去那么久的话，无法真正了解当地的风土人情，所以，伊都子还是照做了。旅行期间，伊都子每隔一天就会找间网吧坐下，给恭市发邮件并确认他的回信。要问旅行期间有什么能回忆起的景色，比起迷宫一样的老街集市、在去往西班牙的轮渡上看到的日暮风光以及沙漠的星空，伊都子首先想到的还是网吧，那些无论哪个城市都大同小异的，电脑排成一排的冰冷房间。

伊都子拍了近一百卷胶卷，把所有底片都冲洗了出来，与恭市一起挨个确认。他们谨慎地选出要给出版社看的照片，用感光纸打印好。恭市拿着这些照片去找了几家他所说的“擅长美术作品”的出版社，最终获得了出版的机会。

和恭市一起度过的时光自不必说，与他一同创作的感觉更是让伊都子心满意足。和恭市在一起越久，摄影集越接近出版，伊都子越觉得自己从母亲的阴影中获得了解放——将从母亲那里继承而来的血液全都挤出，基因全都踩碎，然后获得新生。这种感觉虽然夸张但很真实。

伊都子擦拭着洗好的盘子，脑中浮现出恭市刚刚离去时的背影。

伊都子从没去过恭市的住处。他说过自己住在东中野，但住的是独栋还是公寓楼，伊都子并不知道。恭市说过，他经常会把工作带回家做，所以家里乱得跟个垃圾场一样。恭市住处的座机电话号码伊都子也不知道。恭市说，他几乎不在家待，所以只给了伊都子他租借的单间办公室的电话号码和手机号码。

没去过他家，不知道他家的座机电话号码，每次和他见面都在这个房间，十二点前他必定会回去。如果恭市真的像芙巳子开玩笑说的那样是“有家室的”，那所有的小谜团就都解开了。他说自己家像个垃圾场，他的衣服上却总有股香皂的清香；在伊都子这里洗澡时，他不会用她家的香皂或洗发水（伊都子常用的是一种法国进口的香皂，有股独特的清苦味道）；恭市明明很喜欢喝酒，但从不会喝到酩酊大醉；周日或节假日，他的手机几乎完全无法接通。以前，伊都子对这些完全没在意——有可能是刻意忽略这些细节——但如今，此前种种都一下子涌入伊都子脑中。

不会吧？不会吧？不会吧？伊都子想着想着，心跳逐渐加快，盘子险些从手中滑落。她再次握紧盘子，固执地用抹布擦拭着，并故意笑出声来。

“傻子一样。”伊都子自言自语，“又轻而易举地被那个女人的暗示牵着鼻子走，我真的跟个傻子一样。”

房间恢复寂静。伊都子把盘子收拾好后，从包里取出手机，给恭市打了个电话。或许因为他在坐地铁，电话里重复着“您拨打的用户无法接通”的提示音。伊都子挂掉电话，将手机攥在手中，站在阳台的落地窗前，拉开窗帘。斜前方耸立着一幢几年前刚建起来的高层电梯公寓，公寓下方，民居和小公寓楼内亮起的灯光像是从电梯公寓内溢出的一样，星星点点扩散开去。

目黑那套房子的门牌号。伊都子突然记了起来，母亲说的那张卡的密码，就是母女两人从英国回来后租住的第一个房子的门牌号。

那是一栋古老的木质住宅。房子整个背面被爬山虎覆盖，连窗户和墙壁也不例外。狭小的庭院内长着结红果的树，杂草肆意生长。这一切伊都子都记得。当时她还是初中生，她和母亲有段时间特别着迷于给附近的野猫喂食。她们在院子里放了个盘子，倒了些杂鱼干和金枪鱼罐头，等猫来吃。倒是吸引了几只猫来吃猫粮,但没有哪一只天天都来。在这期间，她们被邻居投诉了，有人甚至在她们家门上贴了张纸，上面写着“请不要擅自给野猫喂食”。母亲可不是那么轻易认输的人。她摸清了贴条的人是谁，然后用毛笔写下“请不要擅自在他人门上贴纸条”，等夜深了悄悄带上伊都子去那人门口贴了回去。贴完，母女俩迅速跑回，相视之后哈哈大笑。母亲还在长期合作的编辑的帮助下，抓了几只雌性野猫，带它们去做绝育手术。这件事一直做到母亲厌倦为止。只需三个月，母亲就会厌倦这种事，她就是这样的人。

住在目黑时，草部家不曾雇人做饭和料理家务。所以，伊都子记得，那段时间母亲应该是做过饭的。也有女编辑来帮过忙，但她们不是每天都来，所以母亲应该是做过饭的。到底做了什么菜来着？不知为何，伊都子的眼神游走在高层电梯公寓里一扇扇窗户中透出的细小光亮之间，拼命想要将这些回忆起来。

可是，她能回忆起来的，只有穿过杂草丛时针扎般的痛感，朝北的那间和室里冰冷的榻榻米，昏暗的厨房内微微发着光的水龙头，还有深夜里野猫的叫声。只有这些东西而已。

伊都子坐在冷清的会议室里兀自遐想，打儿时起，自己一见陌生人就极度紧张。但这么多年来，她居然一直不断地在和陌生人见面。

自打伊都子记事起，家里就不停有陌生人出入。她刚要记住这些人的名字、长相、食物喜好和口头禅时，家里就又因为母亲调职或离职，换了一批新的陌生人前来。眼看着快要记住新人时，母亲又带着伊都子去陌生的国度旅行了。伊都子认生，好不容易在当地结识了几个朋友，母亲又突然宣布要回国了。

高中那段奇怪得不能再奇怪的时期也是一样。那时，伊都子遇见了艺人经纪公司的人，也遇见了声乐老师、舞者、录音乐手、作词家、作曲家、发型师、造型师、音乐推荐人以及其他数不清的工作人员。如果没有千鹤和麻友美，伊都子早就逃跑了。正因为跟她们在一起，她才能正常地与陌生人打招呼。

决定解散乐队时，伊都子心里松了口气，但同时她也感到害怕，因为这意味着她即将离开她们，一个人单打独斗。事实也确实如此，自那以后，伊都子一直是一个人，一个人与陌生人会面。伊都子内心感叹着，我竟然撑了过来，真棒！她看着坐在旁边的恭市，心想，在遇见眼前这个人之前，我竟然撑了过来，真棒！

恭市过了下个生日就三十岁了，尽管如此，他现在依然是二十多岁，可是他比伊都子健谈得多。伊都子一脸懵懂地坐在他身边，反复比对坐她对面的编辑和他放在桌上的名片。编辑穿着T恤和牛仔裤，年龄估计和伊都子差不多，或许比她还大些，但交谈时语气十分恭敬，对年纪更小的恭市也一直使用敬语。他们一边看摊在桌上的放大版照片，一边认真地讨论。“我还是觉得有个主题比较好。”“不用吧，毕竟不是旅行指南类的书，如果按地点分类，就差点档次了。”“我不是这个意思，比如以生活为主题编辑照片，或者以笑脸、背影等为主题也行。”“按你的意思的话，应该是这种感觉？”“这是我们出版社去年出的书，开本这么大比较合适……”

明明他们讨论的都是关于自己照片的事，伊都子听着却像是在说别人的事。这和干劲无关，只是伊都子有这种感觉而已。摄影集要如何才能结集成册出版，这种事伊都子不清楚，开本、排版、主题这些东西，恭市远比她懂。

伊都子意识到两个人都在看着她，于是急忙抬起头，不再盯着编辑的名片一直看。

“嗯，你们说什么来着？”

听到伊都子的回答，恭市笑了。连带着编辑也笑了起来。

“我们在说文章。草部女士您不是会写文章吗？”恭市问。在工作场合，他都叫伊都子的姓氏。每次听到，伊都子都觉得浑身酥软。

“写文章？嗯，日语肯定是会写的。”伊都子没明白恭市在问什么，在她笨嘴拙舌地回答之后，两人又大声地笑了起来。

“她有点天然呆，别见怪。她之前给杂志写过专栏和散文，有文字功底，不用找其他作家，她自己就能写。”看着恭市向编辑积极推荐她的样子，伊都子突然感到有些惶恐不安：他们会让我写什么呢？我没写过散文，没写过那种需要用自己语言表述的文章。

“那个……”伊都子一插嘴，两人就都看向了她。

那一瞬间，伊都子脑中浮现出了母亲的话：“如果只是写吃了蛋糕觉得味道不错，这种文章谁都能写，名字印得小也是没办法的事。”

不要被母亲的话给骗了。她那些话都是为了剥夺我的自信才说的，根本不值得相信。伊都子在心里默念。于是，她对看向自己的两人笑了笑，说："嗯，能写，我能写。"

"好的。这个时代，只出版照片确实有点难。可能和您预想的大方向有些不一样，但还是摄影散文集这类有文字的东西更好出版。"

"先让她本人写一段，然后你们读读看，如果不太满意再拜托别人写，如何？"

"如果这样的话，可能需要费一些时间了。"

"多费一些时间绝对更好，不管是对她还是对出版社而言。"恭市的语气强硬，伊都子松了口气，连连点头。

伊都子再次觉得，自己以前能撑过来真是太厉害了。不过现在已经没关系了。因为有这个人在，一切都会很顺利。

离开出版社后，两个人一起往地铁站走。中途能看到已经开门的居酒屋。恭市说："小酌两杯如何？"伊都子拼命地点头。刚过四点，日头还很高。大路前方的信号灯处，一动不动地停着等候的车辆，它们被热气包裹，看起来像在左右摇晃。工薪族们擦着汗在路上来来往往。伊都子离开人群，跟在恭市身后钻进了一家居酒屋的门。

"提前庆祝出版，干杯。"恭市举起了端上来的扎啤。伊都子也举起酒杯轻轻碰了一下。

“刚才你的样子真好笑。”恭市用筷子拨弄着凉菜小碟里的菜，微微一笑。

“对不起，我那时走神了，也不知道该说什么好。”

“没事。你想说什么就说什么。你可以直接命令他们这样做或者那样做。”

“其实我心里并不知道该怎样做。”伊都子低着头说。

恭市抬头看着天花板，笑了。“没关系的。这样反而有艺术家的范儿。伊都子你太漂亮了，不说话时总给人一种高冷的感觉。所以，如果不怎么开口讲自己的想法的话，怎么说呢，反而更有威信？刚才对方肯定觉得，眼前这个人该不会有什么不得了的才干吧。我都看出来他面露惧色了。”

“这么说，今天这样还挺好的？”伊都子松了口气。

“做得很好，做得很好。”恭市翻开菜单，愉快地说。

伊都子感觉这段对话似曾相识。“刚才那样可以吗？”“挺好挺好，做得很好。”

啊，对了，就是高中时候，每次采访结束后，伊都子都跟经纪公司的人确认自己和练习时的表现是否一样。当时伊都子被安排的人设是不爱说话，有些傲慢，对任何事情都抱着冷峻的态度，她的口头禅是："这种小事，怎么都行啦。"现在想来，虽然当时的她像个傻子一样，但那也是伊都子倾尽全力才能说出的为数不多的"台词"。

然而，现在和那时不一样了。她做的事情完全不一样。而且，那时是三人一起，现在只有伊都子一个人。评判好坏的人也不再是不熟悉的大人们，而是她最信赖的恭市。伊都子保持着脸上自然流露出的笑容，和恭市一起研究摊开的菜单。

“要份毛豆、炸茄子，再点几串烤串？”

“那就要肉丸、鸡肝和鸡皮的烤串吧。再要一份浓汤鸡蛋卷和沙拉。”

“不好意思，这边点餐。”

店里除了他俩再无旁人，恭市的声音响彻店内。一名系着围裙的中年妇女拿着记录本出现了。伊都子不时偷瞄恭市，看着他将菜名一个个说出口。

母亲开的那个恶意玩笑，自那天起就一直在伊都子的脑中挥之不去。念头一旦出现，就怎么都绕不开了。恭市不一定结婚了，但或许有一个长期同居的女朋友；即便不是同居，也可能有另一个女人存在。这些情况的可能性都不会为零。“嘿，带我去你家吧，你家里乱成什么样我都不会惊讶的。”伊都子不止一次想开口，但都失败了：要是被拒绝了该如何说服我自己呢？到时候我一定会怀疑他隐瞒了什么。

“总之，文章的事，虽然只是暂定，但你还是先按照刚才说的结构，尽快下笔吧。别写成那种‘在哪里看到了什么’

的流水账文章，像日记片段那样的散文就很好。明天我会选些参考读物寄给你，你先看看。”恭市一饮而尽，语气也改成了谈工作的样子。

“小恭你今天去我家吗？”伊都子问。

恭市瞬间摆出扫兴的脸色，说：“我刚才说的话，你听到了吗？今天一会儿我要去营业到很晚的书店转转，伊都子你就先回去，再看一遍重新分好组的照片，心中有个大致的构思。”

“要不我也跟你一起去书店吧。”

“我不是说了吗，我会给你寄参考读物，你脑子里没个大致的构思就看这看那，做出来的东西肯定会和别人相似。如果你不先做个大致的构思，一切都会很麻烦。这本书最晚明年春天一定要出版。”

伊都子觉察到恭市在生气，于是不再问他接下来的安排。下下周就是恭市的生日了，伊都子也没问他有什么安排。刚才那位妇女端来了毛豆和炸茄子。算上伊都子的份，恭市又点了两杯啤酒。伊都子伸手夹了一颗仍是温热的毛豆含在嘴里，暗自下定决心：不能开口让恭市带我去他家，也不能直接质问他是不是隐瞒了什么，一切真相只能我自己去寻找。

恭市的工作室在筑地。背朝中央批发市场，沿着一条狭窄的道路走几步，就能看到林立的混合楼群。三层高的“村上公寓”被混合楼群挤压得近乎变形，公寓的202室就是恭市的工作室。

村上公寓的斜对面有一家咖啡店，伊都子就坐在那里，盯着窗外。刚才店内还很拥挤，一些准备加班的白领来这里吃了晚饭，不过现在已经没什么人了。餐具回收处旁边的座位上，一个学生模样的团体将笔记本摊在桌上，大声地谈话。

恭市六点有一个会，之后如果没有应酬，九点左右就应该出发回家了。果然，七点半左右，伊都子看到恭市回到了村上公寓，不出意外的话，几十分钟之后恭市就会离开工作室了。

村上公寓伊都子去过。有一次约会到一半，恭市忘带东西了，伊都子随他回来取东西。工作室是个单间，完全没有生活气息，更没有生活情趣。厨房很脏，满是水垢，浴室别说使用了，早已被用作储物间堆放资料。除了恭市自用的椅子，这里还有一把没有靠背的圆椅子，此外再无可以落座之处。恭市问她要不要喝咖啡，伊都子不太想喝在脏兮兮的厨房里泡出的咖啡，于是提议去斜前方的那家咖啡店，结果恭市说那家店的咖啡他不喜欢。最后，两个人只取了忘带的东西，没有久留就离开了工作室。

伊都子知道恭市不会来这家咖啡店，所以即使看到恭市从窗户对面走过，她也不慌张。她觉得今天的计划一定会很顺利。伊都子相信，跟在正在回家的恭市身后，肯定能在不暴露的情况下找到他的住处。

恭市说过，要先写文章，这些伊都子都懂。恭市还说，虽然跟出版社商量时他说过要费时费力好好做点东西，但是，如果伊都子把时间拖得太长，出版社那边万一有什么变故，事情就很棘手了。所以，他要求伊都子七月底完成文章草稿。

但伊都子的心思根本不在这上面。自从上次在出版社开完会，两个人在居酒屋喝过酒后，恭市就再也没去伊都子的家里，下次见面的时间也一再延后。恭市在三十岁生日那天也没来伊都子家。伊都子缠着要给他过生日，他却说："等文章的事情差不多有着落之后再说。"还说："现在还是优先做摄影集的事啦！"恭市的话没错，但是两个人一旦不见面，曾经在伊都子脑中一闪而过的疑念就会愈发膨胀：不知道他是有妻子还是有女朋友，但总之，除了我，他应该还有一个女人，或许她知道了我的存在，所以恭市才跟我保持距离？不对，说不定他另有新欢了。在接到母亲那通电话之前，伊都子从未想过这些事，现在，她却不停地猜着各种可能性，完全无法专心做任何事。

先弄清楚，再谈工作。这是伊都子思考良久后得出的结论。如果没有任何问题，那一切照旧；如果有什么问题，她的心态也不会变，只是一直被蒙在鼓里不好受。所以，先弄清楚吧。于是，伊都子今天在筑地的这家咖啡店一坐就是好几个小时。

如果真像母亲所说，最糟糕的真相在等着我，那也没关系。今天出门前，伊都子已经确认过内心的想法：我和恭市一直以来相处得很融洽，以后还有摄影集的工作，就算有别的女人存在，我们之间的信任也不会有任何动摇。

正当伊都子犹豫要不要点第四杯咖啡时，一个人影出现在村上公寓昏暗的楼门口。就算不看脸，伊都子也知道那人就是恭市。伊都子一把抓过自己的包，谨慎地站起来。

恭市前往车站的步伐比和伊都子一起走路时快多了。伊都子保持着安全距离跟在他身后。电视剧里，走在前面的被跟踪目标会时不时回头望望，而跟踪者则嗖的一下躲在电线杆后。但是，恭市完全没有回头，快步朝前走着。有几次，恭市差点消失在赶往地铁站的人群里，伊都子担心地小跑了好几次。不过，好在恭市个子高，伊都子总能在追赶时在人群中看见恭市露出来的脑袋。

伊都子上了大江户线，待在与恭市不同的车厢。她本想透过车厢连接处的玻璃确认恭市的一举一动，但人很拥挤，难以实现。没事！伊都子对自己说，恭市应该会在东中野站下车，我今天肯定能找到他的住处。

伊都子直勾勾地盯着贴在车厢门上方的线路图，挨个确认经过的站名。新宿，中野坂上……电车一步步靠近东中野站，伊都子整个身体仿佛都变成了心脏，扑通扑通跳个不停。

在地底疾驰的电车终于到达了东中野站，伊都子和大批乘客一起从车厢里拥出。她赶忙看向恭市乘坐的那节车厢。电车关上了门，重新启动。乘客们仿佛游行一样拥向电扶梯。人潮之中却没有高人一头的恭市。

不可能。

伊都子杵在站台上，不停地环视四周。几乎所有乘客都被电扶梯给吸走了，站台上只剩下等候下一班列车的人。她弹跳般跑了起来，冲上了楼梯，一边跑一边从前方路人的背影中寻找恭市。没有。没有。去往检票口的楼梯长得好像没有尽头，等到伊都子跑到检票口，已是小腿疼痛呼吸困难。出了闸机，伊都子环顾四周。她想，就算被恭市发现也没关系了，她不顾一切地寻找着恭市。

可是，哪里都没有恭市的影子。乘客离开后，检票口恢复平静，只剩伊都子急促的呼吸声留在她的耳畔。

跟丢了？

不对。

伊都子心里有个声音，微小却坚定——不是跟丢了，而是恭市家的地址根本就不在这里。

恭市说的参考读物第二天就寄到了。大多数是一大堆照片加上几则诗一样的文章。伊都子反复阅读了几遍，也完全不知道自己该参考什么。

于是，她又挨个端详摊在客厅餐桌上的照片。

伊都子打开电脑，按下电源键开机。接着，她打开了一个新文档，写下了这么一段话：

摩洛哥阿特拉斯山脉，好似月球表面。周围没有民居也没有商店，大概连座人造物也没有。一名少年踽踽独行。他单手拿着一根长树枝，仅此而已。少年究竟来自何处，又将去向何方？这个问题，其实也是我在问自己的问题：我从何处来，要去向何方？我究竟为何而来，又为何而去？

“别写成那种‘在哪里看到了什么’的流水账文章，像日记片段那样的散文就好。”伊都子回想起恭市的话。可是，她并不清楚写“在哪里看到了什么”的流水账文章与日记片段之间有什么差别。自己刚刚写下的这段文字，确实只是在记述在哪儿看到了什么，但她也觉得它是一个优秀的日记片段。

伊都子反复读了几遍刚写的文字，按下保存键后关闭了文档。接着，她打开电子邮箱，点击收发件的按钮。伊都子怀着乞求的心情，期待恭市能给自己发来邮件，然而，收件箱的两封邮件都不是恭市发来的。虽然很失望，但伊都子还是点开了收到的邮件。

第一封来自写专栏工作结识的自由撰稿人裕惠："过几天准备跟矢野他们聚一下，你有空的话要一起吗？"这是一封聚会邀请邮件。

第二封邮件是麻友美发来的：

露娜电视首秀的播出时间敲定了！就在下个月。每周日傍晚五点播出的《冒险野炊》节目，露娜会上！一定记得收看啊！等播出日期临近了，我会再提醒一次的。

读着邮件，仿佛能听到麻友美兴奋的声音。伊都子出神地看了一会儿，然后关闭了电子邮箱。

伊都子觉得，好像只有自己一个人停滞不前。三人里，只有她一个人在为交往的男生连住址都不告诉她这种事情烦恼。麻友美和千鹤都成长了，早就从恋爱的琐碎烦恼中解放了出来，踏实地做着自己该做的事。

他已经两周没给我打电话了。总觉得他最近有些疏远我。感觉他好像有别的女人。突然就被表白了。我还没跟他说，但下次见面我就当是约会了。

三人像这样你一句我一句地聊天已经是多久以前的事情

了呢？像这样仔细地听对方说话，认真地给出建议，是多久以前的事了呢？现在，如果我把恭市的事告诉麻友美和千鹤，她们还会像从前那样好好地听我说完吗？“我连男朋友家在哪儿都不知道。他好像对我撒谎了。我只有他的手机号。”她们听完之后一定会这么说：“小伊，这个年纪了，你怎么还在做这种事啊？”然后，或因为要给丈夫做饭或因为要接女儿而各自匆忙回家。

伊都子叹了口气，文章毫无头绪，她只好放弃，顺手关掉了电脑。就在这时，电话响了。恭市找她时一定会打她的手机，所以不会是他。不过，万一呢？伊都子抱着些许期待拿起了分机听筒。

“是我。”突然冲进耳膜的是母亲芙巳子的声音。

“什么事啊？”伊都子很失望，声音也显得很冷淡。

“今晚有空吗？有空的话过来一趟。过了六点到这就差不多。早一点来也行，有事让你做。”芙巳子虽然问了伊都子有没有空，但完全没给她回答的时间，直接用命令的语气对她说道。

“怎么可能有空？”

“那就六点吧。稍微晚一点也没事。”

“什么事啊？”

“满月会。你现在不是没工作吗？没准一会儿谁能给你介绍个工作，而且……”

“我有工作啊，别随便下定论。”伊都子打断了母亲的话，语气很强硬。

“小珠从意大利给我们带了好多牛肝菌、生火腿回来。”

“不好意思，我很忙。”伊都子低声回应后挂断了电话。

母亲芙巳子爱热闹，本来不过是大家聚在一起随便喝两杯而已，她却总爱给这些聚会取名字，并邀请成员们定期相聚。有段时间，她沉迷歌剧，为此花了不少钱，还组了个“歌剧同好会”。还有吃当季美食的“时鲜品尝日会”，初夏时节的“白葡萄酒聚会”，年末的“一文字会”。此外，还有毫无意义的“野猫同盟”“弥次郎兵卫[1]之会”“半夜三更的聚会”等等。其中有些聚会持续几次就结束了，有些则变换名称一直持续下去。说起来，虽然“时鲜品尝日会”和“一文字会”的成员有变动，但从伊都子还是高中生时，聚会活动便一直不间断。来参加的人大多是编辑或者同工种的人，偶尔还会有作家、艺术家以及他们带来的来路不明的人。芙巳子总是像只厚颜无耻的猫一样只管坐着享受，负责做饭和添酒水的都是和芙巳子有很深交情的编辑们。以前，伊都子和母亲住一起时，也经常被派出去招呼客人。当时伊都子还很期待这些聚会。母

1 弥次郎兵卫，指日本一种传统玩具，利用重心理论使偶人保持平衡，也称“与兵卫偶人”。

亲拥有横跨多个年龄段的众多朋友，这一度让伊都子引以为傲，她也曾经陶醉在作家和艺术家们创造出的华丽氛围里。

我怎么可能去！伊都子嘴里念念有词，回到客厅餐桌边。一看到摊在桌上的照片，她瞬间干劲全无。符合照片的文字，不管是思考还是书写，都让伊都子觉得厌烦。伊都子站起来，走向卧室。她挑了套衣服换上，走向化妆间。管他满月还是半月，只要去个热闹的地方，就可以不用想恭市的事了，也不用等恭市联系自己了。而且，没准还能找个作家或诗人给自己的配图文章注入一点灵感。至于母亲，无视她就好了。伊都子一边这么想着，一边细致地往脸上涂妆前乳。

母亲住在千驮谷附近的高级公寓里，今天有二十多个男男女女聚集在这里。除了几个一直负责芙巳子稿件的编辑，大多数人伊都子都没见过。在可以瞭望东京夜景的客厅里，大家按各自喜好，或选择座位坐下，或围成圆圈站着谈笑风生，有染着红头发的年轻男子，有衣着暴露到接近泳装的女子。每个人在给伊都子介绍自己时，都会报上姓名和工作，例如画画的、弹钢琴的、唱歌的、写小说的。这些人的名字伊都子从没听说过，跟他们也找不到共同话题，她只好勉力微笑，喝了几口酒，吃了点不知道是谁准备的料理。即便身在这样的环境中，伊都子还是感到心安。如今她已经不再对母亲的生活满怀憧憬，但在这个空间里，许多人相聚在一起谈笑风生，伴随着音乐和餐具碰撞的声音，这一切都是伊都子自儿时起就司空见惯的场景。在这里，伊都子虽然有些不太舒心，却仿佛重回小学母校一样，有种甜蜜的怀旧之感。

芙巳子还是老样子，厚颜无耻地坐在沙发正中央，一边喝着别人给她倒的酒，一边吞云吐雾，旁边的人开了句玩笑，她便高声大笑。伊都子为了不看母亲那边，拼命聆听周围那些她记不得名字的人的谈话，频频点头。

“伊都子小姐，您的工作是什么呢?”一位自称工作是绘画的女子问伊都子。

“现在主要是做摄影。”

“摄影啊。”女子点了点头，没再多问。于是，伊都子自己将话题延续了下去：“不久就要出摄影集了。”

周围几个原本正吃着料理的人将视线集中到了伊都子这里。

“摄影集？真厉害。现在摄影集最难出版了。”

“真是有其母必有其女啊，一家人都这么有才华。”

“准备在哪家出版社出版啊?”

“什么时候发售啊？我想看。”

大家你一言我一语地谈论着，伊都子瞬间紧张起来——他们该不会以为我是借着草部芙巳子的人脉才得以出版摄影集的吧？这种感觉伊都子再熟悉不过了。不管做什么，她总会这么想。伊都子知道这样的思考方式很自卑，但由于缺乏自信，她总会不自觉地这么想。伊都子很想仔细地跟芙巳子的朋友们解释她在与芙巳子毫无关系的地方遇见了一位名叫恭市的合作伙伴，正准备靠自己的力量开启新事业。

伊都子将手中杯子里的葡萄酒一饮而尽，环视四周的人之后，鼓起勇气说出了出版社的名字。她还解释道，摄影集早的话年内，晚的话明年初春就能出版。

“这种摄影集是自己找出版社出的吗？”一个略显老成的年轻男子问。

“对。我既没有关系，也没有人脉，就是自己拿着摄影作品一家家出版社找过去的，像个突然上门的推销员似的。”

周围了人点了点头，显得有些吃惊，不过他们似乎早就失去了兴趣，有的人四处徘徊找寻自己相熟的伙伴，有的人则开始相互为对方斟酒。

“我运气还挺好的，遇到了一个很懂摄影的自由编辑，他给了我很多建议。不过，基本上还是我一个人在做，包括给摄影集配的文章，也是我自己写……”为了重新吸引他们注意，伊都子又一次开口讲述了起来。但是，真正听她讲话的只有那个自称搞绘画的娃娃头女子。其余的人都开始了别的话题，各自笑着走到别处去了。那个女子好像被伊都子身上的什么东西所吸引，站在伊都子对面问这问那。比如，我的哪家出版社，是否还记得负责接待的编辑的名字，现在负责的人是谁，等等。她长得虽然年轻，但似乎很老成，对美术相关的出版社非常了解。伊都子每说到一家出版社，她都会得意扬扬地说："啊，那里啊，那里肯定不行。那家出版社只出版好卖、能赚钱的书。"当伊都子提到一些自己都记不太清的名字时，她又会说："不叫太田，叫大川吧。我知道。那家出版社的人以前都是做八卦杂志的，怎么可能认真看摄影作品啊。"

"那么，那个……"谈话间隙，伊都子主动问，"您认识宫本恭市吗？他是一个自由编辑……"

听到伊都子的问题后，女子果然摆出一副无所不知的样子连连点头，笑着说："啊，仲岭出版社的那个男的啊？爱吹牛皮的那个……"

"您认识啊？我正在与他合作，他给了我很多建议。这次出影集的事情也是……"一说到恭市，伊都子就开心，不自觉地滔滔不绝起来。然而，这个女子好像完全没听到一样，继续得意地说："他现在是自由编辑啊？我最后一次见到他时，还劝过他千万别做自由编辑，看来他还是没听。这都是很久以前的事了，我都快记不起来了。不过，他也无所谓，他就算不工作也可以吃老婆的软饭。"

伊都子满脸堆笑，看着搞绘画的女子。

搞绘画的女子丝毫没有从伊都子面前离开的意思，迅速转换话题问："出版社那边负责你摄影集的人是谁呢？"

"好像，好像是叫中村吧。"伊都子早就忘了上个月见到的那个毕恭毕敬的编辑的名字了，于是她凭空捏造了个名字。

"哦。是不是新跳槽过来的那个人啊？他还没跟我打过招呼。"

"宫本先生，他果然结婚了啊？"伊都子笑着问。

"啊？你不知道吗？他年轻时候奉子成婚。"

"我们之间只有业务来往，私人的事情我都不问。连他多大我都不知道，只是觉得看着比较年轻，以为他还是单身，没想到都有孩子了。"

伊都子想：没关系，我还算应对得体。这个女人完全没有起疑心，以后应该也不会跟母亲说这说那。但，我还想知道更多。关于恭市的一切，我还想从她嘴里知道更多。要怎样才能自然、不刻意地问出口呢？

正当伊都子思考得晕头转向时，有人拍了拍她的肩。回头一看，芙巳子站在她身后。

"嘿，小珠在做意大利面，你帮着收一下空盘子吧。"伊都子心不在焉地看了看母亲。母亲剪了短发，还是那样不爱化妆。耳坠很重，她松弛的耳垂被拉得有些变形。

"伊都子小姐说她要出版摄影集了。刚刚跟她聊了一会儿，发现与她合作的竟然都是我认识的人，吓了一跳。这世界可真小啊。”搞绘画的女子故作熟络地对芙巳子说。

“你把性命都用在社交上了，当然谁都认识了。”芙巳子爽快地说，搞绘画的女子瞬间羞红了脸。伊都子一下子品尝到了儿时的胜利感。

粗鄙的女人。这是伊都子内心对搞绘画的女子的评价。这个人根本就对我说的话不感兴趣，只是想证明自己在出版业很有名。粗鄙的家伙。伊都子内心嘀咕着。明明是自己主动问别人恭市的事情，且别人也一五一十地告知了所了解的情况，伊都子却反过来恨别人。伊都子走开了，她按照芙巳子的要求，将空盘子摞到一起。

“摄影，嗯，摄影是吧。”芙巳子走到伊都子身边，语气中似乎有些惊讶。说完，芙巳子又稳稳当当地坐回沙发上。伊都子将视线从母亲身上移开，抱着盘子走进厨房。守谷珠美正在厨房里双手握着锅柄翻炒，沾上褐色酱汁的意大利面随着她翻锅的动作不停跳动。

守谷珠美一边神情专注地翻着锅，一边对伊都子说：“好久不见啊，小伊。”

守谷珠美是一位比伊都子母亲小五岁左右的编辑，伊都子还是初中生时，她就常常出入她们家中。现在，她应该已经在翻译部门之外的其他部门了，但芙巳子的聚会她几乎都会参加。做饭，收拾，招呼客人……这些事情几乎都是她负责。

再过几年，珠美应该也要退休了。

“真是不好意思啊，每次都麻烦您。”伊都子一边将洗洁精挤到海绵上搓出泡沫，一边说道。见伊都子开始洗盘子了，珠美便将锅中的面条盛入大盘中，跟伊都子说：“这个我端出去了。”然后走出了厨房。

伊都子无声地清洗着粘在盘子上的油渍和已经干掉的剩菜。客厅里传来了欢呼声，还有笑声和说话声，以及微弱的摇滚乐的声音。伊都子认真洗着碗，客厅里的喧闹也渐渐远去。凉风从厨房虚掩的窗户缝隙中吹了进来。

仲岭出版社的那个男的。爱吹牛皮。吃老婆的软饭。奉子成婚。搞绘画的女子说过的话在伊都子耳畔不断回响。

伊都子觉得，那个粗鄙的女人肯定把恭市和别人弄混了。恭市在成为自由编辑以前是个什么样的人，伊都子虽然一无所知，但她可以确定，恭市绝不是爱吹牛皮的人。那个人肯定觉得，如果从我口中说出的人她不认识那她就会不舒服，所以才信口胡说。我随口说的中村，她不也说自己认识吗？竟然会有人通过这么做来显示自己人脉广，真差劲！

“小伊，我来洗吧。你快去外面吃点面。”珠美回到厨房，看了看烤箱。

“不用了，马上就洗完了。你是在烤什么东西吗？”

“羊肉。买了一大块，准备烤了之后切片吃。小伊你一会儿也一定要尝尝哦。”

“珠美阿姨，你出去喝几杯吧，肉烤好了我叫你。”虽然伊都子这么说，珠美却没离开厨房，抱着胳膊靠近水槽，盯着伊都子的手出神地看。

伊都子还以为珠美会一直沉默，没想到她居然问：“小伊啊，你最近会和芙巳常常联系吗？”

“没怎么联系。我工作很忙，我妈又爱唠叨，我有意避着她呢。”伊都子一边冲洗盘子上的洗洁精一边回答。

“这样啊。也是，小伊也到了有自己工作要忙的时候了。以前你们母女可是像同卵双胞胎一样，关系好到不行呢。”珠美站在伊都子身后感叹道。伊都子不明白珠美究竟想说什么。不过，比起这件事，她更在意恭市。珠美的话她听过就忘了，她在想这边结束之后要不要给恭市打个电话问问。

“不过，偶尔你还是来看看她吧。我虽常来，但也有限度不是？小伊你住处离这边也不远。”珠美点了根烟，顺手打开了换气扇。

伊都子关掉水龙头，回头看着珠美问：“我妈说她哪儿不舒服吗？”

“没有没有。虽然没有……”珠美急忙否认，朝着天空吐了一口烟雾，笑着说，“但是，你也知道，我和芙巳都已不年轻了。”伊都子还是不明白珠美想说什么，她任由自己双手滴着水，望着珠美。

“我和芙巳第一次见面时，小伊才上初中。我们会一直和你在一起，但是毕竟上了年纪，偶尔会忘事，而你才三十多岁。我和芙巳都必须意识到自己已经是老太婆了。”珠美快速说完这段话，将只抽了一半的烟杵进了水槽边的烟灰缸里。

周六晚上，恭市打来了电话。“如何？进展顺利吗？”听筒对面传来恭市的声音。伊都子很久没听到这个声音了。

“还算顺利。我一整天都待在家里对着电脑。上次外出已经是在三天前了。你敢信吗？”伊都子对着基本没打什么字的电脑，乐观地说。

“等这阵子过了，我会强行带你出去的，带你出去逛，逛到你厌烦为止。”伊都子将手机贴紧耳朵，集中精力听着从听筒传来的声音。

“你要是再不带我出门，我可能会疯掉。”

恭市扑哧一笑，很快陷入沉默。伊都子也沉默了。

“你先把写好的部分用邮件发给我看看吧。”

“好的。”伊都子答应后，犹豫了一秒，还是开口了：“小恭，你在做自由编辑之前有在哪家出版社工作过吗？”

伊都子内心不住地祈求小恭快否认并笑着说“你在说什么”。然而，恭市爽快地回答：“啊，在一个超小的出版社，工作了差不多四年吧。怎么啦？”

“是叫仲岭出版社吗？”伊都子的心脏激烈地跳动着，甚至都有些犯恶心了，但她的声音还和接电话时完全一样，洪亮又清晰。伊都子自己都觉得不可思议。

“啊？你怎么知道的？是和仲岭的人见面了吗？”

“那么，”伊都子吸了一大口气，停下来，再缓缓地将气呼出，“有了孩子，于是年轻时一狠心就结婚了，也是真的了？”

一段令人烦躁的沉默。

伊都子仿佛听到手机对面传来几声微弱的汽车喇叭的声响。

“啊？你在说什么？”终于听到了恭市的声音。

“我在说什么？提问题的人是我。”

“什么啊？你是见了谁，听到了什么吗？”

“一个搞绘画的女人，说认识小恭你。还说在你决定做自由编辑时，阻止过你。”

“啊？有过这样的人吗？我决定做自由编辑时，确实十个人中有九个人都反对。但这些反对的人和我什么关系也没有，况且他们也完全不了解我。这些家伙一嗅到我这边进展顺利，就装作跟我很熟的样子说这说那。一旦有人成名了，总会冒出些什么人来宣称这人是自己培养的，这种无能的家伙在哪儿都能见到。”

对，确实是这样。那个人确实是你说的那种人。我妈也这么说，我也觉得她是个粗鄙的女人。确实哪里都会有这种人存在。不过，不过，小恭，你岔开话题了。提出问题的是我不是你，而我提的问题你还没有回答。然而，伊都子并没有将这些话说出口。

“我想见你。你现在过来。要是过不来，我去你那里也行。”

“啊？现在？”

“对，现在。是你过来还是我过去，你选一个吧。”

“你先等一下。我现在在工作……”

“那我去找你。你在工作的话，那就是在筑地的工作室？还是在东中野的家里？”

“这样吧，晚一点等我这边弄得差不多了，我给你打电话。然后，我去你那边。可以吗？”

“那我等你电话。记得务必要给我打。”伊都子说完后挂掉了电话，将手机放在电脑旁，出神地盯着窗外。外面下着雨。房间里透出的灯光将雨珠照亮，好似一根根银色的丝线。

没关系。就算遇到最糟糕的状况也没关系。伊都子不久前已经做好了心理建设。目前为止，一切进展顺利，接下来也还有工作。她对恭市的感情也十分明确，她很清楚这份感情没有那么靠不住，并不会因为任何事情而动摇。伊都子深深地吸了一口气，停顿一下再缓缓吐出来。她的心情就像在X

线检查室里一样。在白色且只有机械的房间里，胸口抵在冰冷的机器上，心底最深处的东西都被看了个透彻。

为了能跟恭市好好交谈，先整理一下心情。恭市没撒谎。他从来没说过自己没结婚没孩子，只是我一直没问而已。所以，我不打算指责恭市，我也没有那个权利。我要好好地把内心的想法告诉他。“我需要你，无论如何我也不会离开你。”伊都子起身走向静寂的厨房，打开煤气，放上烧水壶。接着，她又打开了橱柜，本来想要喝咖啡，等反应过来时，却单手握着一个汤罐头。伊都子将汤罐头放了回去，仔细看着橱柜内部。刚才想做什么来着？全忘了。只剩烧水壶在用力地嘶嘶吐着蒸汽。

伊都子意识到，她现在已经完全心慌意乱了。

手机响了。伊都子身体僵直，跑出厨房。

“喂。”伊都子接电话的声音都在颤抖。

“啊，是小伊吗？”伊都子想肯定是恭市打来的，结果手机里传来的却是麻友美的声音。

“啊，麻友美啊。”伊都子深深地叹了口气。

“什么啊，真讨厌，干嘛要叹气啊。感觉好像接到我的电话很失望一样。哦哟，我知道了，是那个吧，是在等你亲爱的给你打电话吧。”麻友美的声音和高中时完全一样，伊都子听了之后感到安心，同时也有些生气。

“怎么了？这个时间给我打电话。”伊都子都快哭出来了。她甚至想说，麻友美，听我说。但是，伊都子平淡的语气与平常并无二致。

“我怕你忘记明天那件事了，所以打电话确认一下。刚刚我也打给小千了。周日傍晚五点,《冒险野炊》节目,还记得吗？”

“啊啊，露娜的那个……”

“对，露娜第一次上电视，不要忘记观看哦。这是一通提醒电话。”

“好的，明天我在家，肯定看。”

“啊，太好了。不好意思啊，这么晚给你打电话。小千也说她会看，我终于可以松口气了。那就这样。看了之后告诉我感想哦，发邮件就行。”

“嗯，知道了。那就这样。晚安。”

麻友美，听我说，别挂电话，听我说——为了不让自己这么歇斯底里地叫出来，伊都子慌忙挂断了电话。

雨还在下，厨房里，烧水壶不断地喷出水蒸气，发出嘈杂的声响。

伊都子慢吞吞地走向厨房，心想，母亲的话成真了，果然不该跟母亲说有关恭市的事的。就因为说出来了，事情才变成这样。就是因为母亲开玩笑似的说了句“是不是有家室的”，事情就变成了这样。伊都子的内心就是这么想的，而她丝毫没想过，这种想法在逻辑上根本站不住脚。

电视节目傍晚五点才开始，伊都子下午四点就坐在电视机前了。她没有心思看电视，只是望着画面发呆而已。虽然总觉得有很多事情需要思考，但她内心有种预感，或许不思考更好。一旦什么也不思考，伊都子便回忆起了昨天的事。

她原以为昨天恭市不会来，结果十一点过后恭市来了。伊都子想知道的事情，恭市全都坦白了。搞绘画的那个女人说的都是真的。恭市说，他在二十三岁时因为女方怀孕而结婚了。伊都子问他为什么从未提过，恭市理直气壮地回答："你也没问啊。"

伊都子和恭市两个人就像在面试一样相对而坐，伊都子问一句，恭市答一句。"孩子多大了？""今年十二月份满六岁。""只有一个吗？""不是，还有个小的，才三岁。""你现在吃着老婆的软饭吗？""什么啊。刚做自由编辑时确实是她在帮我，不过，她不工作的时候，我也在赚钱养家啊。""你的妻子是做什么的？""做什么的？就是个普通的公司职员。""什么公司啊？""什么公司？一个做进口家具的公司。""哈哈，我们好像在面试啊。她知道我的存在吗？""不知道。我不怎么回家，也不怎么跟她说话。"

伊都子万分震惊，恭市这句话竟然像明灯一样点亮了她的心。听到这句话，她开心极了。

“为什么呢？已经不爱了吗？”

“嗯，我觉得……”恭市话说到一半，身体向后仰了仰，抬头望着天花板，“爱这种东西，早就飘到九霄云外去了吧。”

伊都子心中的明灯更亮了。她还想听恭市说下去，一直一直说下去。不爱妻子了。家里没有爱情了。既不聊天也不回家，想和妻子分手，想和自己真正爱的人在一起……伊都子想听恭市说这些话。她对恭市的怒气竟然就这么神奇地消失了。

为了获得自己想要的回答，伊都子开始思考如何有效地提问，所以暂时闭上了嘴。此时，恭市却开口了：“可以了吗？你想问的就是这些？”

还有。还有很多。但是，伊都子觉得如果再继续问下去，就可能什么都不剩了。看伊都子沉默不语，恭市站了起来。他走到伊都子身边，手掌伸入她的腋下把她抬了起来，按倒在桌上，然后将舌头伸入伊都子的嘴里。

胸罩快要被解开时，伊都子轻柔地说：“只剩最后一个问题。我们以后怎么办？”

“什么怎么办？”恭市把问题抛了回去。伊都子的胸罩被解开，袒胸露乳。恭市一边让舌尖在伊都子的胸部游走，一边含糊不清地说：“你想怎么样，就怎么样。”

伊都子回过神来，凝视着电视。她从四点开始就一直坐在这里等着，现在最重要的节目已经开始了。这是个艺人和孩子们一起去野炊的节目。伊都子将昨天完全未解决的事情抛诸脑后，专心地看着电视画面。孩子们正大声玩闹，用铝箔纸包裹着芋类和蘑菇。任凭伊都子怎么凝神关注画面，也找不出哪个孩子是露娜。这些高声喧哗、笨手笨脚地触摸着食材的孩子们，在伊都子眼里好像都变成了恭市的孩子。伊都子想：我还有问题没问。我忘了问恭市他的孩子是男孩还是女孩。她知道自己其实还有别的问题想问，但她已经将这些问题都抛诸脑后，只想着下次见面一定要问问孩子的性别。伊都子坐在电视机前，调整了一下自己的坐姿。

第三章

绝对无法原谅。

麻友美愤慨万分，一屁股坐在沙发上。她将录像带倒回去，准备从头开始播放。寂静的屋子里响起录像机倒带时发出的吱吱声。

麻友美按下了播放键。“冒险野炊”的标题字幕像是孩子们用蜡笔写出来的一样，出现在绿色树林的背景之中。“今天我们来到了秋川溪谷。”一位明星用高亢的声音说。“离红叶的季节还早，”另一位明星说，“今天我们一起用铝箔纸烧烤出秋天的美味。”

孩子们跑了出来。露娜穿着桃粉色的外套，搭配了一条粗棉布的短裙，虽然在角落里，但还是入镜了。同一个培训学校的小学三年级学生真边瞳处在最显眼的位置。还真是一家人都爱出风头啊。露娜才五岁，根本没有要出风头的概念，很快就被瞳处给挡住了，不过仍然是在画面中的。

然而，大家不约而同地说："哪个是露娜，根本分不清楚。"

幼儿园同学的妈妈们这么说情有可原，她们肯定觉得没什么意思。虽然她们嘴上说能去艺人培训学校真厉害啊，能上电视好厉害啊，但内心一定觉得很扫兴。这点麻友美是知道的。伊都子和千鹤这么说她也能理解，毕竟她们已经两年多没见过露娜了，肯定早就记不得露娜长什么样了。

不能原谅的是，她的父母和公婆竟然说了同样的话！公公婆婆那边，麻友美不敢多说什么，但她对自己的父母发了脾气："自己外孙女的脸怎么着也能找出来吧。"

父亲答："那么多人，怎么找得到？"母亲说："你看，镜头最前面的那个小孩儿多可爱。那个小孩儿真有意思。越是认真做，越是失败得厉害。"

母亲说的是另一家公司选送的孩子，名叫津田怜奈。确实，怜奈很可爱。在她的脸蛋上，"小大人"的表情和童真的样貌竟能和谐共存。她和瞳处不同，虽然完全没有想着要出风头，但一举一动总是很有趣，让人情不自禁地将目光停留在她身上。摄影师应该也有同样的想法，所以拍摄画面总是以怜奈为中心。麻友美也记住了她的名字。她母亲的样子麻友美也记得，长相非常普通。无论是相貌还是打扮都土里土气，让人不禁疑惑为什么她会想到把自己的孩子送到艺人经纪公司培养。

怜奈和露娜都是五岁。麻友美的母亲，也就是露娜的外祖母竟然不看自己的外孙女，反倒被别的小女孩吸引，这让麻友美很生气。

画面切换到广告部分。麻友美走到厨房，打开冰箱门。里面有两罐啤酒和贤太郎喝到一半的杜松子酒。

“喝啤酒不？”

麻友美转过头，发现贤太郎站在客厅内。“嗯。露娜睡了？”

“睡了睡了。我也喝一罐吧。”

麻友美拿了两罐啤酒出来，将其中一罐和玻璃杯一起递给了丈夫。

“哎呀，你又在看啊？还用录像带看。用DVD看清楚多了。”贤太郎坐在沙发上，将啤酒倒入玻璃杯中。

麻友美倒了些薄脆饼干在盘子里，拿着啤酒回到了沙发上。“就这样吧，录像带也能看。”

广告结束，节目继续。麻友美到现在也不太明白DVD播放机的操作方法。为了给那些错过露娜节目的朋友们看，麻友美还让贤太郎把节目刻成了CD-R光盘。这东西的构造其实她也不太清楚。

麻友美嚼了口饼干，又喝了口啤酒，注视着画面。每次露娜被瞳处挡住，她都会发出“哎呀”的感叹声。贤太郎在一旁看着，喉咙里发出咕咕咕的笑声。

“你觉得露娜可爱吗？”麻友美依旧看着录像画面，问贤太郎。

“你在说什么啊，怎么可能不可爱呢？”贤太郎不假思索地回答。

“不是这个意思。我是说，不从父母的角度，从普通大众的角度来看啦。你觉得，露娜比这里面的瞳处或者怜奈更可爱吗？”

“那当然更可爱啦。露娜很可爱。你看，都有特写镜头了。”贤太郎开心地指着画面说。有那么一瞬间，节目给了露娜特写镜头，但下一秒很快就转到了另外的男孩子身上。

“井坂麻友美的女儿怎么可能不可爱呢？”贤太郎说着，手绕到麻友美的肩上，调情似的揉压着她的肩膀。麻友美支起膝盖，仔细端详着在画面角落里的女儿。节目结束了，广告又开始播放。

“我去泡澡了。这个，你可以喝了。”说完，麻友美走向浴室。

麻友美最近总觉得，在大众的眼光看来，露娜应该算不上可爱。露娜身上并没有像津田怜奈那样吸人眼球的魅力，也不像幼儿园的同班同学吉田真凛那样长着一张偶像脸。但是，麻友美觉得，她单眼皮下浑圆的眼球，圆滚的鼻子，相当大的嘴以及又黑又直的头发都是别的孩子所不具备的魅力之处。麻友美虽然这么想，但在电视上观看过节目画面之后，她完全明白了露娜的外表有多么土。麻友美对于大家异口同声说画面中找不到露娜的身影很愤慨，但在内心某个角落她又觉得这是理所应当的。

麻友美觉得，露娜长得不像自己。随着孩子渐渐长大，她更加确信这一点。俗话说，女儿长得像父亲，虽然麻友美觉得这是迷信，但露娜确实和贤太郎很像。眼睛又细又小，嘴唇大大的。贤太郎的鼻梁很挺拔，但他的母亲脸上的所有五官都是圆的。圆脸、圆眼睛、圆圆的樱桃小嘴，还有塌塌的圆鼻子。露娜偏就赶巧了，只有鼻子不像爸爸而像奶奶。

麻友美对自己的相貌很有信心。组乐队的时候，唱片公司的人指定伊都子站正中间做主唱，让当时的麻友美相当失望。麻友美认为乐队里受男生欢迎的不是伊都子而是自己。伊都子虽然是个大美女，但长相没那么吸引男人，总给人冷冰冰的不易接近的感觉。自高中时起，麻友美就觉得，像自己这样的与其说美不如说可爱的女人更受男人青睐。确实，从初中起，麻友美就总是被人搭讪，甚至还收到过别的学校的学生寄来的信。“雏菊”解散后，只有她还继续在模特行业打拼，和贤太郎结婚之后依然工作不断。后来之所以放弃，并非被人弃之不用，而是她自己决定的。当时麻友美一心只想生个孩子。

麻友美泡在浴缸里，认真思考着为什么露娜不像自己。露娜刚出生时，亲朋好友都说露娜的耳朵像她，脸蛋也和她一样，列举了好多不像爸爸而像妈妈的特点。三岁左右，就开始有陌生人说露娜和她爸爸长得一模一样。有人甚至在说完这句话后笑出声来——如果因为实在太像了所以情不自禁地笑，这种心情麻友美能理解，但如果是露娜的长相让人觉得好笑，麻由美可就一点也高兴不起来。

麻友美低下头，看着浴缸中乳白色的水，仔细打量着浮在水面上的自己的乳房。然后，她站了起来，浴室的镜子中照出她的整个身体。她走出了浴缸，擦干身体后，打开洗漱间的橱柜拿出保湿乳液涂抹全身。脚后跟和胳膊肘又厚厚地涂上另一种乳液。接着，她穿上睡衣，走进了卧室。贤太郎将啤酒放在床头柜上,坐在床上看书。麻友美则坐在梳妆台前，面对着镜子。

她拍了些化妆水在脸上，又取出另一种化妆水花更多时间拍打在脸上，然后涂上乳液和面霜，按压脸部。贤太郎透过镜子看着麻友美做这一切。贤太郎喜欢看麻友美化妆或者涂护肤品的样子，每次他都像孩子一样盯着麻友美看。两人结婚已经十二年了，但贤太郎还是毫不厌倦盯着她看。两人的目光在镜子中交汇后，贤太郎害羞地笑了笑。此时，麻友美觉得，这个比自己大两岁的男人，现在依然爱着自己。

“啊？真的是‘Dizzy乐队’的人吗？我就觉得长得很像，但是居然能见到真人，太棒了吧。”

这是冈野贤太郎和麻友美第一次见面时他说的话。当时，冈野贤太郎是大学生，从高中开始，他便是那个少女乐队的忠实歌迷。“那时候还没什么女子乐队，对吧？乐队和偶像团体不一样，作曲很棒，歌词也很有文学色彩，很有冲击力，我当时以为已经到了这种乐队能横空出世的年代了。”贤太郎忘我地讲着，井坂麻友美愉悦极了。那时，贤太郎读大学四年级，但他已经在创业了。他的公司主要在他母校以及其他各个大学策划和执行演唱会及讲座。麻友美原以为贤太郎的公司一定是赶上了好时候才发展起来的，充其量不过是那种学生社团的延伸性组织一样的公司罢了。然而，随着两个人越走越近，她隐约感觉到贤太郎虽然还是学生，但收入比一般的工薪族还要高很多。

贤太郎把麻友美捧得像个明星，所以她的心情一直很愉悦。“Dizzy”这个唬人的乐队一瞬间就被世人忘却了，麻友美变成了一个二十岁的普通女孩，走在路上再也没有人会回头，没有人找她要签名，没有任何人对她感兴趣。唯独这个大学生一直将她视作特别的存在。

一时兴起组建的乐队渐渐脱离了几个人最初的意图，按照大人们的计划成为一支小有名气的乐队。麻友美确实没想到，她们高中毕业后，商业价值会消失。因被学校开除而受到社会关注后，三个女生在高二的第二学期转学去了别的学校。麻友美和千鹤去了一所都立高中，伊都子则去了一所私立高中。这支由大人们全权操办的女高中生乐队，在三名成员刚上高三时还能勉强维持一些关注度。那时，伊都子和千鹤都在为大学入学考试而烦恼，这在麻友美看来很不可思议，因为她原本打算就这样一直从事演艺活动。

麻友美原以为，高中毕业后，会有人给三个女孩打造新的理念。换下校服后，她们又会穿上别的衣服，被安排新的台词。可是，“Dizzy 乐队”的人气随着她们的毕业逐渐走低，公司也明显不再往她们身上投入精力了。比起这件事，更让麻友美不满的是伊都子和千鹤。她俩竟然像是游戏结束了一样，一下子对乐队完全丧失了兴趣。伊都子和千鹤都参加了大学入学考试，虽然两人都落榜了，但她们都表示想要上大学。

工作并非突然就没有了。高中毕业后，三人也录了几首歌。虽然已经不是高中生了，但她们仍然穿着校服参加了几场地方上的活动。麻友美能看出来，伊都子和千鹤内心都有些抗拒，只是她们还不知道该怎么放手。

是麻友美最早做出决定：“Dizzy”停止活动且今后一切事务与她无关。麻友美实在忍不下去了。地方上的活动，卖不出去的CD，比起这些，她更受不了的是她不再受到周围人宠爱了。伊都子和千鹤开始专心复习备考，麻友美则让曾经的经纪公司介绍了一份新的工作，她开始作为杂志模特活跃在各地。

还不确定自己是否被世人记住就已经走在了被人忘却的道路上，这让麻友美感到恐惧。麻友美一直在想，高中毕业后她便丧失了商业价值，这样下去，年纪越来越大，如果模特的工作也做不了，以后该怎么办？不管她是否真的拥有过人之处，但麻友美就是害怕自己变得不再特别；不管她是否真的明白究竟何谓平凡，但她就是讨厌被埋没于平凡之中。就在这时，她遇见了冈野贤太郎。

二十岁的麻友美想，如果和这个人在一起，或许她可以一直做明星。二十二岁时，她主动提出结婚，当时冈野贤太郎二十四岁，听到她的话后，目瞪口呆地看着她。很久以后，他才解释说，因为当时完全没想到井坂麻友美会愿意和自己结婚，所以才会那样惊讶。

与幼儿园老师寒暄完毕，又跟露娜的朋友们挥手说过再见，麻友美走出了幼儿园。车停在一边，她打开副驾驶座的车门，露娜却不上车。麻友美想把她抱进去，露娜却死死赖在原地。

"嘿，露娜，快上车，否则要迟到了。"

露娜却蹲了下来，小声地说："我好像有点发烧了。"

"啊？发烧？"麻友美急忙将手放在露娜的额头上。至少手掌感觉不出她在发烧。

"怎么了？你感觉热还是冷？"

露娜想了会儿说："热。"然后小声嘀咕："肚子也有点痛。"说着，她紧紧捏住柏油路旁长出的杂草。

"肚子痛吗？那要去厕所吗？"

"不是那种痛。"露娜说着，索性一屁股坐在了路上。

麻友美蹲下身，看着埋着头的露娜，问："痛到不能去培训学校练习了吗？"

露娜的眼睛没有看麻友美，只是默默地点了点头。

"那今天就休息吧。我们去那家有小狗狗的冰淇淋店，买露娜最喜欢的粉色冰淇淋吃，摸摸可爱的小狗狗再回家好不好？"

"嗯，好。"

露娜一下子站了起来，自己钻进了副驾驶座。麻友美关上门，坐上了驾驶座。车启动后，麻友美唱起了露娜喜欢的动画片的歌曲。坐在儿童安全座椅上的露娜也跟着哼唱。

过了目黑大道，拐向环状七号线时，露娜的脸上开始露出不安的情绪。她看了看窗外，又扭头瞟了瞟麻友美。她应该已经发觉，母亲并没有如约开往那家冰淇淋店。然而，麻友美一言不发，继续开心地哼着歌，驾车疾驰在环状七号线上。

麻友美感慨，露娜已经学会用装病来逃避训练了，确实长大了。不过，如此轻易就被妈妈的冰淇淋招数哄骗，乖乖地坐上了车，还是太嫩了。麻友美隐约感觉到，露娜最近不太想去培训学校。上上周露娜从秋千上掉了下来，喊着腿痛。学校老师也把这个情况跟麻友美汇报了，说露娜右腿膝盖上起了个小疙瘩。于是，为保险起见，麻友美让露娜停了一次课。或许是因此尝到了甜头，下次上课时露娜说自己头痛，上周还说犯恶心。

麻友美握着方向盘想，或许千鹤她们会责备她："孩子都使出装病的招数了，可见有多不愿意去，你还强行带她去。"但是，上周还有之前那次不也送去了吗，结果露娜还不是安然无恙地参加了训练，而且和学校的朋友们相处愉快。麻友美忆起自己小时候的相似经历。小时候她也万般不愿意去练钢琴，其实不是讨厌钢琴，只是不想放下手上正在做的事情而去别处。麻友美的母亲却不同意她暂停练习。就算真的发烧了，也照样逼她去上课。麻友美认为，正因如此，她当时才能够做键盘手。乐队再怎么业余，若没有一个会弹奏乐器的队员，"Dizzy"也难以为继。麻友美觉得，乐队之所以能正式出道且在不长的时间内为人熟知，都是母亲没有允许她放弃钢琴的功劳。

不管麻友美怎么唱,露娜都不跟着哼了。小姑娘一脸不安,只顾着眺望窗外的风景。

麻友美默默地想，小孩子什么都不懂。以后究竟什么东西有用，他们根本不明白，所以父母必须适当加以控制。强迫当然不可取,但至少要给他们创造更多的选项,供他们选择。要是到了三十岁想跳舞，可就没那么容易立刻上手了。所以，只能由我来扮演魔鬼，拉着她去学校了。

麻友美发现自己内心的这套说辞完全是在找借口，只好苦笑。也不知为什么，麻友美总是以这种方式和伊都子与千鹤说话。找借口，说理由，扬扬得意，最后倒一堆苦水。不过，三十岁之后，麻友美再也没跟她们发过牢骚，她们也不曾给她提过什么意见。

“露娜，今天晚饭妈妈做露娜最喜欢吃的热腾腾的法式焗菜好不好呀?”麻友美用明快的声音跟露娜说。露娜却依旧看着窗外，回答了一声“嗯”，声音里带着哭腔。即使露娜心里有想说的话，她也不会清楚地表达出来。这偶尔也会让麻友美很窝火，但现在这种情况下，露娜的这种性格反倒好应付。只要把她送去艺术培训学校，她就会和朋友们一起开心愉快地玩耍了。麻友美放了盘迪士尼的CD，哼唱着旋律。

从小时候起，麻友美就不曾思考过自己要成为什么样的人。她只希望能随心所欲地过日子。如此，和一个能让自己随心所欲地生活的男人结婚应该是最好的选择了。乐队红极一时期间，她仿佛看清了自己。她发现，原来不用找到那个赖以依靠的男人，她也有能力让自己随心所欲地生活。高中毕业后，乐队无人问津之时，她也不曾觉得这种想法是错觉，只是迅速调整了人生的轨道而已。

冈野贤太郎的确给了麻友美随心所欲的生活。贤太郎的活动企划公司虽然在泡沫经济崩溃后濒临破产，但他的父母即刻出资，贤太郎名义上依旧隶属于这家活动企划公司，实际上已经和朋友一起成立了另一家与电脑相关的企业。那时，电脑还没有普及到千家万户，就算贤太郎跟麻友美解释具体业务内容，她也完全听不明白。当时，她还有些担心公司发展会不顺利，但至少目前看来，麻友美和女儿都没有因此在生活上受到限制。

一套羊毛套装，分裤装和裙装两种款式。麻友美都试穿了一下，难以割舍其中任何一款。贤太郎见状，直接建议她把两套都买下来。

“但我还想买件毛衣。”

贤太郎抱着露娜说 :“那毛衣也买呗。”于是，他把套装交到店员手上，麻友美又开始物色毛衣。

“灰色的和白色的，哪个好看?”麻友美依次将两件毛衣放到胸前比对。

“两件都好看。”贤太郎开心地说。

“那可以两件都买吗?”

“真拿你没办法。可以啊。”

“太棒了!”麻友美欢呼雀跃，拿着两件毛衣走向了收银台。旁边一位挑选毛衣的陌生女子瞟了一眼麻友美，又偷偷地看了看故作镇定的贤太郎。每当这时,麻友美就很有优越感。贤太郎把露娜交给麻友美，自己去收银台付款。他拿着钱包，默默地看着店员过分细致地包装好衣服。

“妈妈，我口渴了。”露娜牵着麻友美的手说。

“买完东西之后，我们去楼上买点喝的吧，然后再去买露娜想要的东西。”

“嗯，好的。那，露娜想要图画书。”

“图画书家里不是已经有很多了吗，买几件衣裳吧。”

“衣裳已经有很多了。”露娜不肯让步。

麻友美感觉很不可思议，不知道这孩子究竟像谁。麻友美像露娜这么大时，每次去买东西都会缠着大人要这要那，她想要的东西基本上都是衣服或者玩具娃娃，虽然大部分时候家长都没给她买。

贤太郎领着怀抱纸袋的店员回来了，他在店门口接过商品后向前走。店员“谢谢惠顾”的声音还在耳畔，麻友美小跑着追上了贤太郎。

“孩子她爸，我太高兴了！谢谢亲爱的！”麻友美的语气很夸张。贤太郎有些不好意思，但又颇为受用地笑着，迅速往前走。

麻友美内心有些不舒服。那种不舒服好似被植物的刺扎了下手指一样。

“妈妈，我口渴。”露娜牵着麻友美的手，说。

“好，好。孩子她爸，露娜想去楼上的咖啡馆喝点东西。”麻友美对走在前面的丈夫说。她迅速将那股不舒服的情绪掩埋在了心底。每次和丈夫一起购物，这种感觉都会侵袭麻友美的内心。

给妻子买了东西后，丈夫的脸上总会显露出成年人的得意。再看看为了讨好丈夫而欢欣鼓舞的自己，麻友美有种错觉，仿佛她现在依然是个孩子。确实，贤太郎在慷慨大方地给麻友美买了衣裳和首饰之后，一举一动都会变得非常理直气壮。麻友美觉得，他似乎想说，如果没有我，你这家伙早就流落街头了。的确，仅靠自己，麻友美买不起二十多万日元的东西。所以，她才用谄媚讨好来回报丈夫。

麻友美又拉伊都子和千鹤来做比较：她们的情况会如何呢？伊都子和千鹤都在工作，所以没有机会体会到我现在的感受吧。还是说,伊都子和千鹤也会多多少少怀着屈辱的心情,让男朋友或者母亲、丈夫给自己买些东西呢?麻友美想,下次一定要问一问。但她不知道应该怎么开口。

贤太郎坐上了电梯,回过头蹲下身对露娜说:"先去买露娜要的东西,然后再吃晚饭,好不好?现在喝了果汁,露娜的肚子会变得圆鼓鼓的哟。"

"怎么办,露娜,可以吗?"

露娜脸上显露出不开心,但还是点了点头。要是想喝果汁,直接说想喝不就好了。麻友美虽然知道自己是在乱发脾气,但对于女儿不能清楚地说出自己内心的想法,她还是感到很生气。

上了中学之后,麻友美才开始意识到自己家里似乎很穷。上小学时,她完全没这么想过,而麻友美考上的那所女中与小学有着天壤之别。眼看快迟到了,同班同学竟然随手打车去学校。同学们背的包戴的手表都是名牌,生日会的档次也和小学时有云泥之别——在自己家里办的还好,但是有同学居然为了办场生日会,包下高档餐厅或酒店的总统套房。送的生日礼物也都是名牌。有一次,麻友美想着同学在自家办生日会也许不会那么豪华,所以她也参加了。哪知道去了之后才发现,同学家竟然是一座自带网球场和游泳池的豪宅,而生日宴会就在那座豪宅的花园里举办。

麻友美的父亲是个普通白领，母亲打零工补贴家用，妹妹穿的还是自己穿过的旧衣服，一家四口人挤在集中住宅区的一间公寓里。她渐渐明白了，学校里只有自己是这样的。家里确实没什么钱，父母也很节约，在麻友美的记忆中，他们从来没有随心所欲买过什么东西。父母只舍得在学习上为她花钱，除此之外，无论麻友美提什么要求，都没有被满足过。只要是书，麻友美想要多少父母都给买，但衣服无论多喜欢都不会买。就算麻友美很不情愿，父母也会继续逼她学钢琴，而带她出门下馆子的次数却少之又少。

初高中和小学简直是两个世界。同班同学们花钱与用车站门口免费配发的卫生纸没什么两样，和她们相处太难了。学校不允许学生打工，所以麻友美无法赚零花钱，不管怎么死乞白赖地跟父母要钱，零花钱的限额一次也没有提高过。麻友美拼命掩饰自己囊中羞涩的事实。幸运的是，越是富裕家庭出身的大小姐，打扮越朴素，对钱也越不在意。休息日与她们逛街，麻友美也无须对自己的打扮引以为耻，而且搭出租车时，车费也都是她们出。

但麻友美自己从来没办过生日会，毕竟，她没法把同学们叫到集中住宅区来。每逢圣诞节聚会和文化节庆功宴，她只能打电话找奶奶要一点零花钱。实地考察旅行、修学旅行以及夏天的林间学校[1]更是让人痛苦。她与同学们兜里揣的钱的额度完全不同，游玩购物的方式也天差地别。初中修学旅行的自由活动期间，有几个同学在京都祇园看上了一套二手和服，随手就买了下来。还有人预约了一家高档餐馆，点了份单价一万日元的套餐。有时，麻友美也后悔，要是去公立学校就好了，就能像小学时那样，以为自己的家庭和大家的一样，缓慢长大。

建议麻友美去那所女中的是她的父母。“这个社会通常用学历来评价一个人。”这是父亲的口头禅。麻友美对此多少也能理解，父亲因为只有高中文凭，所以工作很辛苦。母亲也曾多次对麻友美说：“那所中学虽然与我们家的经济实力不匹配，但你以后就会发现，我们拼了命送你进去是有好处的。”事实上，父母也确实为此拼了命。父亲下班回家的时间更晚了，母亲在休息日也会去打零工。或许是因为光抚养麻友美一个孩子就已经力不从心了，所以妹妹不由美虽然成绩比姐姐还好，也只能去公立初中。每次妹妹抱怨姐姐耍赖父母偏心，麻友美内心都会放声大骂“那咱俩换一下啊”。

每年临近圣诞节，麻友美一家会举家逛一次商场。这一

1 也称林间学舍或林间学习，为日本中小学生的户外教学活动场所。学校在春季至秋季期间，组织学生在户外海拔较高的山林间住宿、健行、参观学习等。

天,家中所有人都可以买自己喜欢的东西。父亲最是威风凛凛。麻友美拿着犹豫半天后才选好的大衣和毛衣走向收银台，父亲装腔作势地掏出钱包付款。出了店面，母亲不顾体面，深深地弯下腰说:“谢谢孩子她爸。”如果麻友美和妹妹不照做，就会被母亲责骂。所以，无论是麻友美还是妹妹，只要父亲给她们买了什么，她们就会深鞠一躬，说出同样的话。父亲听了之后，总会严肃地点点头，然后用命令的口吻说“好好学习”或者“多帮你妈做点家务”等。“好的，我会加油的。”麻友美和妹妹每次都情绪高涨地回答。

随着年纪渐长，每年一次的购物活动让麻友美愈发痛苦。她觉得母亲真可怜，父亲真不害臊。为了一件不到一万日元的毛衣或裙子就得接受命令，想到这里麻友美就气不打一处来。但麻友美也知道，倘若自己将这些情绪说出来，气氛瞬间便会变得险恶异常，所以她依然情绪高涨地回答:“哇！谢谢爸爸！好的，我会加油的！”麻友美继续满脸堆笑，继续说着这些台词，一直持续到了高一的圣诞节。

当时，麻友美下定决心，长大后，她一定要成为可以随心所欲地买自己喜欢的东西的人。不用讨好父亲，也可以得到自己想要的东西。但是，再往下麻友美就没有思考过了：要想随心所欲地生活，应该做些什么？又必须要成为什么？以及，她想要成为什么？麻友美只是一味地想要从那令人窒息的空气中逃离出来，而逃离后的目标却没有定好。

每次和丈夫出门购物，丈夫总让她想怎么买就怎么买。麻友美的心头之所以会冒出那些不和谐的声音，正是因为孩提时的状况和现在实在太像了。麻友美想：当然，买的东西价格额度完全不同，父亲和丈夫身份也不一样，而且丈夫也不会因此命令我做任何事，但我从那个环境中逃离了出来，最终又到了哪儿呢？我是不是绕了一圈又回到了曾经逃离的地方呢？想到这里，麻友美赶紧把这种情绪封存了起来。“啊，真幸福。”她在心底对自己说。她还想，旁边那个挑毛衣的女人，还有某个看着标价三万多日元的毛衣在心里与自己工资做比较的人真是可怜。这么一来，内心那些不和谐的声音就都彻底消失了，麻友美就能够相信，她已经获得了一直以来想要的生活。

麻友美走进幼儿园院内，从院子里正在玩耍的几个孩子中寻找露娜的身影，结果令她大吃一惊。露娜正在角落里和小伙伴香苗玩耍，可她身上穿着的却是一件麻友美从未见过的衣服。麻友美急忙跑过去，中途她发现了在排队等着玩秋千的小真凛，本该穿在露娜身上的新毛衣不知为何居然在小真凛身上。麻友美掉转方向，没去找露娜，反而朝着真凛跑了过去。等回过神来时，麻友美已经抓住了小真凛的手臂，对她怒吼：

"你为什么随便穿露娜的衣服？你这种做法就是小偷！"

小真凛害怕地抬头看着麻友美，她的小脸已扭曲变形，眼看就要哭出声来。这件黑底带刺绣的毛衣，丈夫刚给露娜买没多久，可这个孩子穿上竟然更好看——麻友美意识到自己内心一隅正在这样想，脸一下就红了。

"这衣服是我家露娜的，赶快给我脱下来！"麻友美扯了扯小真凛身上的毛衣，怒吼道。老师闻声飞奔了出来。真凛好像确认老师来了，才放声哭了出来。来接孩子的妈妈们远远地站在一旁围观着。

"怎么回事啊？"年轻的老师面露困惑，看着麻友美。麻友美见老师持这样的态度，更加生气，于是抬高声调说："这孩子穿着我家孩子的衣服。这衣服可是刚买的，肯定是她强迫我家孩子脱下来的。这个地方难道要鼓励孩子随便偷盗别人的东西吗？"

"怎么是偷盗呢？"扎着三股辫的女老师眉头紧锁，"吃午饭时，露娜说热，所以把毛衣脱了。正好真凛说她冷，想找露娜借来穿，露娜当时还拒绝了。我想不如玩换衣服穿的游戏好了，结果两个人很开心地换了衣服。"

啊，原来不是一件值得闹这么大的事。麻友美虽然意识到这一点，但仍旧不肯让步："你的意思是说，只要孩子们同意，就什么都能交换了吗？这孩子如果想要穿着露娜的衣服回去，露娜也同意，那这件衣服就变成她的了吗？”

“哎呀……”老师皱起眉头，故意叹了口气，蹲到正号啕大哭的真凛面前说，“真凛，露娜要先回家了，我们把衣服换回来吧。”年轻老师用轻柔的声音安慰着真凛，帮她将毛衣脱了下来。同时，她对露娜说：“露娜，换衣服穿的游戏结束了哟。”露娜往这边走了过来。“好，两个人一起换衣服吧。”可是露娜低着头，不愿意脱衣服。麻友美看了看露娜身上穿着的那件运动服，黄色的底子已经褪色了，上面印着个大大的熊，背上写着几个白色的单词——“NICE DAY NICE FRIEND”。麻友美在心里大骂，这衣服太丑了。奇怪的熊，背上的字也不知道在说什么。

“露娜，快把自己的衣服穿上。”

听麻友美这么说，露娜不情不愿地开始脱衣服。脱到头部时进展缓慢，麻友美又拉又拽，这才帮着脱了下来。麻友美把衣服一把推给了老师，然后给露娜穿上那件黑色的毛衣。“这是爸爸给露娜买的毛衣，不能随便跟别人换着穿。”

太丢人了。麻友美觉得自己实在太丢人了。不过是件衣服，不过是小孩子之间的游戏罢了，自己竟然这样撒泼耍横。那件风格成熟的毛衣，别人的孩子穿着比自己的孩子穿着好看，自己竟然会因此发火，跟个傻子一样。因为是爸爸买的，所以要怎样怎样，自己竟然能说出这种话，太丢人了。但是，越是觉得自己丢人，麻友美越无法当场承认错误。

“换衣服穿的游戏也不是不可以，只是如果这样，孩子便无法区分开自己的东西和别人的东西，这会让我们家长很困扰的。希望老师好好教导一下。”

老师还在帮哭泣的真凛穿运动服，麻友美朝她扔下这句话后，就牵着露娜的手离开了。

“冈野女士，之前就跟您说过了，请不要开车来接孩子。”

老师的声音在背后响起，麻友美毫不在意地继续往前走。露娜回过头，跟真凛挥手告别。穿回了自己衣服的真凛还在抽泣。躲在角落里围观的妈妈们迅速给麻友美让出了一条路。麻友美清楚，她们都在用责备的眼光看自己。

“再见！”麻友美故意拉大嗓门,快步走出了幼儿园的院子。

刚出门，露娜又回了一次头，挥手说再见。受露娜影响，麻友美也回头看了看，发现小真凛正呆立在老师身边。真凛虽然仍在抽泣，但还是向露娜轻轻挥了挥手。

回家路上，麻友美带露娜去了她喜欢的那家冰淇淋店。那是一家意式冰淇淋店，门口养了一只黑色的拉布拉多犬，人行道上还摆了几张桌子。虽然风吹着让人感觉有点冷，但露娜说要坐小狗旁边，她们就坐外面了。露娜认真地舔着足足有自己小脸那么大的草莓冰淇淋。麻友美则一边舔着奶油芝士的意式冰淇淋，一边抬头望向晴空。估计幼儿园的那些妈妈们暂时不会跟自己搭话了。一想到年底前还有秋游、万圣节聚会、圣诞节等一系列活动，麻友美长叹了口气。

“也挺好的。”麻友美小声说。这样也挺好，反正自己也没把幼儿园的这些妈妈当朋友，也不想和她们成为朋友。自己有千鹤和伊都子这样的好朋友，艺术培训学校那边也有相处得不错的孩子妈妈。

“什么挺好的啊，妈妈？”露娜小嘴的周围染上了一圈粉红色。麻友美一边用湿巾帮她把嘴擦拭干净，一边回答：“妈妈是说天气不错，心情很好。”

“心情真的很好，妈妈。”露娜也迎合着麻友美，说道。

“露娜，以后不能再跟别人玩换衣服穿的游戏了，好吗？”麻友美笑着低头看向露娜。

“嗯，但是……”

“但是什么？”

“但是很可爱啊……”露娜的声音有些有气无力。

什么可爱？小熊的图案吗？还是穿着那件衣服的真凛？麻友美想问却没问。她觉得这个问题太傻了。

“小学怎么办啊？怎么办啊，露娜？”麻友美自言自语地小声嘀咕。一想到要和那家幼儿园的小孩们，准确地说，和他们的妈妈们再相处六年，麻友美就觉得毛骨悚然。让露娜上私立小学会好些吗？这样她就不会因为孩子们之间换衣服穿而找别人茬了吧。或者说，上私立小学的话，孩子们就不会玩换衣服穿这种无聊的游戏了吧。麻友美想到了自己上初中时的样子，露娜应该不会像当时的她那样了吧，毕竟露娜和现在的麻友美一样,已经过上了经济上随心所欲的生活。可是，如果上私立小学，那就得找找看有哪些学校了，还得让露娜学习、备考。在艺术培训学校的基础上再加个补习班，孩子受得了吗？麻友美想东想西，越发心神不宁，逐渐陷入了忧愁之中。

“这种事情，还早得很呢。”露娜用老成的口气说。麻友美笑出声来。

“是啊，还早着呢。”麻友美觉得露娜说得没错，于是放弃了思考。麻友美很不擅长订立计划与思考，也不习惯归纳自己的想法并得出结论或见解。就像她只想随心所欲地生活，却没有考虑过下一步该做什么一样。

麻友美打了个鸡蛋到碗里，一边搅拌一边从厨房柜台往客厅望去。露娜抱着自己喜欢的小熊玩偶坐在沙发上，面前摊开一本图画书。看来她应该在讲故事给小熊听。不过，露娜还不能把所有的字认全，所以她小声嘟囔着的应该是根据书上的图画自己创作的故事。

麻友美在心里嘀咕，露娜的问题就出在性格上。

九月到十月这两个月间，露娜参加的五次选角面试都落选了。所以，自孩子们一起野炊的那个综艺节目之后，她再没有任何工作。好在艺术培训学校的经理人知道麻友美高中时期的成就，因此对麻友美母女特别关照。麻友美觉得，露娜的魅力不像大朵的向日葵或大丁草花那样华丽耀眼，而是像蒲公英或红砖瓦那样，朴素且给人亲近感。这一点经理人似乎也很认同，所以会优先推荐露娜去适合她的选角面试。经理人不会推荐露娜参加需要唱歌跳舞的商业广告演出，而一旦有历史剧里的小演员角色或者故事性较强的商业广告的机会，她甚至会直接打麻友美的手机通知。可即便如此，露娜依然没被选上。

畏首畏尾，认生，没主见，不合群，缺乏毅力，麻友美觉得，露娜这样的性格正是她无法通过选角面试的原因。身旁五岁大的孩子，还没请他开口，他就已经主动唱起歌来，而露娜只会低头站在旁边，摆弄着自己的裙摆。被问到喜欢做什么时，前面一个女孩子直接表演了一段明星模仿秀，而露娜只开口说了句“狗狗的……”接着就陷入了沉默。而在回程的路上，她却能对着麻友美大声地唱出流行歌曲，麻友美对此总是心烦不已。

要怎么样才能治好露娜这畏首畏尾的坏毛病呢？麻友美将蛋液过滤后，加入酱汁搅拌混合。她刚把和好的蛋液倒入碗中，露娜嗖的一下站了起来。

“爸爸！”露娜大叫一声，跑向玄关。看来露娜连玄关门打开时轻微的声响也没错过。

“我回来了，”贤太郎抱着露娜进屋，在厨房柜台外递给麻友美一个黑色纸袋，“这是给你的礼物。”

“什么啊？”

麻友美接过来看了看，发现里面装着一个系有蝴蝶结的盒子。

“巧克力。发现了一家新店。”贤太郎说完后，放下露娜去卧室换衣服。

“露娜，爸爸给我们买了巧克力，一会儿跟妈妈一起吃吧。”

“哇！露娜最喜欢巧克力了。”露娜在客厅高兴地转圈圈。

麻友美悄悄叹了口气，将巧克力盒子放进冰箱，继续准备鸡蛋羹。

晚饭后，麻友美正准备将巧克力摆盘时，有电话打来了。她看了看放在厨房柜台上的手机屏幕，是培训学校的经理人打来的。麻友美心中断定又有新的选角面试机会了，于是兴高采烈地接起了电话。

“冈野女士，您之前组过乐队对吧？”

经理人平林恭子是位四十岁左右的女性，她不负责具体的课程，只掌管整个学校的运营。就是她在入学手续面试时对麻友美说："我好像在哪儿见过你。"

"嗯，对，确实组过。"

麻友美望着摆盘摆到一半的松露巧克力，心中好奇对方究竟要说什么事。客厅餐桌边，贤太郎正将威士忌的杯子凑到露娜鼻尖附近。

"啊，就是，要不要重组一下之前的乐队，上一下电视？一天就行。"

麻友美正担心露娜会误饮威士忌，所以对恭子这句让她大感意外的话发出了"嘿"的惊叫声。贤太郎和露娜都回过头来看着她。麻友美给贤太郎使了个眼色，继续认真听着恭子的声音。

恭子语速飞快地说："有一个名叫'翻红大作战'的怀旧音乐节目策划制作了一个环节，想邀请现在已经不再从事音乐活动的歌手重返舞台演唱歌曲。我认识其中一个制作人，他正在物色能上节目的人选，我可以把你的联系方式告诉他吗？"

"啊？嗯，可是……"

"不用现在立刻答复，我先把你的联系方式告诉他，可以吗？不是什么奇怪的人，你放心。当然，你如果想拒绝也没关系。"恭子电话那头传来酒馆里喧哗的声音。

"给联系方式是没问题的……"麻友美盯着贤太郎，嘴里嘟囔着。

“那，你的手机号码和座机号码我都告诉他吧。这个制作人是位先生，叫神原。不是坏人，放心。可能这两天他就会联系你，多多关照啊。”恭子急急忙忙地挂断了电话。酒馆里的喧闹声倏地一下消失了。

“怎么了？”贤太郎问。

“没什么。巧克力我马上端过来。孩子她爸，你把咖啡泡上吧。”

麻友美笑着说完，迅速将巧克力摆好，把盘子端到客厅餐桌上。贤太郎乖乖站起来，鼓捣着咖啡机。

“露娜，你可以先选你喜欢的。”

听麻友美这么说，露娜身体前倾，两肘杵在餐桌上，认真地挑选起了巧克力。但她似乎挑不太出来，于是茫然地抬起头，小声说："妈妈先选吧。"

换作以前，麻友美早对说这话的露娜发火了，但今天她按露娜所说，俯身打量起眼前的松露巧克力。恭子沙哑的声音还留在耳畔。

“你俩怎么都在那儿瞧什么呢，那么认真。”贤太郎笑着回来，将露娜抱在膝上。

“妈妈在挑巧克力。”露娜用故作老成的口吻说。麻友美的脸一下子从松露巧克力上抬了起来。

“你听我说，实在太奇怪了。培训学校的经理人恭子，不只把露娜，也把我推销出去了。说有个什么音乐节目，希望我以从前乐队成员的身份登台。我这样的老太婆还拉出去丢人现眼，怎么弄啊，真烦人。”麻友美一口气说完后，朝着天花板笑了起来。

“啊？这不是很厉害吗？参加一下试试？”

麻友美看了看贤太郎，发现他说这话时很认真。

“你是认真的？一个上了年纪的老太婆在舞台上唱着没人记得的歌，太丢人了吧。”

“不会的。而且你也不是老太婆啊，‘Dizzy’当时有很多歌迷，大家看到应该也会开心的。我也可以跟公司那些人显摆显摆。露娜看到妈妈上了电视，也会高兴的，对吧？”

因为麻友美一直没有先挑走巧克力，所以露娜也无法选择。她紧紧地盯着巧克力回答：“嗯，露娜特别高兴。”

“讨厌，连露娜都这么说。你们俩偏心自家人。”

麻友美笑着拈起一颗松露巧克力，放进嘴里。露娜见状，缓缓地将手伸向盘子。

收发邮件对麻友美来说不算难事。她走进被贤太郎用作书房的屋子，打开台灯，一边敲击着键盘一边思考。她用删除键删掉写好的文字后，又继续敲击键盘。

麻友美的邮件预备发给千鹤和伊都子。

露娜上的那个培训学校的经理人邀请我们重新组建“Dizzy乐队”。

好笑吧。我们那种小众乐队居然也会被邀请。

一开始，麻友美当笑话一样写着。确实，麻友美也希望她们把这事当笑话听。但是，一涉及露娜，麻友美打字的手就停不下来了。

露娜也不知道像谁，总是畏首畏尾，被幼儿园的朋友拿了衣服也不知道回嘴。唱歌跳舞她都很喜欢，在我面前表现得可好了，但在陌生人面前就完全不行。我也不是非要让她做艺人，只是我担心她这样下去，上了小学之后也会很辛苦。所以，我突然想到，虽然我也不想上电视，现在也不会唱歌了，但如果我能克服害羞的毛病努力突破自己，或许露娜也有机会打破保护壳实现蜕变。看到自己的母亲正在努力，露娜心中或许也会涌现出勇气。

麻友美停了下来，重读了一遍自己写的内容。这么写感觉好像自己很想上电视一样，于是她将文字几乎全都删去，重新写。渐渐地，麻友美开始觉得，如果自己能上电视，或许真的可以拯救露娜。

呐，千鹤，伊都子，你们觉得怎么样？

反复重写、修改了好几次之后，麻友美加上这句话，然后按下了发送键。

在麻友美对着穿了露娜衣服的小真凛发脾气的那天晚上，真凛的母亲打来电话抗议。真凛母亲在电话里喋喋不休："本来就是孩子们之间的游戏，大人插手干涉就已经很不可理喻了，你居然还说我家女儿是小偷。你必须向我们道歉。"麻友美虽然也觉得那件事是自己做得不对，但被人像审判一样逼迫道歉，她立刻不依不饶起来。麻友美心想："我怎么可能跟你道歉。"于是，她奋力争辩道："那你的意思是，只要是孩子们的游戏，就什么都能交换了吗？万一借了别人很重要的东西，弄丢了或者弄脏了，那你也教导你的孩子说不过是游戏而已，不用在意吗？"挂断电话后，麻友美立刻后悔了，觉得自己说得太重了，可一旦对方情绪激昂地跟她讲话而她不激昂地反驳回去，她心里就不舒服。只要吵架不停止，麻友美就无论如何也冷静不下来。

果然，从第二天起，幼儿园的妈妈们明显开始躲着麻友美。甚至有个妈妈刻意疏远她，故意说了句"也不知道可能会因为什么事被人抱怨"让麻友美听见。不过，这种事情对于从初中到高中就一直都在女校摸爬滚打的麻友美来说太微不足道了。女生们聚在一起，遇事便找出一只“替罪羊”，这种场景麻友美司空见惯。跟那时候相比，现在不涉及金钱上的压力，要轻松多了。初中时，麻友美没钱，所以最害怕被朋友们踢出朋友圈。而且，麻友美很清楚，女人们组成的团体有个特点，那就是维持不了多长时间。女人比男人更善变。所以，麻友美想，就算她们下定决心要无视我，只要我这边没有任何反应，她们立刻就会觉得无趣，另寻其他新的刺激去了。

不过，让麻友美没想到的是，露娜竟然也受到牵连，被朋友们刻意疏远了。虽然从前露娜就爱一个人玩，但从那天之后，麻友美总觉得露娜好像被赶到了角落里。以前经常和露娜一起玩的香苗也离开了她。麻友美把情况告诉了老师，老师却回答说：“露娜以前就喜欢一个人玩，我不认为孩子们之间存在孤立同学的情况，上课期间也没有发生过任何问题。”

最近，麻友美去接露娜时，总看见她一个人在室内看图画书。有一次，有个其他班的孩子对露娜的图画书感兴趣，想凑过去看看，那个母亲发现后，急忙将孩子叫了回来。“要是借露娜的图画书，她们家会很生气的。”那位母亲好像是故意要让麻友美听见这句话，然后便牵着自家孩子的手离开了走廊。

麻友美在女校里经受过千锤百炼，所以怎么样都没关系，但露娜对此毫无免疫力，麻友美无法原谅任何人对孩子的伤害。麻友美每次都怒气冲冲地走出幼儿园。性格文静且不太合群的露娜似乎还没有被疏远的概念，除了去培训学校的日子，她每天都开心地跟麻友美报告自己当天做了什么。但是，露娜越是天真烂漫，麻友美就对幼儿园的家长们越发火大。麻友美觉得很不公平，对家长不满意就冲家长来就好了，与孩子无关。可是，麻友美只顾着生气，而完全忘了其实是自己先插手孩子们的游戏的。

即便如此，麻友美还是觉得，与其找一家新幼儿园让露娜转校，不如让露娜先在这里撑到幼儿园毕业。还剩一年零几个月的时间，麻友美只能继续让露娜来幼儿园上学，同时期待情况能有所好转。

我们一家人和你们这些人不一样。麻友美心里这么想着，她决定努力撑过剩下的一年零几个月。也并不是非这里不可，只是没工夫在这里和这些小喽啰们玩友情考验游戏。

麻友美的内心像是在寻求依靠。她想，要是露娜的选角面试顺利就好了。如果上了电视，露娜就会成为幼儿园的“大明星”，即便父母说这说那，孩子们也一定会出于好奇接近露娜。这么一来，其他家长就能明白，我们一家在幼儿园以外另有天地，无视也好，孤立也罢，对我们都不起作用。

可露娜偏偏就是无法通过选角面试。作为母亲能做什么呢？要怎么做才能改掉露娜畏首畏尾且认生的坏毛病呢？麻友美没日没夜地思考这一问题。就在此时，上电视的邀约突然降临了，麻友美将解决所有问题的砝码都押在了这上面。

关闭电脑时，麻友美想，只有拼尽全力说服千鹤和伊都子接受上节目的邀请了。

等了一天又一天，还是不见千鹤和伊都子回复。虽然那个叫神原的男人还没联系自己，但麻友美已经焦急万分，给千鹤打去了电话。

麻友美开门见山，一上来就问："看过我发的邮件了吗？"

"什么邮件来着？"千鹤不慌不忙地回答。

"哎呀，就是邀请我们上音乐节目的那个啊。"

"啊，讨厌，那是开玩笑的吧？"千鹤发出了笑声。

"不是玩笑啦。要不要上？上一下嘛。"

"讨厌啦，麻友美，你到底在开什么玩笑啊？"

"不是开玩笑，我是认真的。没什么大不了的吧，也就一天而已，要是你不想唱歌，让他们放预先录好的磁带，我们对口型也行。"

千鹤沉默了，麻友美静静地聆听着这段沉默。她突然想，工作日晴朗的上午，千鹤在家里做什么呢？在打扫房间，还是在洗衣服？在看厨艺书，还是在画画？麻友美完全无法想象千鹤的生活。

“麻友美，每次一有什么你就说乐队的事，你该不会想上电视吧？”千鹤的语气中有揶揄的味道。麻友美听了很火大，她说：“不是我想上电视，我是为露娜考虑。我在邮件里也写了，露娜看到她的妈妈在加油努力，说不定会有改变。而且，我说不定可以争取带露娜一起上台。我一直在想，现在的我能为露娜做的，也就只有这些了。”

“我知道你是为露娜考虑，但你也不至于让我跟着蒙羞吧。”千鹤清楚地表达了自己的为难之处。

“蒙羞？什么蒙羞啊？难道小千你觉得我们当初做的事情是羞耻的吗？”麻友美极力反驳。

“当然是羞耻了。之前的录像带、CD我全都扔掉了。那时候什么都不懂。我甚至觉得那段日子是不属于自己的记忆。”

听千鹤这么说，麻友美哑口无言。麻友美丝毫不觉得高中时期她们做的事有任何可耻之处。不但不可耻，她甚至为之骄傲。周围许多人不知道她曾活跃在乐坛，这让她非常不甘心。无论是录像带还是CD，抑或是刊登她们报道的杂志、海报，麻友美都小心收藏着。

“那，如果小伊同意上节目，小千你能上吗？”麻友美用撒娇的口吻问。

“小伊不会同意的。她现在可忙了。”

“忙什么啊？她工作了吗？”

"她要出摄影集了，现在正忙前忙后准备着呢。"

分机的听筒依然贴在麻友美的耳边，她却茫然地看向客厅餐桌。早餐后剩下的脏盘子依然留在桌上。麻友美全然不知伊都子要出摄影集了。

"但是，不问问看怎么知道呢？"麻友美像小孩子一样纠缠不放。

"那你问问呗。"千鹤淡淡地说。

麻友美挂断电话后，拨通了伊都子的手机号。分机听筒贴在麻友美耳畔，电话那头传来一声又一声的呼叫等候音。远处，洗衣机响起了洗涤结束的提示音。

"喂，麻友美，现在有空吗？有空的话过来玩吧。"伊都子一接起电话，便来了这么一句。

"小伊，你有看我给你发的邮件吗？"

"邮件？什么邮件来着？啊哈哈哈，别管什么邮件了，见面之后再说吧。"

伊都子在电话那头笑得颠三倒四。麻友美看了看墙上的时钟，她觉得伊都子兴奋得太不正常了，该不会是醉了吧。但按道理，伊都子不是那种会白日酗酒的人。

"来倒是可以来，但我得先晾好衣服收拾完屋子才能出门，估计得下午了……而且还得去接露娜放学……"

"那就和露娜一起来呗。反正我今天一整天都在家。"

“你不是很忙吗？”

“忙啊。忙到都不知道有多久没跟人说过话了，所以偶尔休息一下嘛。来吧来吧。”

“好吧，”麻友美又一次下意识地抬头看了看时钟，说，“那你可以先看看我发的邮件吗？”

“打电话让人看邮件，也太奇怪了吧。”

伊都子说完，又像傻子一样笑了起来。是熬夜之后大脑亢奋，还是很久没见人所以很黏人？麻友美带着一肚子的疑问挂断了电话，走进家务间准备晾衣服。她已经开始思考该穿什么衣服去伊都子家了。

想一想，麻友美还没去过伊都子的住处。她甚至无法想象伊都子现在竟然一个人住。当然，她听伊都子说过已经从母亲那里搬出来了，伊都子也告诉了她新的住址。但是一想到伊都子，麻友美的脑中就会浮现出她和她母亲在一起的样子。伊都子的母亲不化妆，穿着也不华丽，却能自然而然流露出一种优雅之感。在麻友美的记忆中，伊都子总是紧挨在她母亲身边，开心地笑着。每次麻友美看到她们两人，都觉得像极了一对姐妹花。自从麻友美开始厌恶家中那个对父亲充满感激、毕恭毕敬的母亲之后，伊都子的母亲便成为麻友美心中理想母亲的样子。

电梯间里，露娜问：“妈妈，我们去见谁啊？露娜的朋友吗？”

露娜上一次见伊都子时才三岁左右，所以很显然她现在已经不记得伊都子了。

“对啊。妈妈的朋友也是露娜的朋友。”

“香苗吗？还是真凛？”

“都不是。是一个叫小伊的人，妈妈的朋友。她也会很快和露娜成为好朋友的。”

“会和露娜成为好朋友吗……”露娜低头小声说着，看起来可怜极了。麻友美想，最近谁都不愿意靠近露娜，估计这个小姑娘心里也有些受伤吧。

按过门铃后，门开了。伊都子探出头来，她像是和打电话时完全换了个人，脸色苍白，面部浮肿，沉默地绷着脸。

“睡了一觉？”

“嗯，睡着了……”伊都子迷迷糊糊地说。

“虽然是你叫我来的，但是不是给你添麻烦了啊？”伊都子的变化太剧烈了，麻友美有些困惑地笑着。

“没有，哪有添麻烦。进来吧。”伊都子敞开了门。

“啊，这孩子就是露娜。认不得了吧？你们两个人应该都认不出对方了。打扰了。快，露娜也打个招呼。”

“打扰了。”

露娜学着麻友美的样子打了招呼，声音很微弱。她躲到麻友美的身后，紧紧地攥着妈妈的裙摆。麻友美跟着伊都子进了屋，被眼前的样子惊呆了。

“小伊你怎么了啊?”这话从麻友美口中脱口而出。

房间实在太乱了。走廊上散乱着纸箱和百货店的纸袋，这还不算什么，走廊尽头的客厅更是惨不忍睹。桌上胡乱摆放着文件、杂志、照片、点心、塑料瓶、钢笔和彩色铅笔以及面包的包装袋，只有放笔记本电脑的地方空出了一块方形区域。沙发上堆满了衣服、毛巾和长袜，地板上则四处散落着CD盒、报纸、丝带、信封以及不明所以的文件材料。要想向前移动，必须踩着某个东西或者想办法避开某个东西。

“麻友美，你喝什么？有啤酒、杜松子酒、威士忌和红酒。”伊都子摇摇晃晃地走进厨房，声音依然模糊不清。

“什么啊？你这里又不是酒吧，只有酒吗？我开车来的。”麻友美笑了。露娜或许也感觉到了房间的异常，攥着裙摆的同时，又紧紧地抱住麻友美的大腿。

“啊，你就是露娜吗？上次见你时，你还像个婴儿，现在长高了啊。露娜，你喝水可以吗?”

伊都子从厨房出来，两手握着罐装啤酒和矿泉水。她似乎终于注意到了露娜，弯下腰询问。露娜把脸藏在麻友美的腿后，不敢回答。

“坐那儿吧。把那上面的东西扔地上就行。”

伊都子把矿泉水递给麻友美，再将沙发上的东西一股脑扔到地板上，腾出了一块地方。麻友美战战兢兢地坐了上去，同时让露娜坐在旁边。

“你怎么了，家里搞得这么乱？”

麻友美又问了一遍。这套高级公寓比她想象的还要豪华，透过巨大的窗户可以清楚地看见新宿的高楼大厦，光客厅就有二十个榻榻米那么大[1]。麻友美想，有那么优秀的母亲在，住这种房子也是理所应当，不过，该不会千鹤提到的伊都子的那个摄影工作比自己想象中顺利多了吧。麻友美不明白，这么好的一套房子，伊都子为什么毫不在乎地把它搞得那么乱，况且是在她主动叫人来玩的情况下。

认识伊都子以来，最让麻友美搞不懂的是她对体面的认知。麻友美想，如果自己要招待朋友来家里玩，一定会打扫干净屋子，尽可能将生活的迹象封存起来，避免丢人。要是不向别人显摆自己在如此漂亮的公寓中过着如此舒适的生活，心里就不舒服。

可是，这样的想法在伊都子那里根本不存在。三人几个月一次的午餐会，她也经常不化妆，穿个牛仔裤就来了。现在连这样乱如鸡窝的房子也不加修饰地展现在朋友面前。麻

1 约合33平方米。

友美觉得，与其说伊都子对二十多年的老友敞开心扉，不如说是她脑中根本就没有要维持体面的意识。此时，麻友美的心情有些复杂。她突然觉得，自己害怕去生日会的心情伊都子可能从来没体会过，没钱又说不出口的那种心情，伊都子肯定也无法理解。

麻友美母女对面的单人沙发上堆着衬衫、袜子等杂物，伊都子也不理会，一屁股坐了上去。她喝了口啤酒笑着说："嗯，我觉得，我应该没法一下子把所有事情都照顾到。如果把屋子收拾得干干净净，我就没法工作了，而一旦专心工作，房间里就会乱成这样。"

"也就是说，现在是工作季，对吧？"

"工作……嗯，算是吧。"伊都子直起膝盖坐在沙发上，眼睛望向阳台外。

"妈妈，我想回家。"露娜紧贴麻友美坐着，她那祈求的声音虽然微弱，却有撒娇时特有的黏人感。

麻友美没有理会，手里一边翻转着瓶盖尚未拧开的矿泉水瓶，一边问："邮件你看了吗？"

伊都子咬着手指甲，说："嗯，什么来着？露娜的电视节目……"

"哎呀，讨厌死了，那都是多久以前的事了。我现在说的是'Dizzy'重组然后上电视节目的事。"

“什么？上电视节目？”

麻友美毛毛躁躁地将恭子告诉自己的话总结了一下说给伊都子听。为什么千鹤和伊都子都不好好地看她写的邮件呢？感觉她们各自忙着自己的工作，只有她是个家庭主妇，才会有闲心犹豫要不要上电视节目。想到这里，麻友美就很生气。

“我也不想上电视节目，但为了露娜着想，还是想试试。”

伊都子侧身坐在沙发上，两腿搭在沙发的扶手上摇晃着，眼睛一动不动地盯着麻友美。看见伊都子一言不发地一直盯着自己，麻友美感到有些不自在，虽然并不口渴，但她还是拧开了矿泉水的瓶盖，喝了一口。

伊都子开口了：“麻友美你老说为了露娜为了露娜，其实是为了你自己吧。”

“啊？你在说什么啊？”麻友美气得张大嘴巴，“我都说了很多次了，我不想上电视。但是，如果我上了电视的话，露娜就……”

“露娜就能突破自我，成功通过选角面试。然后，虚荣心得到满足的不是露娜，而是麻友美你自己吧？不是吗？”

麻友美哑口无言地看着伊都子。

“你怎么了，小伊？”麻友美下意识地说出了这句话。伊都子如此具有攻击性，太反常了。麻友美感觉，伊都子正在不明缘由地强烈谴责她。自两人初中认识以来，这种情况还是第一次。

“露娜，你真的想进演艺圈吗？因为妈妈这么说，所以你没办法只能照做，是不是？其实露娜内心更喜欢看书画画，对吗？”伊都子将脸靠近全身僵硬地贴在麻友美身上的露娜说。

我有跟伊都子说过露娜的事情吗？我有说过露娜不想去培训学校，喜欢一个人捧着图画书看吗？麻友美努力地回忆着，但是完全记不得自己曾经说过。

“别再干这种事了。现在可能没什么，但以后你会被露娜憎恨到难以置信的地步的。麻友美你自己想做的事，自己做就好了。现在开始也不算晚。你知道吗？孩子和父母是完全不同的独立个体。”

“你在说什么啊？”麻友美一下子从沙发上站了起来。露娜吓得身体一缩，慌忙从沙发上滑了下来，紧紧搂住麻友美的腿。

“是小伊你让我来玩我才来的，为什么把别人叫来之后，专说这种气人的话啊？”麻友美有些声嘶力竭。

“你会生气，是因为我说的这些刚好命中了你的要害，不是吗？”伊都子不服输，继续嘲讽地说。麻友美明白了，伊都子是在故意找碴吵架。但她不明白的是，为什么伊都子要专门把她叫来跟她吵架。

“我要回去了。跟醉鬼没法说话。等小伊你清醒之后，我再找你好好商量。”

麻友美将喝剩的矿泉水放在地板上，牵起露娜的手，踩着脚边散落的杂志和报纸，准备走出客厅。本以为踩在了一件衣服上，没想到踩到了衣服下的一个什么东西，麻友美不禁打了个踉跄：“好痛。”翻开衣服一看，下面居然躺着一个磨萝卜碎的陶瓷碗。

“难以置信！为什么这个地方会有个磨萝卜碎的碗啊？我居然还踩到了。”麻友美大声抱怨着，伊都子则在一旁咯咯咯大笑不止。一会儿胡搅蛮缠地找碴，一会儿又笑个不停，伊都子的情绪如此不稳定，让麻友美觉得瘆得慌。她战战兢兢地回头看了一眼伊都子，只见伊都子侧身坐在沙发上，望着天花板笑着，然后蜷缩成一团抖动着肩膀，下一秒再抬起头来时，泪水已经濡湿了她的脸颊。

“别走啊，麻友美。你不是刚刚才来吗？”伊都子用一只手使劲儿地擦拭眼角，嘴里嘟囔着。

“发生什么事了，小伊？”麻友美终于问道。

麻友美驱车行驶在完全暗下来的街道上，反复回味自己和伊都子刚才的对话。露娜刚才还吵着肚子饿，现在已经在儿童安全座椅上睡着了。

是工作进展不顺，还是有别的烦恼，伊都子并没有具体解释。找碴后又哭又笑、心神不宁的伊都子在喝过三罐啤酒之后终于恢复了平静，能一如往常地和麻友美交流了。但是，在麻友美看来，从伊都子嘴里蹦出的几句话全都是概念性的内容，比如“越是忙这忙那，越觉得自己什么也没做”，或者“不管怎么告诉自己这样就可以了，也没法让事情有所进展”。但究竟发生了什么，只要伊都子不解释，麻友美就完全不明白。“工作上的事情吗?”“收拾不来屋子?”每次麻友美提问，伊都子都回答“不是的”，麻友美完全搞不清楚伊都子话里话外的含义。

不过，伊都子言之无物的话正好让麻友美得以按自己的想法解释伊都子的话。她想，自己内心隐约存在的不安之感，伊都子肯定也有。每天被各种杂事缠身,时间被一点点消磨掉；感觉自己明明已经走了很远，回过头来却找不见留下的足迹；虽然觉得四十岁之前一定要做出点什么，却连该做什么的头绪都找不到。

“要不还是上一次电视吧?”麻友美说。她觉得，就算不是为了露娜，哪怕为了她们几个人也好。麻友美想，四十岁之前想搞出的名堂，或许并不是上电视这件事情，但如果敢于重现三人最辉煌的时期，或许就能找到未来奋斗的方向。伊都子是这样，麻友美自己也是这样。然而，伊都子只是淡淡一笑。

“麻友美你可真幸福。”伊都子这么说，麻友美觉得自己像被讽刺了一样，只好沉默不语。

麻友美担心自己说要回去，伊都子会又哭起来，所以她没有起身。但是，傍晚过后太阳西沉，伊都子依旧神情茫然地坐在沙发上喝着酒，丝毫没有要准备晚餐的意思，更没有要外出就餐的动作。露娜小声地说着“肚子饿了”，麻友美这才终于走出了伊都子的公寓。

回到自己住处时，已是晚上七点多。稀奇的是，贤太郎竟然已经回来了，在玄关处迎接麻友美。不过，他的脸上不像以前一样挂满了笑容。

“晚饭呢?”贤太郎问。

“啊啊，对不起，我忘了。”麻友美回忆了一下冰箱里有什么。

“忘了？什么啊，太过分了吧。”贤太郎很少见地表现出不悦的情绪。

“要是肚子饿了，咱们就出去吃点什么吧？或者我点个寿司什么的。”麻友美把露娜抱进卧室让她睡下，然后边说边回到客厅。

“累了一天回到家然后又要出门，太麻烦了。点外卖吧，真没办法。”贤太郎坐在沙发上，边看报纸边说。

麻友美叹了口气，从抽屉里拿出了几张外卖单。我究竟是什么啊？麻友美脑中不经意地闪过这一念头，然后低头望着手里的外卖单出神。

晚饭后，那个叫神原的男人打来了电话。当时贤太郎正带着露娜在浴室泡澡。更衣室的门似乎开着，客厅里能听到贤太郎和露娜一起唱歌的声音。

"恭子提前跟你说过了吗？"电话那头的男人轻描淡写地问道。

"啊，嗯，就是乐队的那个……"

"对。我想跟您详细谈谈，您能找个方便的时间吗？最好就这几天。"

"嗯，就是……"麻友美停顿了一下，深吸了一口气，然后鼓起勇气开口了。"就我一个人可以吗？嗯，准确地说，我和我家孩子两个人上节目可以吗？"

"啊？"神原愣住了。双方沉默了数秒。

电话那头非常嘈杂，能听到众人的笑声、女人的惊叫声还有音乐的声响。麻友美回忆起来，恭子的电话那头也是这样嘈杂。麻友美想，这个时间点，世界上的所有人都在娱乐场所花天酒地吧，除自己以外的所有人。

"两个人，嗯，是什么情况……"神原声音中有些困惑。

麻友美开口了："我问了我们乐队的其他两名队员，她们都不愿意。所以，我就想，要不就让我和我孩子两个人上节目……”

“可以告诉我另外两名成员的联系方式吗？”神原打断麻友美的话。麻友美不认为神原给千鹤和伊都子打电话就能让她们改变想法。

“嗯，这个嘛，有点不太……”

“好的，那等详细情况确定之后，我再跟您联系。这么晚打扰您了。”

神原再次淡淡地说，然后挂断了电话。

房间内恢复平静。走廊处露娜和贤太郎的笑声滑入耳畔。我到底是什么？麻友美再一次问自己。我什么也不是。电话那头传来的喧闹声又在麻友美的耳朵深处响起。麻友美觉得，除了她现在所在的这个房间，其他任何地方的人都在开怀大笑，都在进行着有意义的对话，都在相互确认着明天的安排，都在创造出肉眼可见的成果。麻友美觉得，除了自己，每一个人都是有头有脸的人物，都有自己该做的事。

第四章

井出千鹤看着旁边坐在圆桌边肩膀挨在一起翻阅菜单的女生们，不由得想起了刚上初中一年级的自己。因为是从附属小学升上来的，所以教室里有几个人的脸她有印象，但是，一半以上都是她不熟悉的面庞。千鹤扫视了一整个教室：我能和谁成为好朋友？谁又能和我成为好朋友？我应该扮演什么样的角色？和小学时一样，扮演一名大姐姐的角色吗？还是索性做一个安静的女孩子？

到现在，千鹤还能清楚地回忆起，她当时一边嗅着课桌清漆的味道，一边迅速思考这些问题的样子。

“还是午饭套餐最划算吧。”“对啊，对啊，就选这个吧。”“选肉还是鱼？”“前菜好像是从这里面选三种吧？”女生们叽叽喳喳，一刻也不曾停止讲话。服务员过去点餐，围裙长得快要拖到地下。她们七嘴八舌地点完，见服务员走远，又开启新的话题，聊得热火朝天。

四个月前，也就是十月份时，千鹤厌倦了一个人的日子，决定要走出去。千鹤首先加入了旁边车站附近的健身俱乐部，接着她又在网上反复检索，最终申请加入了每月两次在表参道开课的葡萄酒学校。其实，无论是插花或长呗[1]，抑或是热瑜伽和料理学校的节日料理培训，对千鹤而言都一样。只要能打破她独自待在家里的现状就可以了。

不管是在健身俱乐部，还是在葡萄酒学校，只要有人邀请千鹤一起去喝茶或吃饭，她一定二话不说就同意，然后和一些她连名字都还没记住的人围坐一桌，笑着加入她们的谈话。

“我还以为在这里能喝好多葡萄酒呢。”坐在千鹤对面的一个人说。

“我也是。我还以为可以一边吃着美味佳肴，一边喝着葡萄酒，聊聊果实如何可可怎么样之类的，然后保持个好心情回家去呢。”

“什么果实、可可啊？”

“品酒的时候，不是都会这么说吗？”

“上次我和我老公去了家中餐馆，那家店里竟然也有很多葡萄酒。会挑的话，说不定葡萄酒和中餐也很配。”

---

1 长呗，日本传统音乐的一种，配合三味线的演奏吟唱。

“你说的店在哪儿啊？”

“店名我忘了，应该是在麻布十番的……”

“啊，我知道那家店……”

女人们身体前倾，七嘴八舌地说着店名或地址。之后一段时间，谈话都围绕着与饭店相关的信息，哪家店好吃啊，哪家店环境好啊之类的。

这是千鹤第四次来葡萄酒学校。这所学校的学生清一色是女性，且都是时间充裕的主妇。第一次授课结束后，在一名学员的提议下，有六个人参与了聚餐。千鹤当然也参加了。课堂上，别说菜肴了，葡萄酒也没品尝过一滴，讲师自始至终都在板书着葡萄酒的主要产地和葡萄的品种，大家对此怨声载道。千鹤也只能苦笑。她想，原来有这么多人和我一样。千鹤并非想要对葡萄酒的品牌了如指掌，也没有考取侍酒师执照的意愿，只是期待这个小课程能告诉自己哪些葡萄酒好喝而已。

女人们通常不会互相探索隐私。有的女人没有眼力见儿，明明没人问她，她自己就禁不住显摆，滔滔不绝地说丈夫在外资企业工作，女儿在某某幼儿园上学，住在哪里的独门独院一户建，等等。这种人，第二次聚会大家就不叫她了。她们彼此能聊的内容充其量也只是家庭住址、姓名、年龄、婚否，仿佛有一块看不见的区域写着“禁止进入”，一旦稍稍触及隐私，所有人都很默契地岔开话题。

所以，课堂结束后，大家的交谈中只剩纯粹的信息。餐馆、美容院、美甲店、旅馆以及品牌店的折扣，话题没有深度，也没有任何延展性。

这对千鹤而言，虽然挺舒服，但也无聊到有些痛苦。而且，她仿佛一直都在和自己对话，所以回家路上心里总有些厌恶自己。明明知道问题存在，却总不愿意去面对。

“下个月见。”“再见。”“说好的那个东西，下次我会带来。”女人们在饭店前用高亢的嗓音相互道别。千鹤也热情地跟她们挥手，走向地铁站。

地铁竟然很空，千鹤选了个座位坐下。正前方的车窗上倒映着自己的脸，千鹤与其相对，凝视着映射在昏暗车窗中的那个淡淡的影子。

在四十岁前，有没有什么事能让自己打心眼里有充实感或成就感呢？

千鹤脑中突然闪过麻友美很久以前说过的这句话。一有什么事，麻友美总会搬出高中时的经历，说那段时间是人生巅峰，麻友美的这种想法千鹤虽然不太喜欢，但当时麻友美究竟想说什么，在这空旷的地铁中，千鹤基本能理解了。

千鹤看着车窗中的自己，在心中悄悄嘀咕："啊，原来是这样，原来麻友美想说的是这种感觉。"

到了四月，过了生日之后，千鹤就三十五岁了。距离四十岁仅剩五年。五年之后，生活或许与现在并无二致。如果到了那时，她依然明知丈夫出轨却还假装什么也没发觉，依然在健身俱乐部毫无意义地锻炼着身体，依然和葡萄酒学校认识的女人们一边交换信息一边用餐……想到这里，千鹤的脑子一片迷茫。

千鹤想，麻友美似乎什么烦恼也没有，但她的日常生活应该和自己没什么差别。被丈夫宠爱,有个可爱的孩子在身边，每天忙前忙后，即便如此，也和自己一样。所以，她才会发疯似的说要参加什么怀旧歌曲节目吧。

地铁列车带着轰鸣声直插灰暗之中。千鹤盯着窗玻璃中的自己,思考晚饭要做什么菜。虽然这些菜可能根本用不着做。

千鹤猫在工作间内，一只手拿着葡萄酒杯，另一只手玩着电脑，突然大门玄关处响起了开门的声音。千鹤的身体条件反射般变得僵直。最近,如果凌晨前家中大门处有什么动静，千鹤总会打个寒战，疑惑是不是强盗上门了。她像往常一样仔细聆听，才听见丈夫趿拉着拖鞋走路的声音。千鹤也很惊讶自己与丈夫之间竟然变成了这样。开门声响起，脑中浮现的不是丈夫，反而是入室盗窃犯的样子。

千鹤将目光收回，继续看电脑屏幕，这时响起了客气的敲房间门的声音。这也很反常，千鹤惴惴不安地打开房门。寿士站在门口。

千鹤问："怎么了？"

寿士笑着反问："晚饭吃过了？"

"吃过了……我给你随便做点？"

"有什么啊？"

"可以煮荞麦面，或者做三明治……"

"啊，三明治，不错啊。那拜托了。"

千鹤端起红酒杯走出房间来到厨房。她从冰箱中取出火腿和生菜，然后开火煮鸡蛋。到底发生什么事了？想到这里，千鹤不禁叹了一口气。两个人明明是夫妻，却变成这样。寿士走进厨房，从冰箱里拿了罐啤酒，坐在饭桌边喝了起来。

"明天我要去研修，会在外面住两晚。"寿士若无其事般淡淡地说。

"啊，这样啊。"千鹤一边撕着生菜一边说。千鹤一下就明白了，原来是这么回事儿啊。结婚七年，从没听寿士说过有什么研修。连出差都没有过。说白了，在技术翻译公司上班的人怎么可能会有带住宿的研修呢？明天是周五，估计寿士想用掉年假，和新藤穗乃香一起去初次旅行吧。也不知道寿士是出于罪恶感还是为妻子着想，总之他对妻子有所顾虑，所以他笑着敲了千鹤工作间的门，坐在了餐桌边。可是，让千鹤震惊的是，自己竟然一点也不生气，甚至失望的感觉也没有。千鹤切掉面包边，在表面轻轻抹上一层黄油。眼下这一瞬间，千鹤竟感觉很充实。丈夫坐在餐桌边，自己在做夜宵，时间就这样静静地流过。

“到时会有一位知名翻译家在箱根开讲座，英国的专业技术人员也会来。”寿士已经很久没像这样说过一句这种长度的话了。千鹤发觉自己的嘴角正上扬。

“啊，是吗？去箱根啊？泡温泉吗？”

“温泉肯定会泡的吧。毕竟有外国人在，算是介绍一下日本文化。”

“箱根以前我们自驾去过吧，还吃了温泉蛋。”

“啊，真的是啊。当时应该是红叶季吧。箱根还是红叶季去更好啊。”

“是啊。不过，泡温泉的话，现在这样寒冷的时候去也挺好的。”

千鹤将煮好的鸡蛋碾碎，加入蛋黄酱，迅速和匀后涂在面包表面。丈夫还真的是第一次出轨啊。千鹤觉得好笑，她甚至记起了自己从前的忍俊不禁。即将与情妇初次结伴同游，丈夫的内心既兴奋又充满了罪恶感，他刻意对妻子展现出温柔的一面。作为妻子，她明知真相，举手投足却依然谨守妻子本分。在这样的状况之下，两个人久违地进行了夫妇间应有的对话。

“做好了。慢用。”千鹤将盛有三明治的盘子放到厨房柜台上。

“哇，看着不错！”寿士笑逐颜开，接过盘子端到桌上。

“一会儿收拾行李时，有什么需要帮忙的尽管说。”千鹤说完后，发觉自己内心正在发笑。

“谢谢。我想想……有什么要带的呢？”寿士吃着三明治，望向天花板。千鹤坐在对面，看着丈夫。夜很安静。

“有新袜子吗？”

“啊，有。一会儿我给你拿出来。还有什么需要熨的，今天告诉我就行。”

寿士偷瞄了一眼千鹤，两人眼神对上后，他急忙低下头，又说了一次谢谢。

“希望明天是个晴天。”千鹤微笑着对婚后体重一路猛增的丈夫说。

第二天一早，寿士喝过咖啡就出门了，千鹤送走丈夫后，早饭也没吃就坐在电脑前反复检索信息。她准备好好了解一下东京城区的各个画廊。从距离最近的车站、地图到租借费，再到过去开过个展的人，以及画廊的占地面积、墙壁的颜色、照明状况、上半年的日程等，她都做了详细调查。与其等好几个月租一间银座的老店，不如找一间离中心城区稍微有些距离，但风格自由，且能尽快租借到的地方更好。在不断重复点击鼠标的过程中，千鹤的脑中已经开始想象，自己目前的画作中，哪幅画摆在哪个地方会更有意思。展览的主题、理念，邀请卡的设计和发放对象，这些不用思考就源源不断地涌现在她的脑海中。

之后的行动就很快了。与心仪的几家画廊简单联系后，千鹤化好妆，整理好头发，再换好衣服，抱着装有画作复印件的文件夹走出公寓，挨个走访各家画廊。

千鹤事前打印好了地图，放在大衣口袋中。反复取放之后，纸张已经被揉皱得不成样子。千鹤单手拿着皱巴巴的地图，走在从未到过的街巷上，竟感到有些神清气爽。她感觉仿佛找回了原来的自己。当然，千鹤并不知道什么是原来的自己，什么不是，只是有种激昂的情绪正紧紧地贴在心上，仿佛从前被巧取豪夺的某样东西现在重新回到了自己手中。

不用再依靠丈夫的人脉，也不用再等待琐碎的工作邀约，千鹤下定决心要行动起来。这一决定做出后没几个小时，千鹤就真的在物理意义上动了起来。这一切多亏了寿士的这趟旅行。出乎意料的是，昨晚夫妇久违的共处时间竟让千鹤感觉很开心。丈夫不言自明的谎言并未让千鹤生气，但“丈夫看扁自己”的想法依然没有消失。千鹤想：他把我当傻子看呢，不，还不只是这样，或许连我自己都在把自己当傻子看。丈夫明摆着在无声地告诉我，明天就要和别的女人一起去箱根了，我竟然还能对他微笑，还给他做三明治，甚至连他不喜欢的芥末都记得不加。不仅如此，我还给他准备好新袜子，祈祷他们旅行时遇到好天气，真的，我真的在愚弄自己。

明明所有事情都是自己做的，千鹤却陷入了这样的思想旋涡中。现在，千鹤为了不再愚弄自己，同时也为了实现好几个月前跟伊都子提过的那个无中生有的计划，拼命地逛着一家家画廊。

千鹤逛的第五间画廊是一个店名寡淡无趣，叫作“N”的地方。她在千驮谷站下车，按照地图指示走到了目的地。店面的招牌上写着个小小的“N”，千鹤没注意到这个字母，她在门口徘徊多次，凑近地图反复确认标识和地址，折腾了半天还是没找到地方。千鹤正想着要不先喝口茶休息一下，视线中突然出现了一个“N”，她下意识地说了声：“啊？”这家店在外苑西大街稍微靠里的地方，与其说是画廊，不如说是一家咖啡馆。千鹤诚惶诚恐地踏进店内，发现里面像杂货店一样陈列着各种各样的物品：图画书、摄影集、古董风情的玩具以及北欧的餐具。柜台是原木制的，同样材质的桌子毫无秩序地随意摆放着。转眼一看墙壁，上面并排挂着许多色彩鲜艳到吓人的照片，装裱这些照片的相框也艳丽多彩。原来如此，这里既是咖啡店，也是杂货店，同时还是画廊。千鹤看着挂在墙上的照片，完全明白了。照片里都是杂乱的风景，有挤满遮阳伞的夏日沙滩，大圆桌上胡乱摆放着的剩菜剩饭，头戴尖顶帽子将脸凑到插有蜡烛的蛋糕边的孩子们，还有狭窄的玄关附近密密麻麻摆放着的艳丽的高跟鞋。本来画面就已经够凌乱的了，打印时还特意突出了原色，看得人只觉晃眼。相框一律为单色，黄色、红色或绿色。千鹤想，这一定是个年轻的摄影师。表达过于强势，不够张弛有度，一味追求艳丽，少了几分耐人寻味之感，不过确实充满了向外喷溅的力量。这股力量太强，蕴藏着危险，有时甚至会让人走错方向。但这种感觉与画廊整体毫无秩序的风格非常匹配。

千鹤看着这些照片思考，是不是可以在这里展出自己的画呢？她那些着色不多的画可能会淹没在周围的环境中，但在这里，画作中拙劣和缺乏自信的一面也会被毫无保留地接受。更重要的是，如今正鼓舞着她的那股力量，那不想被她自己看扁，难以向他人言说的激昂情绪，在这毫无秩序的氛围烘托下，会更加沸腾。

千鹤偷瞄了一眼坐在柜台深处的店员。那是个头戴针织帽的年轻男孩，毫无服务意识，只管专注地看自己手里的书，放任千鹤在店内闲逛。

“请问……”千鹤透过柜台打了声招呼，年轻男孩吓得弹了起来，摊开的书也掉在了地上。他受到惊吓的样子让千鹤不禁笑出了声。

“啊，对不起，有什么事吗？”男孩捡起书，问千鹤。

“这里的场地是可以租借的吧？我想办场个展，可以申请吗？”

男孩一脸迷茫地看着千鹤。千鹤还以为自己说错什么话了，慌张了起来，接着她又担心这个孩子是不是脑子有问题。

“嗯，就是，我想在这里办场个展……”千鹤又说了一遍，语气仿佛是在和小孩子讲话。

“啊，啊，个展，你说的是个人作品展啊。现在，嗯，我们老板不在。啊，打手机，啊，不行，他说过不要打他手机。所以……”男孩嘴里连珠炮似的不断嘟囔着。不一会儿，他将手中书籍的书皮剥了下来，放在柜台上。

“您留个联系方式吧，回头再联系您。”

千鹤虽然觉得这孩子脑子不灵光，但还是在浅茶色的书皮上写下了自己的手机号码以及邮箱。

千鹤边写边问：“这里也能喝茶吗？”

“嗯，那个，能喝。”男孩回答。

“那给我来一杯咖啡吧。我喝了之后再走。”

“啊，好的。”

男孩气势澎湃地回答完就转过身去。千鹤坐在柜台前的椅子上，望着自己写在书皮上的数字和字母串，在末尾加上了她的名字。她刚提笔写了个“井”字，就用粗线画掉，改成了婚前的旧姓，写下了“片山千鹤”几个字。嗯，人生首次个人作品展就用这个名字办吧。千鹤望着自己写下的文字，下定决心。现在手上为数不多的活儿署名时也都改用这个好了，改用片山千鹤这个名字试试看。

安静的店内响起了磨咖啡豆的马达声，咖啡的香味漂浮在空气中。千鹤打量着正在准备咖啡的男生的脊背。他的运动服的背部画着一具褪色的骸骨。

“这里真是个好地方。”千鹤好像在跟骸骨说话。

“啊？啊，谢谢。”男孩背对着千鹤，朝着墙壁恭敬地鞠了一躬。

迎接自称从箱根出差归来的丈夫时，千鹤内心依然没有任何不悦。周日晚九点多，打开玄关的大门迎接丈夫回家时，千鹤脸上甚至挂着笑容。

“温泉怎么样？”

“啊，好久没泡了，舒服极了。”受妻子好心情的影响，寿士也满脸堆笑，递给千鹤一个纸袋。

“给你买的土特产。荞麦面和山葵腌菜。”

“哎呀，真的吗？那现在就吃掉吧。”

“晚饭还没吃吗？”寿士说着，走向卧室，脸上依然挂着微笑，心中却好似有些怀疑。千鹤觉得，和她在零点前听到开门声立马想到入室抢劫一样，这个人应该也感觉妻子的笑容仿佛是风暴即将来临的前兆。千鹤像旁观者一样揣摩着丈夫的心理，不由觉得寿士很可怜，就跟她觉得自己很可怜一样。

“我以为你回来时也还没吃呢。”千鹤尽量不让自己说话时的语气显出不快之感。

“是我的错，我已经吃过了。不过，我可以喝口啤酒陪你。”

千鹤知道，寿士应该也是很慎重地微笑着跟她说话的。

千鹤煮了荞麦面，切了点葱，打开冰箱看了看还有没有能简单料理的食物。此时寿士已洗完澡，他走进厨房，伸手拿了一罐啤酒。

“没啥能给你当下酒菜的。”千鹤递上玻璃杯，说。

“不用啦。你好好吃荞麦面吧。”寿士接过杯子，坐在了桌边。

安静的饭桌上，回荡着千鹤吸食荞麦面的声音。寿士眼神茫然，时而看看窗外，时而看看吃着荞麦面的千鹤，时而又看看玻璃杯中的液体。和几天前的夜晚一样，此时一切也都很安稳。千鹤在脑海中猜想着寿士这三天是怎么度过的：参观小王子博物馆，逛宫之下的古董店，坐着箱根登山铁路的电车去往大涌谷的寿士和新藤穗乃香，他们的样子很容易就浮现在了千鹤脑中。千鹤觉得，不管是小王子博物馆还是古董，抑或是那些绝美的风景，两个人肯定都没什么兴趣。但是，也不能什么都不做，所以只好瞎逛打发时间。

接着，千鹤又回想起自己刚遇见寿士时的样子。当时，提议约会地点的永远是千鹤。别说约会地点了，寿士连周边环境都不太熟悉，所以什么主意也拿不了。“去看电影吧”“去逛唐人街吧”“去坐水上巴士吧”“走远一点去趟伊豆吧”，说这些话的都是千鹤。寿士只是乖乖地跟在她的身后，看什么电影，在唐人街吃什么，下了水上巴士后去哪儿，伊豆那么大要去哪儿玩，所有这些，寿士都不会自己拿主意。和寿士约会几次后，千鹤竟然期盼两个人赶快进入约会倦怠期。两个人穿着家居服，躺在沙发或床上，不用再思考要去哪儿做什么来打发时间，千鹤希望两人的关系赶快发展成这样。这对千鹤而言其实就意味着要结婚了。和寿士结婚后，不用再思考周末要去哪儿约会，这让千鹤松了口气。

想到这里，千鹤竟然有些同情素未谋面的新藤穗乃香。这个男人在新藤穗乃香面前，肯定也是个拿不定主意的人。千鹤的脑中浮现出年轻的新藤穗乃香翻阅杂志和旅行指南，说着自己完全不感兴趣的博物馆和美术馆名字时的景象。就连吃午饭的地方，应该也是她牵着他的手，边走边找的吧。

“那什么……”千鹤说了一句，声音充满朝气。

“嗯，什么？”寿士看着千鹤。

千鹤本想说自己要办个人作品展了，但话到嘴边，她又不想说了。她不想把自己这三天的激昂和兴奋告诉丈夫。那是一种类似“我怎么可能会告诉你”的小坏心思。于是，千鹤说：“荞麦面挺好吃的。真不错。”

“那太好了。”

寿士笑着说完，一口气喝光了玻璃杯中的啤酒。千鹤望着杯子内侧缓缓下滑的白色泡沫，笑着补了一句：“赶上了好天气，真好啊。”

千鹤对中村泰彦的第一印象并不算好。

在千鹤造访了那家既是杂货店又是咖啡店和画廊的小店“N”三天之后，她接到了老板中村泰彦打来的电话，说想要看看画作，于是，千鹤在第二天，也就是周二，在健身俱乐部锻炼结束后拒绝了主妇们的午饭邀约，来到了千驮谷。

中村泰彦是千鹤从未遇见过的那种男人。头戴针织帽，两个耳垂上都穿着耳钉，右手的中指上还戴着一枚粗犷的骸骨状银戒指。运动服袖口的线头已经绽开了，肥大的牛仔裤上也满是破洞。这些破洞是为了美观故意设计的，还是太破了自然磨成的，千鹤并不了解。泰彦的打扮虽然很年轻，但帽檐下的那张脸不管怎么看，都已经有四十五岁甚至五十多岁了。

店里有两个结伴而来的女客人。她们正在专心致志地欣赏千鹤前几天来时看到的那些色彩凌乱的照片。原木柜台内侧，上次那个男孩依然坐在独凳上看书。中村泰彦坐在柜台前，一刻不停地抽烟，忙碌地翻阅着千鹤带来的画作。千鹤毫不客气地看着泰彦的脸和他夹着香烟的手指，似乎在抗议：万一烟灰掉到画作上烧了个洞，该如何是好。

“画得不赖啊。”泰彦仿佛在自言自语，“就是有点柔弱。总感觉用笔没什么自信。”泰彦掐灭了香烟，即刻又从烟盒中抽出了一支新的。

“请问，是需要审查吗？”

“不，不用。时间合适就可以租场地。”泰彦回答时，眼睛没有离开画作，“如果加一种比较强烈的色彩，画作的整体感觉可能会更强势些。不，可能也不一定。或许，嗯……像限时特卖期间抢购盒装肉时那样画就好了。”

“什么？”千鹤的声音中显露出不悦。她想，既然不需要审查，那你这个什么都不懂的男人没有理由批评我的画作吧。

然而，泰彦头也不抬地继续说：“你是家庭主妇吧？主妇们不都会在超市限时特卖期间抢着买盒装肉吗？我说的就是那种感觉。”

然后，他终于抬起了头，朝千鹤咧嘴笑了笑。这笑容与他的年龄极不相称，有种奇妙的天真感。

"您的意思是，建议我怀抱着限时特卖期间抢购盒装肉的心情作画，对吗？"千鹤的话中充满了讥讽。泰彦笑着点了点头，说："对的。"

"那下次我试试看。比起作画，我得先试一下参与限时特卖。"

千鹤面无笑容，尽量让说话时的语气听起来很冷淡。泰彦却完全不为所动。

"啊，夫人你没机会参与限时特卖啊？难怪会这样。真的，下次试着抢抢特价商品。你肯定就知道那股奇妙的力量了。"

泰彦说话时，烟雾像干冰一样从嘴里流了出来。千鹤很快就后悔了，选择在这里办个展可能真的失策了。不过，千鹤转念一想，她也不用跟这个没教养的老板打什么交道，今天预约好之后估计就不会再见面了，搬运和摆放时或许不得不再见几面，可自己的画又不是展出给这个男人看的。这里挺好的，不要破坏一开始的心情，这里可以接纳有关她画作的一切，包括那份不自信。

"不好意思。"刚刚在看照片的女孩们跟柜台内侧的男孩打了声招呼。她们把一个木制的玩具放在柜台上，说："想买这个。"

"美辉，客人要结账了。"泰彦招呼正埋头于书本的男孩。

"啊，好的。"男孩今天也戴了帽子，他起身打好小票，给女孩们找零，再将货品装入袋中，然后深鞠一躬说："谢谢惠顾。"

女孩们离开后，店内恢复寂静。男孩继续看书，泰彦则继续翻阅千鹤的画作。泰彦已经看过好多遍了，但每次回到最初一页后，他又继续急急忙忙地重新翻到下一页。翻页时，他的食指和中指间依然夹着烟头。

千鹤憎恶地看着烟灰，突然，她发现自己一直盯着的泰彦的手指竟然很漂亮。他的手虽然关节粗且有些糙，但手指很长，透露出一股奇妙的优雅感。只看手指，甚至会让人觉得这是个二十多岁的年轻人。这手指将烟灰弹进缸里，又回到千鹤的画作上。

千鹤又想：迄今为止，没有一个人像他这样端详过我的画作。

千鹤战战兢兢地将目光从他的手指移开，观察正在看画作的泰彦的面庞。他时而眯起眼睛时而睁大眼睛，时而将脸凑近时而拉远，依旧不停地翻阅着画作。千鹤暗自思考，先不管这个人的脑回路简单到一提到主妇就想到限时特卖，也不管他用限时特卖的比喻来批评画作时语言有多么匮乏，总之，这个人应该是值得信赖的。这个年龄不明、品行也说不上很好的男人肯定如孩童一般，对绘画和照片这类东西有滚烫炽热的爱。绘画和照片、小说和电影、音乐和玩具，所有这些由人类创造的非理性的东西，他应该都很喜欢。泰彦仍旧在翻看画作，千鹤将目光从他的脸上移开，转动双眼，环视杂乱无章地陈列着杂货和摄影集的店内。

“话说，关于时间安排……”泰彦缓缓将头从画作上抬起来，拿起了放在柜台上的手账。

四月中旬以及五月黄金周之后的时间都空着。千鹤预约了五月下旬的十天时间。千鹤自己也在手账中备注了一下，松了口气。估计五月的黄金周她得忙着准备东西了。即使寿士又“出差”或者“休息日上班”，她也不用再胡思乱想了。

“那么，为了提前庆祝，我们去喝一杯？”泰彦将画作还给千鹤，露出了和刚才一样的天真笑容。

“嗯，很乐意。”虽然千鹤对眼前这个男人的第一印象并不好，但她还是即刻同意了。因为她已经完全信任这个与众不同的男人了。准确地说，是想要完全信任他。

从总武线换乘到山手线，两个人在拥挤的电车中摇摇晃晃近三十分钟才到达目的地。千鹤本以为泰彦会带她去一家鲜为人知的名店。从泰彦的穿着打扮来看，一定不会去什么高级餐馆，但既然换乘电车特意前往，那么至少应该是个有内部菜单的烤肉店，或者有别样风情的居酒屋，要不然，就是个隐于城市一角的民族特色餐馆。

结果，泰彦带千鹤到了一家建在高架桥下的烤鸡肉串店。店内充满了烟雾，吧台座位被身着正装的男人们占据，店外的圆桌边坐着的则是年轻人的队伍。千鹤和泰彦坐在年轻人区域的一角，和他们拼桌。“喝啤酒可以吗？”泰彦问。千鹤点了点头。来点餐的服务员一头金发，泰彦麻利地点了啤酒和下酒菜。电车每每经过头顶的高架桥时，总会响起巨大的轰鸣声，桌子也会随之微微震动。千鹤穿着大衣，围巾也没解开，不住地张望四周的客人和店内。

“所以，小千你未来你想做什么啊？”泰彦的啤酒喝了约莫一半，突然问了这么一句。

“啊？你说谁？谁想做什么？”千鹤不明白泰彦究竟在说谁，身子往桌面探了探，脸也朝泰彦靠近了些。

“我说你，小千你。”泰彦指着千鹤，又喝了一口啤酒，“可能问你想做什么有些奇怪，我的意思是，你画画是单纯为了兴趣爱好呢，还是像画作里写的那样，想多接一点插画之类的活儿呢？或者，是想做广告方面的工作？想把重心放在开个人作品展上？每个人都不一样，对吧？”

千鹤仔细端详着这个突然叫自己“小千”的人，微微笑出了声。一瞬间，她心中的怒气彻底消散了。

“这种事情，我没想过。”千鹤一边将端上来的烤串上的鸡肉剥下来，一边回答，“我也不知道我画画是为了什么，但我又很厌恶不知道为什么画画的自己。所以，我想找个画廊，靠自己的力量办个展，没准儿办着办着就知道了。就算最后明白自己只是为了兴趣而画，我觉得办展也是有意义的。”

千鹤惊讶自己竟然能如此流畅地说出这么多话，同时另一个自己也很震惊：原来我是这么想的。

“啊，别用筷子剥下来。”泰彦突然一脸严肃地说。千鹤吓了一跳，停下了手上的动作。“剥下来之后就和普通烤肉一样，没那么好吃了，烤鸡肉串还是要从串儿上这样咔的一下直接咬下来才好。”泰彦说完，将烤串横放在嘴边，咀嚼起来。

“啊，确实。对不起。”千鹤急忙将肉片串回去。

“啊啊，别，别，已经剥下来的就不用再搞回去了。”泰彦又叫停了千鹤的动作，然后笑出声来，“你还真是个怪人。”

泰彦笑得太开心了，连带着千鹤也跟着笑了起来。旁边的几个人也因为某个话题笑个不停。头顶上巨大的噪声响过，桌子咯嗒咯嗒地摇晃着，店内仿佛发生了小型火灾一样，白烟弥漫。

对于千鹤那句“我也不知道我画画是为了什么”，泰彦既没有发表意见，也没有对她说教，而是继续问各种不着边际的问题。千鹤本以为他会问“喜欢的画家是谁”，结果他竟然问“喜欢的动画片是哪部”；本以为他会问“喜欢吃哪种烤鸡肉串”，没想到他竟然问对于建筑结构计算书伪造事件[1]千鹤怎么看。千鹤挨个回答后，越发感到奇怪，这个人还真是不着边际啊。

交谈的间隙，千鹤问："N是什么的简称啊？"

泰彦听后，一脸茫然地看着千鹤。于是，千鹤补充道："就是，你那个，杂货店一样的画廊的店名啊。"千鹤原以为，泰彦会给出"Noir"（黑）或者是"Noel"（圣诞节），再或者单纯是"No"（不）这样帅气的答案，没想到他无趣又简短地回答："啊，Nakamura（中村）的N。"

千鹤情不自禁地笑出声来。一旦笑起来就停不下了。居然用名字的首字母给店面取名，实在太没情调，太傻里傻气了。千鹤笑得越来越夸张，但在高架桥下，在巨大的噪声和喧闹声中，谁也没有注意到千鹤正在傻笑。千鹤边笑边想，是不是啤酒和日本酒让她醉醺醺的，但很快又发现并非如此。她发现，是因为自己内心愉悦到能够发出傻笑。泪水渗出眼角，千鹤随手抹掉继续笑。

"你到底在笑什么啊？"泰彦疑惑不解地看着千鹤。没等千鹤回答，他便抬手招来服务员，又点了一杯日本酒。

1 2005年末，一级建筑师姉齿秀次长期伪造建筑结构计算书，导致其经手的公寓等多栋建筑不符合日本《建筑基准法》所规定的抗震强度的事件曝光。之后，姉齿秀次其他的伪造事件也陆续被发现。

拥挤的小田急线电车里，千鹤还在努力抑制内心不断外溢的笑意。她和泰彦在车站分开。原以为泰彦会和自己一起进站，没想到泰彦朝千鹤微微抬了下手，便潇洒地转身离去了。可能去别的地方继续喝酒吧，他迅速消失在了人潮汹涌的车站大厅里。

千鹤觉得很奇怪，好像自己还没笑够。回头一想，似乎也没什么事情特别有意思。愉悦的心情虽然还残留着余温，但具体因什么感到愉悦，千鹤思前想后却找不到答案。泰彦对他自己的情况绝口不提，一味地问别人问题，所以千鹤到现在也不知道泰彦究竟是个什么样的人。

大衣和围巾上都沾上了烤鸡肉串的味道。要是在平常，千鹤早就烦死了，又得把衣服送去洗衣店清洗了，可是现在，她觉得自己身上散发着烤鸡肉串的味道这件事也很好笑。

走出东北沢站的检票口时，千鹤回头望了一眼月台上的时钟。黑暗中，白色的表盘告诉她现在已经十一点半了。寿士肯定还没回来。千鹤顺路去了趟便利店，她拿了几盒牛奶和几罐啤酒去收银台结账。她并不是还没喝够，只是想再品尝一下快乐的余味。

收银台前，千鹤将纸币递给困意绵绵的年轻收银员。此时，自动门开了，一名穿着大衣的工薪族模样的男人一边打电话一边走了进来。千鹤几乎是下意识地对眼前的这个男人感到同情。刚才她乘坐的无比拥挤的电车中，有三分之二的乘客都是他这样的男人。他们的西服外面套着颜色凝重的大衣，虽然外表彬彬有礼，但内心其实已经碎得像豆腐渣一样，依赖症般低头玩着手机。无数男人每天过着这种枯燥乏味的日子，完全没有体会过身心愉悦和乐此不疲的感觉。千鹤从年轻收银员手中接过找零和装有货品的袋子，往出口走去。她不经意地回头看了一眼，刚才那个男人又进入视线中，他正边打电话边在零食货架区挑东西。突然,千鹤倒吸一口凉气，那个人竟然是寿士。

不知为何，千鹤下意识地想要逃向门口。此时，她突然意识到自己的行为很奇怪。在便利店遇到自己的丈夫，下意识要逃走，这实在太反常了。她又没做什么亏心事，夫妇之间也并非相互厌恶。千鹤看了看玻璃门上映射出的自己的身影，转身缓缓地靠近寿士。“啊，这样，你没事吧?”寿士对着手机说，他温柔的声音传到了千鹤耳中。千鹤啪的敲了一下寿士的肩膀，他不耐烦地回过头，发现背后站着的是千鹤，表情瞬间变得张皇失措，急急忙忙挂断了电话。

“啊，什么？哎呀，吓我一跳。怎么了，这么晚出门？哎，我刚刚打电话说明天开会的事，都没注意到你。”寿士慌张的表情，千鹤一目了然，他的借口也拙劣无比。

“还真是巧啊。也不算巧，毕竟咱们住同一个地方。一起回家吧。”千鹤笑着说。

一直想要抑制住的笑意还是没抑制住，千鹤笑了起来。“怎么回事啊，这么慌张？我买了啤酒，你也要吗？一起喝几杯吧。”千鹤咯咯的笑声依然没有停止。

“你喝醉了吗？”寿士小心翼翼地问，然后嘴里含糊不清地嘟囔着走向饮料区，“也是，没必要这么吃惊，毕竟我们确实住在同一个地方。”千鹤右手轻轻地抓着寿士的大衣跟着往前走。她又将鼻尖凑到自己大衣的左袖口处，微微吸了一口沾染上的烤鸡肉串的味道。

虽然所处的环境跟半年前相比毫无变化，但千鹤吃惊地发现，自己的心情竟出奇地变舒畅了许多。原来一切这么简单，一想到这里，千鹤就不禁想要仰天大笑。以前，千鹤一直以为，要想有所改变，就必须做出与之相应的投资。比如，定期去健身俱乐部让身体疲惫到没时间烦恼，去葡萄酒学校打发时间结识新的朋友，如果不这么做，她的情绪就永远不会有改变。然而，无论是健身俱乐部还是葡萄酒学校，都没能驱散千鹤心中的郁结。

千鹤发觉这些投资并不能给予自己相应的成效后，又开始憎恶寿士了。并非憎恨他的出轨，而是憎恨他将自己推入忧郁情绪的旋涡之中。同时，她也憎恨自己，憎恨自己无法表明心意，憎恨自己无论怎么做都改变不了现状。

个展的日程确定后，每天的各种事情都发生了翻天覆地的变化。早上起床也变得不那么麻烦了，就连去附近的超市购物也能让千鹤身心爽朗。她开始觉得晚饭吃冰箱里的剩菜下酒太可怜了，也不会因为寿士零点后回家时弄出声响而恼怒了。葡萄酒学校的课虽然还剩半年，但千鹤已经不再去了。健身俱乐部的会员资格还保留着，但距离她上次去已经有一个月了。

久疏联络。我们已经很久没见面了吧。要不要久违地聚一下？吃个午饭？我也有事要跟你们汇报。

换作以前，收到麻友美的约饭邮件后，千鹤总会犹豫要不要回信，但这次她立马就回了。“什么时候都行。你跟小伊确定时间后，我这边跟着调整。”以前羞于表达的话，现在千鹤都顺畅地写了出来，并毫不犹豫地点击了发送键。发完邮件后，千鹤立刻期待起和她们俩的见面，千鹤脑中浮现的不再像以前那样两人十多岁时的样子，而是三十五岁前后的伊都子和麻友美。

手机发出了一阵急促的铃声。千鹤离开电脑，拿起手机。看到手机屏幕上显示出“中村泰彦”几个字时，她的身体瞬间变得飘飘然起来。

“今天有空吗？”接起电话后，泰彦的声音飞了过来。

电话那边的背景音闹哄哄的，千鹤脑中浮现出泰彦在大街上边走路边打电话的样子。泰彦总是搞突然袭击。每次都是突然打来电话问：“今天有空吗？”千鹤觉得，这个男人就像个小学生一样，脑子里根本没有下周或者下个月以及提前约好的概念。千鹤回想起自己小学时的样子，那时，她觉得下周或者下个月是遥不可及的未来。那时，她的脑中只有今天。

“也不算有空，”千鹤边说边露出笑容，“不过可以为你抽个空。”

“那么，请务必抽个空。”泰彦说完，千鹤情不自禁地笑出了声。

三月初，千鹤和泰彦上床了。

泰彦打电话说有个摄影展想让她看看，于是千鹤去了表参道。泰彦带千鹤去的是一家和他自己的画廊“N”很像的店。虽说相像，但这家店比“N”大很多，店内有主打摄影集的外文书货架、提供酒精饮料和简餐的饮食区以及画廊等各个区域，且这些区域都是分开的，整个空间显得宽阔而舒适。

展出的照片全是淡彩色的人像照。所有的拍摄对象都很年轻。有人留着鸡冠头，有人口鼻处挂着环，有人肩膀上刺有文身，有人索性把头发染成粉红色，照片里都是这样的年轻人。这些照片几乎都是面部特写或胸部以上的半身像，他们在方框中或舔着冰淇淋，或刻意翻白眼，或将百奇巧克力棒插进鼻子里，或捧腹大笑，或哭到鼻子红肿。千鹤越看这些照片，心里越无法平静。这些与她毫不相关的年轻人，妆容和形象都很夸张，他们坚定地认为这就是个性。如果他们和千鹤同龄的话，彼此间应该也不会有任何交集。很奇怪，即便如此，照片里的每一个人还是强烈地冲击着千鹤的内心。他们心里的那些所谓烦恼或不安，千鹤都能感同身受，在心里荡起涟漪。她本该早已丢弃的烦恼或不安，不对，或许她从未拥有过这样的烦恼或不安，此刻，与其近乎等同的东西却出现在她的内心。千鹤越看这些照片，越是觉得烦躁不安。

千鹤已经浏览了一遍，但泰彦还在认真地观看每一张照片。和看千鹤的画作一样，泰彦或近或远地认真观看每一张照片，有时已经移到下一张照片的位置了，却猛然想起了什么似的，又回到上一张照片那儿仔细观看。千鹤因为畏惧自己内心那持续扩散的不安情绪，没办法反复欣赏这些照片，她走出了画廊，来到饮食区，坐在露台座位上喝咖啡。

等了大约三十分钟，泰彦终于朝千鹤这边走来，坐下后便问："怎么样？"他的提问方式就像棒球少年向来观战的母亲确认自己比赛的风采。

"虽然不是我喜欢的照片类型，但很奇怪，让我印象深刻。"

千鹤回答后，泰彦探出身子，继续问："具体哪个地方不喜欢？如何不喜欢？还有，什么地方让你印象深刻？"泰彦的脸上充满期待。

"嗯，怎么说呢，我不太喜欢过于生动的东西。感觉这些作品比现实生活更有现实感。现实感太强了，我看了之后心情无法平静。至于印象深刻嘛……可能是因为站在照片前面时，我总感觉他们每个人都像是在强势地跟我表达着什么。"千鹤尽可能清楚地阐释自己在欣赏照片时产生的难以言说的感想。泰彦不肯罢休，继续连珠炮似的发问："哪个地方很生动？为什么你觉得心中难以平静？是有种被控诉的感觉吗？"千鹤回答："用语言说不清楚。"泰彦继续纠缠："拜托，务必说给我听听。"于是，千鹤只好笨嘴拙舌地表达着自己的想法。

那种感觉很不可思议。明明心中很生气，为什么非要啰啰唆唆地解释这些事呢。但千鹤同时也感觉好像拨开迷雾走进了自己的内心，摊平心中所有的褶皱后仔细观察。抓住隐藏在褶皱深处的情感，将其转化成语言，这是一种以前从未体验过的快感。"啊，就是就是，我懂我懂。"泰彦对她的意见表示赞同时，千鹤高兴到在心中小声呐喊。

等他们回过神来，天已经黑了。千鹤看了眼手表，才发现两个人竟然围绕照片聊了足足三个小时。千鹤惊呆了，那些与自己的生活毫无关联，甚至可以说完全无所谓的事情，她竟然如此着迷地说了那么久，更重要的是，她觉得还没有说够。千鹤觉得难以置信。她出神地俯视着早已喝光的咖啡杯，这时泰彦问：

“一会儿还有空吗？”

千鹤和泰彦都站了起来。千鹤还以为又是去之前那家高架桥下的烤鸡肉串店，没想到泰彦带她去的地方竟然是“情趣旅馆”。

“嗯，我想和你的关系发展得更亲密些。”泰彦在情趣旅馆门口害羞地说。

“进去看看吧？”说完，泰彦的脸上露出了无忧无虑的笑容。

发觉寿士出轨时，千鹤也曾想过，索性她也破罐子破摔，和别的男人好算了。但是，对千鹤而言，和丈夫以外的人谈恋爱就如同要穿越一堵厚厚的高墙到达墙外一样困难。那是一面必须要在十分突如其来的事故下，或者拥有十分强烈的感情、十分坚定的决心的条件下才能穿越的高墙。而且，千鹤不得不承认，这三项条件，自己都不具备。

然而，当真的和丈夫以外的男人上床后，千鹤惊讶地发现，原来这一切都如此容易。

什么啊，原来就这样啊，原来这么容易就做到了。千鹤躺在超大号的床上，听着浴室传来的淋浴声，自顾自地小声嘟囔。既没有意外事故，也没有强烈的爱意，更不需要什么决心，甚至连墙壁都没有，她只是轻轻地往前迈一步，就走到墙的对面去了。千鹤觉得，与几个小时前相比，自己的身体轻松了许多。

“想和你的关系发展得更亲密些。”千鹤回想起泰彦这句幼稚又直接的邀约，不自觉地嘴角上扬。的确就是那么简单。千鹤想，锁住我的不是寿士，而是我自己。

泰彦脱下来的衣服被扔到了床角，手机和钱包从裤兜中飞了出来。千鹤的目光落到这些衣服上。浴室里流水的声音不绝于耳，千鹤偷偷地往浴室方向看了一眼，然后悄然拾起泰彦的手机。打开翻盖之后，长方形的屏幕上出现了一张女孩抱着小狗的照片，女孩差不多初中生年纪。千鹤慌忙合上手机盖，迅速将手机放回了原处。

千鹤知道，那应该是泰彦女儿的照片。对此她并未感到震惊。也对，虽然这个人性格还像个小孩，但应该也像普通人一样有家庭，有孩子。千鹤早已不再是和人上了一次床就会狂热地爱上对方的年纪了。想明白后，千鹤内心松了口气。

“嘿，要不要再去小酌两杯？”泰彦从浴室门后探出头来说了一句。原本躺在床上望着天花板的千鹤直起身子回答：“嗯，走吧。”

麻友美预约的是四谷的一家意大利餐馆，距最近的车站有十二分钟的步行路程。又是一个不方便的地方，所以麻友美照例附上了地图。千鹤看着打印好的地图，走在安静的住宅区街道上。天气乍暖还寒，但已经不是凛冽的寒冬了。街道上飘浮着鲜花和泥土柔和的香味。千鹤走着走着，不自觉地就想微笑。能够怀着这样的心情走在街上,千鹤觉得很自豪。

这家餐馆孤零零地伫立在住宅区的街道上。千鹤打开门，发现店内几乎坐满了人。和她年龄差不多打扮也差不多的女人们占领了各个餐桌。千鹤向服务生报上麻友美的名字后，被领到了仅剩的一张空桌边。她俩都还没到，于是千鹤自己坐在桌边，观察着店内的景象。

女人们有的在分主菜，有的喝了葡萄酒面红耳赤，一直在执着地说着些什么，有的高声朗读菜单里甜点的名称并进行品评。她们个个化着浓妆，穿着会客专用的衣服，身上的首饰耀眼夺目。千鹤心中窃想,女人还真是贪心。想吃美味的食物，想过快乐的日子，想穿漂亮的衣服，想要每分每秒都能感受到幸福。她们绝不允许自己周围有任何空洞存在，因为空洞是幸福的对立面。只要发现一个空洞,她们就会拼命环顾四周，一旦发现可以掩埋空洞的东西,就立马伸手去够。在她们眼里，我肯定也是这样的人。

千鹤的目光移到店门口时，正巧门开了，麻友美走了进来。

“听我说，小伊居然放我鸽子了。”麻友美一边脱下她鲜红色的薄风衣，一边往这边走，刚一落座就抱怨起来，“小伊说工作忙疯了，其实不是的，她被一个奇怪的男人骗了。虽然她不愿说，但肯定就是这么回事儿。”

“麻友美，先点菜吧。”千鹤阻止了麻友美直接讲伊都子近况的势头，将菜单递给了她。

“啊，啊，对，抱歉抱歉，小千，好久不见啊。”麻友美极不自然地说完后，翻开了菜单。然后，麻友美好像全然忘记了伊都子的事情，认真地思考要点什么菜。“肉汁烩饭不错，但螃蟹意面感觉也挺好。山原猪肉和真鲷鱼二选一的话，还是猪肉吧。”千鹤想起了半年多前见到伊都子时的样子。当时，伊都子不停地说着有关她母亲的事，然后突然哭了起来。

点完餐后，麻友美将身子往桌子方向探了探，又开启了话匣子：“啊，要跟你说的事情太多了，都不知道从何说起了。”

“你是说小伊的事吗？”

“那是一方面。我之前第一次去小伊住的地方。那阵仗，太吓人了。屋里太乱了，说她是个不会收拾到电视台要来采访的女人都不夸张。”

酒水和前菜都上了之后，麻友美依然没有降低声调，继续描述着伊都子的情况。简而言之，伊都子住在散乱着杂物的房子里，她曾跟麻友美说“我和男朋友发展得不顺利”。

等麻友美的话告一段落，千鹤提议：“好不容易聚一次，先干杯吧。”麻友美的杯子里装着沛绿雅香槟，千鹤的杯子里则是啤酒。千鹤举起杯，与麻友美的杯子轻轻碰了一下，然后笑着对麻友美说："先吃东西吧。”麻友美手拿刀叉，继续滔滔不绝地说伊都子的状态有多奇怪。

千鹤回忆起来，伊都子去她家时的确很奇怪。以前伊都子对自己的事情绝口不提，那天却一直说着她和母亲的争执，说到最后千鹤甚至听得有些精神萎靡了。

“话说回来，麻友美你怎么样啊？上次不是说什么电视节目的事吗，后来露娜上了没啊？”

千鹤转变了话题。并不是她不担心伊都子，只是伊都子本人不在场，麻友美再说下去也只是她的猜测而已，千鹤不想再聊这个了。

“啊，真烦人。”麻友美吃着腌竹荚鱼，一脸厌烦地瞪着千鹤。“你根本就没认真听我说的话。要上电视的不是露娜，是我们三人。你还无情地拒绝了我。然后，我就尝试着去问人家我和露娜一起上节目可不可以，结果被拒绝了。太丢人了。所以，那件事就告吹了。你俩根本不认真听我说话，太受打击了。”麻友美一边用叉子叉着前菜，一边发着牢骚。

“不是挺好的嘛，也不用丢脸了。”千鹤笑着说。

“什么丢脸啊？说到底……”麻友美正准备极力反驳，但说到一半就停了，“算了，无所谓了，这种事情。每个人记忆都不一样，价值观也不一样。”她叹了口气，放下了叉子。

千鹤想，如果麻友美问她近况如何，要回答到什么程度呢？个展、画廊、中村泰彦，她想将所有事和盘托出，但又觉得都说出来有点可惜。这与去年三人的午餐会时千鹤内心那种不知从何说起的感觉有些微妙的不同，这次是一种既兴奋又傲娇的情绪。

“我改变想法了。”结果，麻友美没有询问千鹤的近况，而是将吃完前菜后剩下的空餐盘挪到一边，继续探出身子讲自己的事情，“我已经不打算培养露娜做艺人了。小伊也跟我说过，我和露娜完全不是一类人。后来我还真的认真思考过。露娜和我确实不一样，她不喜欢招摇，不喜欢出风头，所以我决定，要让露娜优先做自己喜欢的事。”

服务员端来了意大利面。麻友美一边说着，一边熟练地拿着叉子，不看餐盘就卷起了面条。

千鹤问：“露娜喜欢什么？”

“学习啊。这孩子喜欢学习。所以，我想改变方向，让她小学时考进个名校。”麻友美颇为得意地说。千鹤听了，竭尽全力忍住，才没有笑出声来。

“所以，这次又换成考学了？”

“小千，我最讨厌你这么讲话了。在露娜的事情上，还是请你别这么说。”

“那艺人培训学校那边就不去了吗？”

“不，课程砍了一部分，但学籍还是保留着。万一有什么情况，可以两边兼顾。”

麻友美说完，若无其事地吃起意大利面。千鹤觉得，伊都子今天没来真是太明智了。要是她在的话，肯定会断言不管是让露娜做艺人还是进名校，性质并无差别。或许她又会因此开始说自己和母亲的事，黯然流泪。麻友美一言不发地吃着意面，千鹤也学着她安静地进食。环顾店内，每张桌子上都满满当当。光鲜亮丽的女人们个个浓妆艳抹，微笑着品尝菜肴。这些人和刚才的是同一批人，还是又换了一批，千鹤无法判断。白色的桌布，女人们说话的回声，刀叉发出的声响穿插其间。千鹤将目光移回自己的盘子，突然想到，幸福，一直幸福，该是多么令人煎熬啊。然而，下一个瞬间，千鹤又暗自惊讶自己竟然会这么想。

“我说，小千……”服务员撤去装意面的盘子后，麻友美一边抹平桌布的褶皱，一边小声地叫了下千鹤的名字。千鹤抬起头看着她。麻友美低着头，继续抹平桌布，说：“我觉得，未来的生活里，再也不会出现任何让我感觉有趣和兴奋的事了。以后，我会过着平淡的生活，为一些鸡毛蒜皮的小事或喜或怒，慢慢迎接衰老的到来。不过，也有可能我的想法是错的。未来也许还会发生有趣和兴奋的事，虽然有趣和兴奋的类型可能和十多岁时有所不同。”

千鹤看着麻友美。麻友美和其他桌的女人们一样浓妆艳抹。一会儿说要培养自己的孩子做艺人，一会儿又说要帮助她学习，千鹤依然无法理解麻友美的行为，但是，对她说的话，千鹤仿佛能感同身受。抚养孩子与无人问津的插画工作，准备一日三餐与丈夫悄然展开的外遇，两个人日常的烦恼，操心的事情毫无相近之处，但千鹤觉得，生活中她们好像在想着同一件事。

千鹤看着麻友美轻抚桌布的手，说："我也觉得。真的这么觉得。”

麻友美说要去幼儿园接孩子，又一次手忙脚乱地先走了。然后，千鹤一个人慢悠悠地往地铁站走去。她努力回忆已为人母的麻友美和正在恋爱的伊都子的样子。但是，实际出现在她脑海中的是在伊豆高原的度假村公寓里，三人为了打发时间而唱着歌，画着服装设计草图时的模样。千鹤想，当时，我们到底想成为什么样的人呢？三个姑娘手脚都晒得黑黑的，肆意地躺在地板上，一刻不停地聊着天。当时，我们到底是如何思考如何描绘自己未来的呢？

喝下肚的三杯啤酒恰到好处地残留在身体里。鲜艳到令人震惊的一树红梅从民宅的围墙里伸出枝丫。三个晒黑皮肤的少女从千鹤脑中消失，泰彦登场了。千鹤在梅花树前驻足，大口地深呼吸。她拿出手机，从联系人中找到泰彦的名字。到目前为止，千鹤还没有主动联系过泰彦。每次问“现在有空吗?”的都是泰彦。千鹤二十多岁时曾觉得，主动给交往对象打电话就算输了。虽然她现在并不这么认为,但她仍然觉得，只要自己不主动打电话，就还没有陷进去。至于究竟陷进什么东西里，千鹤还不太明白。

千鹤微微一笑，按下了拨号键。她听着手机中传出的等候音，抬头望向天空。浅蓝色的天空好像被板刷刷上了几片云彩。

对方接起了电话，千鹤问:“嘿，今天有空吗?”

第一次去情趣旅馆时，千鹤曾以为并没有墙壁存在，现在她感觉有了。似乎自己主动拨通了电话，就咻的一下穿过了那堵墙壁。然而，穿过之后千鹤还是发现，这堵墙既不厚也不高。

千鹤原以为，这次也和上次一样，先去情趣旅馆，再去某个地方喝两杯，或者反过来先喝两杯酒再去旅馆。但是，在居酒屋里泰彦完全没有起身要走的意思。他喝光了沉底的最后一口烧酒，朝吧台里面喊了声“续杯”。千鹤本在等待泰彦起身，手提包都已经放在了膝盖上，见他这个样子，只好叹了口气，又将包包塞回吧台下的篮子里。

“你呢，如何？”

千鹤已经不想再喝了，但被这么一问，只好小声说：“我也再续一杯吧。”然后，举起杯子喝了一口。

“这些事情你不考虑是不行的。否则不会有进步，做的事情也会没意义。”关东煮应该已经完全冷掉了，泰彦往上面涂了一层厚厚的芥末，又回到了刚才的话题上。

泰彦接起电话后说有空，然后把见面地点定在了四谷车站。他说他知道有家傍晚开始营业的居酒屋，于是带着千鹤穿过弯弯曲曲的小路，来到一间门口挂着红灯笼的店里。进店时大约四点多，现在已经过去三个多小时了，泰彦还没有起身离开的意思。

“所以，我说我会考虑的啊。如果像你说的，个展结束之后再考虑就太晚了，那我在个展开幕前好好想想总行了吧。我说了好多遍了。”千鹤不耐烦地回答完，从穿着厨师服的老板娘手中接过杯子，静静地喝了口酒。红薯烧酒味道浓烈，很冲鼻。

“都说了，那样不好。要考虑就现在考虑，现在决定好。一边考虑一边画绝对不行。内心做好决定再画，这样画出来的东西会截然不同的。”泰彦并非在找碴，但他语气强硬，反复强调，由不得千鹤回嘴。千鹤坐在吧台边，转过身朝向泰彦，仔细地打量着他的侧脸。她也分不清这个男人究竟是认真还是马虎了。

第一次和泰彦喝酒时，千鹤曾说自己只是凭爱好在画画，并不知道画画的目的是什么。泰彦当时没有对此发表任何评论。他也说租借画廊时不需要任何审查手续。千鹤心中大致明白泰彦是个什么样的人。他喜欢人工制造物，并且提供地方。不过，他并不将这些东西称作艺术，也不认为这是个买卖，只认为是按自己的喜好欣赏和购买一些东西，并乐在其中。当时，千鹤了解到租借场地的人是这样的，才放心下来。

但是，今天，泰彦坐到居酒屋的吧台座位上后，先点了啤酒和关东煮，然后在喝酒前对千鹤说："要是不想清楚究竟想做什么，画作永远都会是混沌不堪的状态。"

"哎呀，我之前不是说了吗……"千鹤话说到一半就被打断了。泰彦很少见地长篇大论起来："个展结束后才搞明白，就太晚了。你不是只将现有画作展出，这段时间也要继续画的，对吧？所以，确定大方向之后再画绝对更好。你之前给我看的作品，有很大一部分用了数字处理技术，以后也准备继续用吗？为什么要用呢？不能单纯因为简单或者节省时间就用，而是要找到非用数字技术不可的理由。圆珠笔、蜡笔、彩色粉笔，你都试过了吗？我看你有些地方用了丙烯颜料，这又是为什么呢？这些问题你都思考过吗？比如，你是希望自己的画被用在广告里，还是想走社论配图这条路线？再或者，是想成为绘本画家？哪怕有个模糊的概念也行，内心要先决定好。方向没确定好，素材就很难确定。最终就会变成，怎么说呢，印在传单背面的那种含混不清的作品。”

泰彦说话的方式既不咄咄逼人，也并非喋喋不休，更没有饱含批评，非要分辨的话，应该是因设身处地为千鹤着想而说了这一番话。这段话中的每个字都刺痛了千鹤的心。她想赶快离开这个地方，无论什么样的房间什么样的床都好，只要赶紧抱住他。她并不是为了听他无休无止地说这些话才猛然穿过墙壁来到这里的。千鹤企图像以前一样支支吾吾地搪塞过去，但泰彦这次稳重而执拗，非要让千鹤决定今后的发展方向不可。他说了足足三个小时。

或许这个人看起来吊儿郎当，实际上却是一个相当麻烦的人。千鹤内心开始这样想。她看了看表，已经七点半了，她无视一直在旁边说个不停的泰彦，朝着吧台内的老板娘说：“请给我烧卖和烤饭团。”

“啊，烧卖，不错。我也想吃。”泰彦微笑着说。

千鹤松了口气，她感觉泰彦终于恢复成一直以来的样子了。“一会儿这边完了，怎么办？”

泰彦没有给出千鹤期待的答案，他说：“你今天要是不定好未来的大方向，我就坐这儿不走了。”泰彦说。

“为什么啊？你不是说没有审查这回事吗？就算我的画跟传单背面的东西没什么两样，你收你的场地费不就好了，为什么要管那么多。”千鹤太失望了，语气变得尖酸刻薄。

“你说得对，但是……”泰彦说话的口吻仿佛在唱歌，他拿起装有烧酒的杯子抿了一口，发出嘶嘶的吮吸声。接着，他继续冷静地说：“可能你的个人作品展只办一次就结束了，但是，既然决定要办，那就拿出让自己认可的作品。”他又补了一句：“如果我不这样死缠烂打一直逼你，小千，你是完全不会思考任何问题的。”

千鹤感觉耳朵一下子变得滚烫，似乎自己内心深处的每个角落都被泰彦看透了。她感觉，泰彦刚才这句话不是针对她的画作说的。生活的各个角落，与丈夫关系的各个细节，她内心的犄角旮旯，仿佛都可以被泰彦这句话概括。不思考，不做决定，不解决问题，停滞在原地。非要说思考，可能也就只有和旁边这个男人紧紧相拥这件事而已。千鹤觉得泰彦的意思就是这样。

“你又不了解我。”千鹤将手肘杵在吧台上，像是筑起了一座高墙。她看了看烧酒杯，发泄般地说：“我是什么情况，你又不了解。”

“就是因为不了解，所以才能说啊。就是因为不了解，才想要更了解啊。”泰彦轻描淡写地说完，拿起了酒杯，对着端上烧卖的老板娘喊道：“再续一杯。”

居酒屋里又窄又闹，四处充斥着香烟的味道。白木材质的吧台已经污损泛黄，上面随处可见啤酒瓶底印出的圆形痕迹以及酱油的污渍。右侧的男人吧唧嘴嚼东西的声音大到千鹤都能听见，身后占据着圆桌的年轻人们则像上了发条一样一直发出笑声。眼前是浑浊的酒杯里剩下的半杯红薯烧酒和吃到一半的竹筒鱼卷关东煮，还有沾满芥末和酱油的烧卖、锃光瓦亮的烤饭团以及装满泰彦烟头的烟灰缸。

在这样的环境之中，千鹤闭上眼，拼命地思考。我到底想做什么？新藤穗乃香和丈夫的事先放一边，与丈夫的未来也先不管，别的事情都先搁置，不去决定也不去思考，现在只想想自己画画究竟是为了什么。就想这件事。就想应该如何回答泰彦的问题。泰彦说得对，如果现在不想，我以后应该就再也不会思考，再也不会做任何决定了。

一闭上眼睛，千鹤的心就莫名地安静了下来。在这样安静的心境中，一个疑问一下子浮现出来——我究竟从什么时候开始像这样什么事情都不思考的？

事实上，我本意是希望每件事都自主思考，自己决定。我原以为，不管是参加乐队比赛还是与经纪公司签订合同，抑或是决定解散乐队、考大学、做多份工作、结婚，都是自己罗列好几个选项，全凭自己的意志充分思考后选择最佳选项的结果。然而，现在被泰彦逼着要思考要做决定，我才猛然觉得自己好像从来没有思考和决定过什么。

寿士撒谎说出差并住在外面的那天，千鹤走访了各家画廊，品尝到了解放的滋味。当时，为了能自己思考自主选择，千鹤前进了一步，兴奋和快感油然而生。但是，如今在这个狭窄喧闹的居酒屋内，不知为何，那种心情完全消失不见了。曾经，在千鹤看来，办个人作品展是一个大胆狂妄的决定，但现在她只觉得，这不过是套上游泳圈翻过了一个浪头而已。

“到底是什么呢?”千鹤的手肘依然杵在柜台上，嘴里嘀咕了一句。

“到底要怎么做，才能感觉到用自己的双手在使劲儿地往前游呢?”千鹤说着，偷偷望向旁边的泰彦。泰彦看着千鹤，表情就像快要哭出声的孩子。千鹤脑子醉醺醺的，她漠然地思考着，为什么泰彦会是这样一副表情，然后冲他笑了笑。泰彦也笑了笑，但是那种笑容越发让人感觉他快要哭出声了。

千鹤走到厨房，打开冰箱拿出了白葡萄酒，犹豫了一会儿又把它放了回去，回到自己房间。千鹤关上门，原地站了一会儿，环视一圈房间，然后走到窗边的书桌边，默默地开始收拾杂乱无章的桌面。

想做什么？我究竟想做什么？

什么都不想做。只想画画。

千鹤在心中自问自答，但是，她立刻就发现自己在说谎。如果真的什么都不想做，她就不会画画；如果只想画画，那就不会想要去租画廊。

千鹤将散乱四处的笔装回笔筒，又将备忘录分为有用的和没用的两类，扔掉没用的部分。洗衣店的发票和住民税的缴税通知她都收起来用夹子夹好。堆积如山的杂志则移到地板上。千鹤专心致志地收拾着桌面，然后问自己：那么，我究竟想做什么？想通过画画达到什么目的？

此前走在陌生的街道上时，我也曾思考过，这么做是因为不想连自己都看扁自己。但是,真正的原因肯定不只这一点。我究竟想做什么，这个问题的答案应该还在更深处。内心更深处一定还有真正的心声。说实话，我到底想做什么？

一直被杂物覆盖的书桌突然露出一大块空间，好似雨滴落下一样，千鹤的心声也滴落了下来。

是为了争口气让丈夫看看。做只有我才能做到的事，不管是出名也好，还是赚够一个人生活的钱也好，做什么什么都好，我只想听到丈夫说一句“你真厉害”。想让丈夫觉得他比不上我，想获得他的尊敬。只要成为获得丈夫尊敬的女人，我就不会再看不起自己了。

这就是千鹤内心真实的想法。她望着空无一物的书桌，微微一笑。她想做的竟然就是这个，竟然就是想要获得那个一无是处的丈夫的赞美和尊敬。虽然内心一直不承认，一直否定这个想法，但其实，她真正想要的就是这个东西而已，所以她才无法决定究竟想做什么。不管是张贴在车站的海报大张旗鼓地使用了她的插画作品，还是印有她名字的图画书得以出版，抑或是知名作家的单行本作品的封面用了她的画作，无论怎样，只要能获得丈夫一句“好厉害啊”，就可以了。

所以,我才无法回答泰彦关于画画目的的问题。我这种人，是微不足道又低三下四的人吗?

“不过，这样也好。”千鹤抑制住笑声后，用手轻抚空无一物的桌面，兀自嘟囔着，“如果只是这样，那就画这样的作品好了。”微不足道且低三下四的自己，渴望求得最亲近的人——一个一无是处的平凡男子——的认可，渴望争口气给他看看——只需要画能达到这一目的的画就可以了。

千鹤拉开椅子坐下，深呼吸，然后指尖在笔筒上方飞舞、游走。她抽出彩色铅笔，又放了回去，碰到粗记号笔后又离开，最终抽出只露了一点点头的炭笔。千鹤摊开刚刚收拾好的大号素描簿，几条线落在纸面上。千鹤只是信马由缰地画着线，脑中还没有明确意识到自己究竟要画什么。突然，她发觉不知何处出现了好多双眼睛正在盯着自己。正是她从前和泰彦在摄影展上看到的那些眼睛，那些从相框中往外看的年轻人的眼睛。年轻人们的脸上穿着洞，肩膀上刺着文身，他们生动且真实，一直盯着千鹤这个为了在丈夫面前争口气而画画的年长女人。千鹤想，他们心中存在的无谓的烦恼与不安，在自己心中也存在。千鹤知道，这不是错觉，而是现实。不仅现在是这样，五年或十年后应该也是这样。

千鹤在素描簿上画了许多人脸。像那些照片一样，她不停地画着看向自己的人脸。他们透过照片诉说的微妙的不安、愤怒、悲伤和欢喜，渐渐被千鹤安放在一些不认识的人身上，也渐渐呈现在了素描簿上。

千鹤感到耳鸣。耳鸣声让她厌烦，但她依然没有停下手中的炭笔。突然，她抬起头，原来被她当作耳鸣的声音竟然是电话铃声。千鹤仰着头，漠然地任凭电话铃声一直响着。窗外，太阳藏在了大厦背后，投射出橙色的光亮。停在电线上的麻雀像是熟人一样看着千鹤。电话铃声停了，千鹤将目光重新投向素描簿。她坐在椅子上，直起膝盖，将原本摊开在桌上的素描簿挪到膝盖上，正准备继续画时，电话又响了。

千鹤站了起来，拿起放在柜子上的分机听筒贴在耳边，正要自报家门说自己是井出时，电话那头先开口了："是小千吗？"

是伊都子的声音，她似乎快要哭出来了。

“啊，小伊啊。”

千鹤发现自己回答时内心有些不耐烦。因为麻友美说过伊都子和男朋友交往不顺，最近有些奇怪，所以千鹤立马想到伊都子打电话来肯定是找她哭诉恋爱的烦恼。伊都子的恋情进展如何，千鹤毫无兴趣，她更想赶紧完成画到一半的画作。她对自己内心有这样的想法感到惊讶：我以前是这样冷漠的一个人吗？我竟然会对伤心到泪水就快夺眶而出的朋友感到厌烦。

“怎么了？”千鹤慌张地问，语气像是在说明自己不是那样的人。

伊都子在电话那头先是咯咯笑了几声，然后大吸了一口气，问：“小千，你妈妈身体还好吗？”

伊都子的声音听着很阳光，千鹤甚至觉得自己刚才听到伊都子快要哭出声来是种错觉。

“你说什么？”千鹤不明白伊都子究竟想问什么。

“我是问，小千，你的妈妈身体还硬朗吗？我记得你妈妈做的蛋糕很好吃，三明治也是。”

“怎么了？是有什么事找我妈妈吗？最近我完全没跟她联系……”千鹤一脸不解，再次问道。

电话那头，伊都子沉默了。房间里鸦雀无声。不久，千鹤听到了通常伊都子忍住不哭时发出的那种近似打嗝的声音。

“小千，我妈，他们说她快死了。”伊都子声音颤抖着，还是在忍着不哭出声来。

“啊？什么？怎么回事啊？发生了什么？”

“我妈快死了。虽然难以置信，但这是真的。”

说完，伊都子再也憋不住了，在电话那头放声大哭起来。千鹤反复问究竟发生了什么事，可是电话那头传来的只有哭泣的声音。伊都子如游乐园里走丢的孩子那般了无依靠、歇斯底里地哭喊，千鹤听得发怔。

第五章

今年开年没多久，伊都子的摄影集就确定出版了。其实也不算是摄影集，只是在一名二十岁女明星的诗集里配上伊都子的照片而已。不过，伊都子并没有像恭市那样对此感到失望。女明星的诗不过是滥竽充数，诗集的标题“爱！爱爱！！”也让人不知所云。不过，虽然最终的结果与原本要出版伊都子自己的摄影和文字作品这一计划大相径庭，但伊都子觉得，只要能和恭市一起做事就足够了。况且，恭市对于工作没有按预期完成心怀愧疚，反而让伊都子有些高兴。因为恭市总在各种场合说一大堆褒扬伊都子的话，“伊都子真实的才华不止这些”，“看不懂伊都子才华的人太多了”，等等，这让伊都子很开心。她甚至觉得，只要恭市认可自己就足够了。

整个一月份，伊都子几乎每天都和恭市一起去出版社与出版方交流，选出匹配明星诗作的照片。他们和编辑凑在一起阅读诗作，交流哪张照片更适合。出版社的工作结束后，恭市几乎每天都会去伊都子的住处，背诵几个小时前一脸认真地读过的诗，傻笑不已。伊都子也和他一起开怀大笑。

伊都子将公寓里一间朝向走廊且只有窗户的房间改为暗室，要用的照片确定后，伊都子就在这个房间里冲洗。只要伊都子说希望恭市来，他就会来。确定出版后，恭市与其说是编辑，不如说是像经纪人一样一直陪在伊都子身边。伊都子幸福极了，她觉得恭市结婚了、有小孩了这些事都不值一提，与他朝夕相处、共同工作的不是他的妻子和孩子，而是伊都子。即使恭市在十二点前要回家，伊都子也没有再感觉到之前那样不安的情绪。

进入二月后，伊都子依旧享受着她的幸福生活。她和恭市一起去印厂，确认照片的上色度，讨论是否重印。但伊都子明显感觉到，恭市的情绪日渐低落。选择照片的优先权在对方手中，从摄影集编辑的角度来看，作品编排完全没有统一性，印刷阶段也几乎不采纳恭市和伊都子的意见。恭市看了印刷出来的样张后，认真地与出版方讨论，比如，红色用得太过，整体的颜色有些弱，有些地方产生了细微变形，等等，但是这些意见几乎都被编辑无视了。编辑总是礼貌地说出那句口头禅——“以诗为主”。伊都子不是著名摄影师，没人会热衷于看她的摄影作品，这本书中的照片就像是汉堡牛肉饼旁边配上的糖渍胡萝卜一样毫无意义，所以也没必要为调整色度再耗费额外的经费。伊都子明白,在编辑的礼貌背后,也有这样欲言又止的潜台词。

每次和编辑交涉完，恭市总会邀请伊都子去喝两杯，或者去伊都子家里喝几杯。酒喝得并不愉快。恭市总是边喝酒边倒苦水,伊都子明白,恭市正渐渐对这项工作失去兴趣。但是,伊都子依然感觉幸福。只要坐在恭市身旁，她就觉得幸福。

不久前，房间内的空气还浑浊不堪，但伊都子现在觉得已经开始正常运转了，她放下心来。此前，杂乱无章的房间让麻友美震惊，如今一切都已收拾整齐。磨萝卜碎的器具被收到了厨房的橱柜里，长筒袜也放进了更衣室的抽屉里，床单每两天更换一次。一切都为了随时迎接恭市来访。

伊都子想：说白了，恭市就是我的生活的基本秩序。伊都子回忆自己在遇见恭市前是什么样的。当时的她是靠什么来维持生活秩序的？啊，伊都子苦闷地想起来了：是母亲，母亲长期以来都是我生活秩序的准绳。不对，是母亲强行灌输给我的思想,让我以为她就是我生活的准绳。遇见恭市之后,我终于能从母亲的世界中抽离，拥有了自己的内心秩序，构建起自己的世界。得出结论后，伊都子放心了许多。

然而，幸福感越强烈，伊都子的内心越是不安。就像日头高照时，身下的影子更加深邃一样。

这项工作结束后，我们的关系会变成什么样呢？恭市还会像原来一样为了我的摄影集而四处奔走吗？还会和我一起走访各家出版社吗？还会像现在一样每天和我见面吗？

按计划，三月中旬左右，伊都子需要做的工作就会结束，剩下的只有等待四月诗集的出版了。

恭市在洗漱间吹头发，吹风机发出的嗡嗡声隔很远也能听到。伊都子收拾起酒杯和喝剩的葡萄酒，想要开口问的问题一直在舌头上打转："这项工作结束后我们会怎么样？我应该怎么做才好？"伊都子一边想着等恭市吹完头发回来后问问他，一边又发现自己真正想问的并不是这些事。

"啊，不好意思，我来洗吧。"恭市回到客厅，透过吧台看了看厨房。

"没事没事，就洗个杯子而已。"

结果，伊都子并没有问出在舌头上打转许久的问题，无论是表层的还是深层的问题，都没有。像吃口服药一样，她把问题都咽了下去。

"快十二点了，你赶快回去吧。否则赶不上末班车了。"伊都子为尽量不让恭市感到厌烦，微笑着谨慎地说。

"啊，对。明天一点见，对吧？"

"这样吧，午饭一起吃如何？十一点半在赤坂碰面，吃过饭一起去出版社正合适。"

"嗯，就按你说的办吧。"恭市拿起提包，扫了一眼手表，笑着说："似乎我们每天都在一起吃饭啊。"说着，他往玄关方向走去。刚洗完杯子的伊都子擦干手后追了过去。

"这样的生活能一直持续下去就好了。"伊都子朝走在走廊上的恭市说。不知道恭市是没听到还是装作没听到，总之，他没有回应。

"我送你到楼下吧。"

"不用了不用了，反正明天还会见。"说完，恭市在玄关口紧紧抱住伊都子。

伊都子把头靠在恭市的肩上，呢喃着："对啊，明天还会见面。"

门开了，恭市挥了挥手，他的笑脸随着关上的门一起消失了。伊都子盯着刚关上的门，伫立在原地。她想，恭市的妻子会用什么样的表情迎接每晚过十二点才回家的丈夫呢？想到一半，伊都子慌忙回到卧室，将褶皱的被子挪到一旁，剥下床单扔进洗衣机里。她决定不再多想，只相信眼前看到的事物就好了。只要不看，那些东西就不存在，恭市的妻子、孩子和家庭都不存在，在我主导的世界中他们都不存在。伊都子下定了决心。

虽然伊都子对工作结束后与恭市的关系会如何发展抱着不安的情绪，但在摄影集工作结束之前，她的生活遭遇了一场突如其来的变故。

按照惯例，伊都子和恭市在出版社办完事后，来到赤坂的一家居酒屋喝酒。此时，与芙巳子交情颇深的编辑守谷珠美给伊都子打了个电话。

“啊，珠美阿姨。”伊都子边说边走出了嘈杂的店内。她在店外的人行道上，身体前倾，捂住半边耳朵，尽力去听电话那头传来的含混不清的声音。

“什么？我听不太清。”伊都子很自然地抬高了声调。

“小伊，芙巳她可能要住院。”珠美大声回答。

“住院？什么时候？身体哪儿出了……”

珠美打断了伊都子，再次大声地说：“可能会很严重。”

说完，珠美陷入了沉默。在这短暂的沉默中，伊都子反复想着：珠美总是爱夸大其词。去年见面时，她还略微指责我很少和芙巳子联系。这次肯定又是来说教，要我好好照顾母亲。如此推断后，伊都子说道：“我一会儿给你回电话行吗？我现在正在跟别人谈事情。三十分钟或者一个小时后再打给你。”

“是癌症。芙巳得的是癌症。”珠美的声音焦躁万分。或许是以为伊都子没听清，她又特意嚷道：“你的母亲，得了癌症。”

“啊？”伊都子嘴里冒出这么一句，呆立在原地。她完全不知道此刻该如何思考，该想些什么。人行道上，精心打扮的女孩们从她身边走过，甜甜的香气掠过她鼻尖后又消散了。

“她一直说自己吃东西不太好下咽。我跟她说了好几次，要她去医院看看，但她不是有连载要写吗，今年夏天还准备出一本译著，所以耽搁了。最近她严重到开始呕吐了，我才强行带她去医院检查的。”

珠美情绪激动，一口气说了一大堆。伊都子抬头望向装饰着电杆的塑料花，耳边回荡着珠美的声音。然而，珠美话里的每一个字都好像没有任何意义，像干燥的砂土一样沙沙地掠过她的耳畔。

“结果，小伊……”珠美说到这儿突然停了。伊都子屏住呼吸等着她继续说，却听到电话那头传来颤抖而又不稳定的呼吸声。伊都子花了好些时间才意识到珠美正在哭泣。“结果，小伊，医生说可能是胃癌……”珠美好不容易挤出几个字，又颤抖着哭了起来。颤抖的声音越来越大，伊都子握着的手机里渐渐传来了珠美抽泣的声音。

伊都子觉得自己应该说些什么，却什么也说不出来。一句话也说不出来。

“不过，小伊，”珠美哭了一会儿后，开始用安慰的语气——仿佛哭的人是伊都子一样——接着说：“没有做详细检查之前还什么都不确定。可能做个手术就没事了，也有可能只是个良性肿瘤而已。所以，你也别灰心。对不住啊，我没控制住情绪。我一直以为芙巳好似拥有不死之身,没想到她也会……”

“我应该做什么才能够……”伊都子嘴里好不容易冒出几个字，然后心中竟然陷入了出奇的平静。

“现在正在等空床位。医院那边说尽可能优先让她住院,但可能还是需要等一周的时间。你看，我也有工作，不可能丢下一切飞奔去医院，而且，对芙巳来说，你在肯定比我在更能让她安心。但她就是不想让你担心,才不联系你的。所以,你主动联系她吧,确定能住院后陪她一起去。如果有时间的话,可以先去看看她情况到底怎么样……”

看来珠美的情绪起伏确实很大。本以为她已经能稳定情绪好好说明情况，没想到又听见她颤抖着抽泣起来。

“嗯，我妈她知道吗？就是……”

“你说患癌症的事吗？知道啊。现在医生什么都直接跟病人说的。医生直接跟她说了,虽然还不知道发展到什么阶段了,但应该是癌症。”

“我知道了。嗯，真是给你添麻烦了。”

“没什么麻烦不麻烦的，总之，你还是先去看看她吧。虽然她在我面前若无其事的样子，也没有灰心丧气，但内心肯定是很害怕的。”

“谢谢。我明天会联系她。”

珠美好像还有话要说，但伊都子说完后即刻挂断了电话。

合上手机盖后，伊都子抬起头，睁大眼睛屏息凝神眺望周遭的风景。夜里，赤坂的这条大街灯红酒绿，但在伊都子眼中它却像东倒西歪的异世界。对面居酒屋的红灯笼，写着菜单的招牌，花店门口摆放着的各式各样的花，温润的空气，摩肩接踵的女人和男人，所有这一切都不可思议地变得遥不可及，东倒西歪，好像下一秒就要四分五裂，消失不见。伊都子眨了好几次眼，深呼吸，站在原地环视四周。什么啊，原来和以前一样啊。不过是个和平常并无二致的夜晚，依然是与平常并无二致的赤坂。伊都子在心中对自己说完，然后回到店里。

“怎么了？”恭市坐在桌子对面，问道。

“没什么。”伊都子笑着回答。她喝了口还剩一半的啤酒，啤酒寡淡无味。

店内拥挤嘈杂，笑声四起。流行歌的声音见缝插针地传到耳畔。老板娘系着深蓝色围裙，两手端着盘子，穿梭在狭窄的甬道间。伊都子的目光落在餐桌上，桌上摆着吃到一半的菜肴。生马肉片显露出剧毒般的红色，煮竹笋的棕褐色也非常强烈、深邃。

恭市递过菜单，问：“要再点些什么吗？”

伊都子接过菜单，目光在菜单的手写文字上游走。这些词没法带着含义进入她的脑中。“海蕴”是什么东西来着？“芥末拌生鸡片”又是什么菜？伊都子努力想要找回这些词语的含义。

“作为交换条件，他们提出办摄影展，这个你怎么看？那家伙说可能最后会变成明星的握手会[1]。不过我觉得，就算是这样，也还是有必要办的。你觉得呢？你如果不想办就直接跟他们说。不管怎么说你也是创作者，我觉得没必要为他们做出任何让步，否则也太奇怪了。”

恭市继续着刚才的话题。伊都子将头从菜单上方抬起来，看着对面这个男人的脸。可是，她眼睛对不上焦，眼神迷离。这个被她当作内心基本秩序的男人，他的脸看起来有些模糊。“嘿，如何啊？”恭市继续追问，伊都子面对面看着他。

“小恭，”伊都子感觉自己的声音听着有些遥远，“得了癌症就会死吗？”

“什么？”恭市皱起眉头，他似乎没明白话题是如何跳跃到这里的。

“就是，得了癌症的人是不是都会死？”

“你在说什么啊？”恭市发觉自己的话题被打断了，脸上有些不悦。

---

1 握手会，日本娱乐界偶像或明星与粉丝的见面活动。握手会上，粉丝一般可以与偶像明星握手，并进行短暂交流。

"我想知道患癌的人是不是一定会死。"换作以前，只要伊都子发觉恭市有些不愉快，就会把话题转回去，但这次她没有让步。摄影展也好，摄影集也好，这些都不重要了。或者说，恭市的心情好与坏，不重要了。

"不一定会死。"恭市兴味寡淡，但还是回答了，"我有个朋友，五年前做了手术，现在还活着呢。"

"哪个朋友？是什么癌症？做了什么手术？是所有人只要做手术就能活命，还是只是个例？"

伊都子气势汹汹地问了一大堆。恭市吓了一跳，看着伊都子。或许是被伊都子的气势吓到，他谨慎地挑选词语，表情庄重地回答："不是个例。他自己亲手写的，他患了癌症，但抗癌成功了，虽然被医生宣告只剩一年寿命，但五年多之后，他依然活着。关键要看癌症的严重程度，程度最重要。"

听着恭市的话，伊都子想，他们两个人的对话就像小孩子的对话一样。到目前为止，生病和死亡对她而言还是遥不可及的事，对恭市来说也一样。

"对啊，并不是所有人患了癌症都会死。"伊都子说完，一口气喝掉了微温且没有任何味道的啤酒。

"怎么了？发生了什么事？谁得癌症了？"面对恭市的提问，伊都子没有回答，而是叫住路过的老板娘，笑着说："请给我来一杯兑热水的烧酒。"恭市在她之后，也追加了几个菜。

并非所有人都会死。那个铁骨铮铮的母亲，病情没多严重。恭市和珠美的话在伊都子心里反复地揉搓，让她觉得烦躁不堪，难以平静。伊都子不知道自己应该如何接受母亲可能患癌这件事。虽然之前她确实很讨厌母亲，甚至有一两次也的确希望母亲从自己眼前消失，但是，但是并不意味着自己就……

"嗯，刚才说到了哪儿来着？啊，对，摄影展。这次还真是难为你了。说穿了，咱们这次就是被下套了。若是真正的诗人的诗集还好说，结果是'把贝壳放到耳边，回忆起往昔曾是美人鱼时'这样的货色……"

恭市背诵了一句明星写的诗，伊都子笑了。并非因为好笑她才笑，而是因为此时的笑已成为两人之间的习惯。这一个月，伊都子和恭市反复读着明星写的诗，然后笑个不停。他们一起走路时，伊都子若突然背诵出诗歌的一部分，恭市就会笑笑，补充后续部分。两个人就像玩游戏一样重复着。明星的辞藻幼稚拙劣，陈腐老套，轻佻，缺乏个性且夸大其词，偶尔还有些支离破碎。现在，伊都子却对能写出这样文字的人有些羡慕。她曾经也是这样，幼稚拙劣，陈腐老套，轻佻，没个性还夸张，但她自己对此毫不在意，认为自己天下无敌。那时，她相信，只要和千鹤、麻友美一起，任何事情都不足为惧。

"'你用温柔的声音，说过多次，你爱我。'"遵循惯例，伊都子背诵出了诗的下一句。

"我们都已经能背诵全文了。"恭市说完，大笑不止。

伊都子想，你看，没事的，没有任何变化。我和恭市没有变化，母亲肯定也没变化。看不见的东西就不存在。在我的世界里，没有任何东西可以破坏我内心的秩序。伊都子也如往常般笑了笑，但是，恭市的笑声渐渐淹没在其他客人的笑声中，哪个是恭市的声音，哪个又是陌生男人的声音，伊都子越来越分不清楚了。

接到珠美编辑的电话后，伊都子一直没跟母亲联系。没打电话，也没去她的公寓看她。因为伊都子害怕。她仍然孩子气地幻想，幻想珠美的那通电话不过是梦境而已。

三月的第二周，芙巳子在伊都子联系她之前打来了电话。伊都子被电话声吵醒，坐在床沿，电话机闪着橙色的灯光响个不停，伊都子谨慎地接了起来。

此时是早上七点多，伊都子一接起电话，芙巳子便盛气凌人地说："你今天有空吗？"

"我下午有事……"

"那上午有空？我希望你来一趟。"

"怎么了？"伊都子装作一无所知。房间里依然又冷又暗。

"想让你来帮我搬东西。"

"搬东西？你要去哪？"伊都子猜想，应该是床位空出来了，今天要住院了。不过，她还是装作什么也不知道，故意用不悦的语调说。

“一会儿再跟你说。你先来吧。尽快。”芙巳子还是一如往常，用命令的语气说完就挂断了电话。

伊都子离开床铺，刷牙洗脸，换好衣服后简单地化了个妆。流程明明和平时没什么差别，只是机械地完成任务而已，但伊都子一会儿弄掉了牙刷，一会儿又把带镜小粉盒掉在地上。出门前，伊都子又照了照镜子，双手轻轻拍了拍脸颊。两只手都是冰凉冰凉的。

伊都子到达芙巳子公寓时，还差几分钟就八点了。芙巳子给她开了门，伊都子感觉母亲比数月前见面时瘦了很多。她在内心暗暗告诉自己，肯定是错觉，然后她一边抱怨着“一大早的搞什么啊”，一边走进房间。

从前一直杂乱无章的客厅、饭厅和厨房，竟然收拾得很干净，令人震惊。不仅如此，每个地方都被擦得透亮，像样板房一般干净整洁。芙巳子是不可能亲自打扫的，所以，要么是请清洁公司打扫的，要么就是拜托珠美等人帮忙收拾的。无论如何，比起芙巳子瘦骨嶙峋的身子，更让伊都子吃惊的是被收拾得干干净净的屋子。

客厅一角放着旅行用的拉杆箱和两个波士顿手提包。

“帮我搬一下这些东西。”芙巳子说完，伊都子仔细打量着母亲：仿佛要出门旅行一样，母亲穿着一身花朵图案的套裙，还戴了一顶帽檐很浅的帽子。

“所以，你到底要搬去哪儿呢？”

“医院。我要住院了。”芙巳子终于说出口了。

“住院需要这么多东西吗？”

“我想在九点前到，帮我叫辆出租车吧？”芙巳子说着，在房屋内走了一圈，做最后的检查。

“叫出租车还不如下楼直接拦车快呢。”

“那你提着走吧。”芙巳子丢下一句话，披上外套，自己提了个小手提包，说：“房门锁上了，燃气关紧了，暖炉也关好了，电话的自动应答也设置好了。”一一确认之后，她朝通往玄关的走廊走去。

伊都子推着行李箱，拿着波士顿手提包，她疑惑地发现，一些过去的场景突然涌上心头。在少女乐队“Dizzy”走上正轨之前，也就是伊都子上高一之前，伊都子和芙巳子经常去各地旅行。住在伦敦时，她们去过爱尔兰和意大利；住在东京时，她们去过伊豆箱根，甚至去了更远的冲绳和四国。有时为了去旅行，芙巳子还帮伊都子请假，不让她去上学。每次请到假，她们的旅行时间就特别充裕，短则一周，长则一个月。一旦要去旅行，芙巳子就会叫人来打扫屋子。有时候会拜托几个像珠美这样为芙巳子忙前忙后但丝毫不会叫苦的编辑，有时候也会让一些想成为艺术家的年轻男生来帮忙打扫。如果大家都匀不出时间,那就找清扫公司。出发当天早上，芙巳子会很少见地化个妆，精心打扮一下，还会给伊都子穿上外出会客的正式服装。正因为每次都像模像样煞有介事地准备，伊都子总是很兴奋。她的内心满怀期待，相信接下来的旅程中会遇到一大堆美好的事。

出门时，芙巳子总会将打扫得干干净净的房间抛在脑后，头也不回地往走廊走，并且说出她的口头禅:“我们可能再也不会回来了。”

这话听起来就像是为旅行找的夸张借口，也像是喜欢上了旅行目的地，可能就此迁居的宣言。说这话时，芙巳子总是得意扬扬的样子，可伊都子总觉得不吉利，兴奋感也大打折扣。她担心万一卷入意外事故、灾难或者法律案件，真的再也回不来了。

伊都子短暂却强烈地回忆起与母亲一起旅行的日子，那时，和母亲在一起的日子完全不痛苦。伊都子两手提起重重的行李，感觉有点吃力。她暗暗叹了口气，此时，在昏暗的走廊尽头，芙巳子的嘟囔声传到了伊都子耳畔:“我们可能再也不会回来了。”

和二十年前一样，芙巳子唱歌般说完同一句话，就头也不回地往玄关走去。伊都子装作没听到。母亲这句话她听过多次，也让她失望过多次，现在，它听起来比以前更不吉利，更压得人喘不过气来。

两个人在街边拦下了一辆出租车。伊都子坐在后座问："住院是因为哪儿不舒服吗？"

伊都子继续装作一无所知。这么做虽然与傻子无异，但到了这个地步，她已经说不出"癌症"这两个字了。

"嗯，有点不舒服，胃不太好消化。住院检查而已，不用太担心。你老爱说这说那的，所以，今天我本来想拜托小珠的，但她说一大早要开会，没法翘会。其实四人间早就能住，但是和不认识的人共用一间房，太不舒服了。"芙巳子看着窗外说。

珠美说过，医生已经告知过芙巳子本人她患的可能是癌症。但听她的语气，伊都子觉得，芙巳子似乎真的相信自己只是住院检查而已。

"老麻烦人家珠美阿姨不太好吧，你给我打电话不就好了。"

"所以，我不是叫你了吗？"芙巳子的语气显得有些不耐烦。伊都子想，如果今天珠美没有被开会耽搁，母亲打算什么时候才联系自己呢？

"你怎么样啊？男人呢？"芙巳子依然看着窗外，突然发问。

“别用这样的措辞啦。”伊都子小声提醒，芙巳子却没有降低声调，相反，她似乎觉得伊都子的反应很有趣，继续说：“相处顺利吗？已经同居了？让你介绍给我认识一下，你也没做。难道真的是有妇之夫，所以才不让我见？”

伊都子偷偷看了眼后视镜，想看看司机有没有听到刚才的对话。不知道司机有没有听到，总之，他正全神贯注地目视前方。要是让你见了，你肯定又会说这说那挑三拣四，所以，才不让你见的。伊都子心中愤愤不平。

“你这个样子，真的很卑鄙。”伊都子满脸厌恶地说。芙巳子高亢的笑声响彻车内。

原以为会直接将芙巳子送进病房，没想到还要先问诊、采血以及做其他各项检查。她们与门诊患者一起在医院内四处移动，采血沿着绿线往前走，X光沿着红线往前走，芙巳子按照引导往前挪动身子，伊都子则提着波士顿包，推着带脚轮的行李箱跟在后面。芙巳子进入诊室后，她就坐在诊室门口的椅子上发呆，等候芙巳子出来。

时间过得飞快，到医院时还不到九点一刻，只做了几项检查就过去了两个小时。趁着芙巳子测心电图，伊都子来到手机通话区，给恭市打了个电话。原本她和恭市约好下午一点见面，一起去印厂看看。恭市的手机没人接。伊都子简单留了句言，说自己今天去不了了，然后回到心电图室前。正好芙巳子从诊室里出来，她没注意到伊都子，在门口迅速整理了一下头发，抹平衣服上的褶皱。在医院的通道上，精心打扮的芙巳子显得格格不入，而且，正因她衣着华丽，疲态和憔悴也更显眼。啊，这个人真的被一股神秘的力量给困住了。伊都子站在那里，第一次产生了这样的感触。

十二点多，芙巳子终于进入病房。病房在八楼，是个单间，窗户很大，透过窗户能俯瞰蒙着一层薄雾的城市。芙巳子换上睡衣，躺在床上，命令伊都子做这做那：一会儿让她把行李箱中的花瓶拿出来，一会儿让她把换洗用的睡衣和长袍收进储物柜里，一会儿又说先把储物柜清扫擦拭干净。伊都子打开箱子一看，毛巾、睡衣、内衣混在一起，里面还塞了好几本平装书，还有相框、镶金边的台式梳妆镜、植物精油等等。再打开两个波士顿包一看，玩偶熊、用桌垫包好的筷子盒、杯子——不仅有马克杯，还带了一套茶杯，竟然连以前在香港买的小茶壶和茶杯套装也用毛巾小心翼翼地包好，一同带过来了。正在伊都子厌烦地想着母亲到底带来了多少东西时，护士叫人了。

“您好，请您来办一下手续。病患这边，一会儿会有另外的人来量脉搏和血压，您先稍微休息一下。”护士用温柔的口吻嘱咐芙巳子之后，催促伊都子走出病房。

护士将伊都子带到了八楼角落里一个像是会议室的地方。屋子狭窄，没有窗户，墙角有一块白板。护士让伊都子坐在折叠椅上。伊都子弯腰坐下后，护士拿出一张调查问卷，放在伊都子面前。

“填你知道的就行。”说完后，护士离开了。

问卷上除了住址、出生年月以外，还有既往病史、手术史、是否过敏、饮食喜好等各种各样的问题。伊都子写上自己了解的内容，然后突然发现还有一个问题：“性格如何”，问题下方还分别留出了填写优点和缺点的空间。伊都子攥紧铅笔，抬头望向上方。

任性，以自我为中心，什么事都按自己的标准衡量，没有包容心，爱慕虚荣，心眼坏，一旦别人不合她心意就会被她怀恨在心，随意使唤别人而且把这当作理所当然。

母亲的缺点，伊都子能想到好几条，但她不确定要不要都写上去。犹豫再三，她最终只写了“任性，以自我为中心，易怒，不认同他人的价值观”这几点。她正在想着为了住院期间一切进展顺利，或许写上“爱使唤人”比较好，突然响起了轻微的敲门声。门开了，医生身着白衣走了进来。

“啊，你好。”医生随意打了个招呼，坐在了伊都子对面。这是一个戴眼镜、身材偏瘦的男医生，伊都子觉得他可能年纪比自己还小。

医生问："已经从患者本人那里了解到大概情况了吗？"

"没有，我什么都不知道。"伊都子简短地回答。

"嗯，胃里面有肿瘤，这点是可以确定的。大概率是恶性的。不过，到底发展到什么程度了，要不要切除，切到什么程度，甚至是不是已经发展到更严重的地步了，这些都需要做详细检查才能知道。"医生几乎没有和伊都子对视，淡然地说。

"发展到更严重的地步，是什么意思？"伊都子插了句嘴。

"就是说，癌细胞有可能扩散到别的地方去了。"医生说话时，脸上的表情毫无变化。

"她会死吗？"伊都子问。然后，她感觉自己的问题真幼稚。同时，她也希望医生听到这个问题后，表情能有点变化。

"嗯，这个嘛……现阶段还什么都不好说，得做详细检查。"

"如果是最差的情况，她会死吗？"

"可能性不能说完全没有。"医生的表情依然没有任何变化。他又加了一句："不过，还是要等做完详细检查之后才能确定。"

"什么时候能确定呢？"

"一周，最慢十天左右，肯定能确定了。接下来可能需要跟患者和家属商量，到底是手术治疗还是用放射治疗或抗肿瘤药物治疗。其他患者家属呢？"

"家属就我一个人。"伊都子说。

"啊，这样啊。您是她女儿吧？那以后可能会有很多事情需要跟您商量，多多关照。抱歉，忘记做自我介绍了，我是她的主治医师，我叫八木原。"医生低头致意后，走出了房间。

医生的表情一直毫无变化，这让伊都子感到憎恶，但同时也给了她些微希望。肯定没什么大碍，如果已经恶化到只剩几个月的寿命了，医生不可能如此泰然处之。伊都子这么想着，继续将目光投向问卷调查。

优点？母亲的缺点伊都子能想出一大堆，优点却怎么也想不出来。伊都子努力回忆自己无条件尊敬母亲时的样子——也不是想不起来，但当时伊都子并不是因为母亲有这样那样的优点而尊敬她。

家属就我一个人。伊都子在心里反复回味自己刚才回答的这句话。

伊都子不知道自己的父亲是谁。上初中前，她问过母亲好几次，每次母亲都回答说死了。不过，死因却不尽相同：一会儿是在轮船旅行途中遭遇事故；一会儿又是在巴黎上吊自杀了；被车轧死了；患上不明原因的病症在沉睡中过世了，具体是何种病症，现在美国某大学附属医院还在开展研究……上初中后，伊都子就不再问母亲有关父亲的问题了。因为实在太傻了。

芙巳子的亲戚也都不在人世了。芙巳子的母亲，也就是伊都子的外祖母，在伊都子刚满四岁时就过世了。伊都子只隐隐约约记得当时葬礼的情形，参加葬礼的人很多，但她不记得曾见过姨妈、舅舅、表兄弟等有血缘关系的人。后来，伊都子从珠美那里听说，芙巳子是独生女，她的父亲在战争中过世了，芙巳子出生在以前的伪满洲国。

一直以来，母女俩相依为命。无论是旅行、过年，抑或是搬家，都只有母女两人。身处这个无机物般冷漠的房间里，伊都子发觉，现在，在这种时候，依然只有母女两人。伊都子身体前倾，在优点下的空格处写上两个字——“刚强”。

护士回来后，伊都子把问卷交还给她，并接过写有住院须知和规则的小册子，回到了病房。行李箱和波士顿包和伊都子离开时一样，整理到一半，敞开放着。芙巳子躺在床上睡着了。伊都子偷偷瞄了一眼睡梦中的芙巳子,心中为之一震。熟睡中的芙巳子嘴巴微微张开，看起来就像一个正在等死的病人。她刚才还好好地走路，伊都子还以为她瘦了不少只是错觉，然而，现在躺在那里沉睡的芙巳子脸色惨白，皮肤松垮，老态疲态尽显，似乎病魔已经攻占了她的全身。伊都子慌张地将视线从芙巳子身上挪开，按照母亲刚刚下达的指令，用干毛巾擦净储物柜，将毛巾和睡衣收进储物柜中，又把筷子盒和茶杯收进床头的可移动抽屉中，玩偶熊则放在了窗边。

伊都子拿起相框，相框内放了一张某处海滨的照片，不知母亲为何会带这个东西。伊都子将相框摆在抽屉上，又环视了一圈屋内，看看还有什么事情要做。

我会一直讨厌她吗？伊都子猛然在心里问自己，我已经决定未来无论发生什么都要恨到底的这个人，这个夺走我幸福的人、任何时候都在伤害我的人，我会一直怨恨她吗？

为了不再思考这个问题，伊都子从包里掏出了手机。她准备打给恭市，在联系人的页面中找出了恭市的名字。伊都子望着这个名字。她本想晚上和他见面，问他与印厂的交涉有何进展，但她发觉自己已经没有心情和恭市喝酒了。伊都子合上手机盖，如迷路的孩子般呆立在病房里。她看向窗外。远处，东京塔隐约可见。

伊都子已经不记得自己是如何从医院回到公寓的。等她回过神时，就已经坐在了电视机前。蕾丝窗帘拉上了，窗外一片漆黑。现在几点？伊都子不知道，只感觉远方似有音乐声传来。她猜想应该是电视的声音，于是她凝视着电视画面，画面中的广告已经从汤料切换到了汽车，但那个音乐依然没有停止。终于，伊都子发觉，响个不停的音乐原来是手机铃声。

她从沙发上站起来，四处翻找自己的包，还没找到，铃声就停止了。伊都子突然手足无措。为什么她会站在餐桌前？

刚刚她为了做什么才从沙发上站起来的？正当她准备回到沙发上时，铃声又响了起来。伊都子又开始循着铃声，不安地在屋内四处走动。

原来包落在了自己刚刚坐着的沙发的脚边。她正要伸手去够，铃声又停了。伊都子捡起包，像碰到爆炸物一样掏出手机。打开翻盖，一看通话记录，竟有五通未接来电，都是恭市打来的。

伊都子重新坐回沙发上，调低电视音量，深呼吸一口气后，给恭市回了电话。不待等候音响起，恭市的声音就直接飞了过来。

“怎么回事啊？我打了好几次电话都没人接。”恭市的声音中透露着生气。

“啊，我有点脱不开身。”

“刚才我一直在给你打电话，到底怎么了？会议也全部取消了。”

“啊，真是对不起。”

“都到现在了，你可别跟我说东西做成这样心里不舒服。都已经开始预约发售了。”

做成这样是哪样？预约发售又是什么？伊都子使劲思考着。啊，对了，摄影集。不是，是诗集。我和恭市一起做了一本诗集。诗的旁边配有我的摄影作品……四月就要发售了……

伊都子想起来上个月自己一直认真处理的事务。可是，虽然想起来了，她的记忆依然残缺不堪，四处都是空洞，连脑中浮现出的恭市的面容和轮廓也都变得模糊不清。伊都子神情恍惚。

“还有摄影展的事，我打了好几个电话，想问问你的意见，但你完全不接。人家那边催得急，我就先暂时答应下来了。展会应该是在池袋和横滨的书店里办，虽然跟握手会的附属品差不多，但他们还是会专门做一个展区。我觉得办总比不办要好，你觉得呢？”

摄影展是要干什么来着？握手会又是什么？伊都子想要回答恭市的问题，却发不出声音。伊都子好不容易终于发出了嗯的一声叹息，恭市沉默了一会儿。他似乎终于发现伊都子的状态和平常不太一样，于是担心地问：“你怎么了？发生了什么事吗？身体不舒服吗？”

小恭，我妈妈她，我妈妈她已经不行了。今天医生告诉我的。你知道吗？癌症有等级的。就跟成绩一样，有五个等级的。我妈妈现在是最糟糕的一个等级。她的胃里、骨头里都有癌细胞。几个月前，我妈还在开派对，还一如往常地能言善辩，说着那些让人讨厌的话。早上去住院时，她还像去旅行一样，收拾一大堆行李，像傻子一样精心打扮。可怎么突然就不行了呢？这是怎么回事啊？小恭，我该怎么办？我该怎么办？没人可以帮我出主意，只有我一个人。

想说的话一股脑涌上了伊都子的心头。没关系，按顺序整理之后好好说。冷静，不要慌。只要我跟恭市说，希望他来，那他一定会来的。他也一定会和我商量今后该怎么办。他肯定会轻抚我的背，说没事。他肯定会成为我的依靠，为我出力。

“嗯，我……”伊都子出声了，可是接下来的话她说不出口。只用了不到一秒钟，伊都子就发觉恭市不可能成为自己的依靠，而且她内心也丝毫没有要依赖恭市的想法。这明明是伊都子自己发现的，她却很吃惊——恭市不是她在这个世界上最喜欢的人吗？不管什么时候，他不都是她最想见的人吗？伊都子在心中指责着自己，耳朵里却传来她那极其冷淡的声音：

“我好像感冒了。以为已经没事了，没想到又复发了，反复了好几次。可能因为换季吧。摄影展的事情可以全部交给你决定吗？我身体好一些之后会好好处理的。实在抱歉了。”

“可能是你之前太忙了，累坏了吧。你还好吗？我买点东西来看看你吧？”

伊都子将手机贴紧耳朵，反复品味恭市说的“我来看看你吧”。她回答：“不用了，没事的，身体好了之后我再联系你。”

“好的，我知道了，总之，剩下的就是等样书出炉了，你先好好休息。如果有需要你确认的地方，我再联系你。”

“好，再见。”

伊都子说完，挂断了电话。她把手机放回包里，调大电视的音量。电视里播放的电视剧她完全看不懂，只是漠然地盯着画面出神。太不可思议了。她竟然在内心断定恭市不可能成为自己的依靠,这件事太不可思议了。她明明想号啕大哭，却一滴眼泪也流不出来。太不可思议了。醉酒的感觉和世界正在逐渐解体的感觉，在伊都子心中挥之不去。伊都子双手摩挲着脸站了起来。癌症、癌症晚期、癌症第四期，从胃部转移到淋巴，通过淋巴转移到骨骼，伊都子在脑中反复回忆着今天医生说过的话。她打开餐桌上的笔记本电脑，在网上胡乱搜索了一通。患癌经历、医学书籍、病症的相关说明……画面上显示着各种各样的文字，但这些文字无法带着含义走进伊都子的脑中。

伊都子回过神后，又从包里拿出了手机。她想在通讯录中找到千鹤和麻友美的联系方式。最终，她在“あ”这一栏中找到了千鹤的名字，按下了拨号键。[1]伊都子在心中乞求：拜托了，千鹤，一定要接电话。

“啊，小伊啊。”小小的电话机那头传来千鹤的声音。伊都子放心了许多，甚至快要笑了出来。

1 千鹤全名为井出千鹤（いで　ちづる，ide chizuru），姓名的第一个假名是“い”，所以在“あ”一栏很靠前的位置。

“小千，你妈妈身体还好吗？”伊都子说。她一边说，一边想自己为什么打电话。

“你说什么？”这是千鹤的声音。

“我是问，小千，你的妈妈身体还硬朗吗？”自己口中的这句话将伊都子带回了从前。转学后，她最早交到的好朋友是千鹤和麻友美。伊都子以前经常和麻友美一起去千鹤家玩。和伊都子家总有外人进出、乱七八糟的样子完全不同，千鹤家是家庭伦理剧中经常出现的那种家庭。在伊都子看来，千鹤家是一提到“家庭”人们就能想象到的那种标准家庭。大门口摆放着属于父亲的大码鞋子和属于母亲的凉鞋，角落里则竖立着打高尔夫球的全套设备。客厅很安静，家中飘着一股淡淡的甜辛味。千鹤的母亲总是笑着准备好点心，敲敲女儿的门。

“我记得你妈妈做的蛋糕很好吃，三明治也是。”

这些记忆恍如昨日。黄油味的鸡蛋三明治，里面有火腿和奶酪，中间涂了一层薄薄的芥末。穿着校服的千鹤和麻友美模仿着老师的样子，形象生动地告诉刚转学来的伊都子，哪个老师很温柔，哪个老师很讨厌。阳光透过蕾丝窗帘照了进来，三人翻来覆去地笑着。伊都子凝视着那片光景，那已经是多么久远的事情了啊。

“小千，”伊都子的声音像是从喉咙深处挤出来的，“我妈，他们说她快死了。”伊都子本来不想让千鹤太担心，她试着笑了笑，但失败了。她拼命忍住，不让自己哭出声来：“我妈快死了。”伊都子突然感觉很不可思议，为什么是千鹤而不是恭市，为什么自己没能跟恭市说的事，却能在千鹤而面前像卸下包袱一样一下子说出来呢？“虽然难以置信，但这是真的。”

芙巳子的单人病房被装饰得像一间公寓。床边的移动式抽屉被桌布完全盖住，上面放着相框、茶具、茶壶和几本平装书。色调沉重的灰色储物柜也被贴上了外国电影的海报。招待客人的沙发上盖了一层套子，沙发边的桌子上放着果篮。每次一有人来看望她，芙巳子就命令他们帮忙改变病房内的医院气氛。就连原来的窗帘也被芙巳子收了起来——窗户上原本挂着一面朴素的柠檬黄窗帘，后来被收进储物柜的底层，换上一套色彩鲜艳的玛莉美歌牌窗帘。

伊都子每次来这间不像病房的病房时，总有访客在里面。他们当中有珠美这些编辑，有芙巳子以前的酒友，也有常来派对的不明身份的艺术家们和未来的艺术家们。

现在，病房里也有几个伊都子不认识的人。从收到的名片来看，他们应该是出版社的编辑，曾经与芙巳子共事。伊都子在盥洗室处理他们送来的花。病房里也有一个小洗漱台，但伊都子觉得让他们单独在一起聊天比较好，于是专程花时间走到整层楼公用的盥洗室，将花插到花瓶里。

伊都子原以为，芙巳子不会告诉她的朋友们自己住院了，毕竟她是那种架子极大，且极其讨厌在别人面前展示自己柔弱一面的人。在伊都子心中，母亲就是这样的形象。然而，与伊都子预料的相反，芙巳子就像通知办派对一样，四处散播自己住院的消息。有一次伊都子在旁边听到她打电话："快来吧。我现在无聊死了。你要是不来，我到死之前都会一直念叨你薄情寡义的。"说完后，芙巳子高声笑着。只不过，这笑声比伊都子记忆中听到的笑声低沉了很多。

总而言之，病房里一连好几天都有客人来访。他们带着鲜花、水果、蛋糕和杂志前来，按照芙巳子的要求换下窗帘，贴上海报，在电热水壶中放入红茶。他们一离开，芙巳子就陷入沉睡。大约三天前，芙巳子开始连粥都无法吃下去了。现在，医生从她鼻子里插管到胃里，把胃液吸上来，还在她右手上挂点滴。伊都子问她是否拒绝访客，但芙巳子变本加厉，要叫一堆牛鬼蛇神来，还命令伊都子给他们打电话。

花插好后，伊都子拿着花瓶回到病房，正巧客人们准备离开。伊都子将他们送到电梯口。

"她看起来身体不错，太好了。"身着大红色风衣的女人微笑着说。

"听她说，进入梅雨季之前，她就能出院了。"比红风衣女人更年长的一个戴眼镜的女人说。

“明明是我们来看望她，反而被她激励和鼓舞了。又听到久违的草部调[1]了。”一个满脸胡须的男人说。

“她说想去看樱花，不知道能不能出来。如果真想去，我可以帮忙找地方。”

“以她现在的状态，应该没问题吧。”

“如果在这附近看的话，医院可能会允许她外出吧。”他们交换着意见。

电梯门开了，一块荧光灯照射下的方形空间出现在眼前。

“谢谢你们百忙之中抽空前来。”伊都子对着电梯里的访客们深深鞠了一躬。她身体哪儿好了？你们难道还不了解草部芙巳子吗？出院？为什么会听信她这些打肿脸充胖子的话啊？还什么草部调？看樱花？鼻子现在都插管了，旁边还吊着装胃液的塑料袋，点滴要打好几瓶，这个样子怎么去看樱花？伊都子在心里把这些人挨个骂了一遍，然后缓缓抬起了头。电梯门已经关上了，楼层显示板上的数字已经从“8”变成“7”。

伊都子回到病房时，芙巳子已经睡下了，听到开门声后，她偷偷眯了一下眼睛，随后又闭上了。伊都子尽量不弄出声

1　草部调，意为草部芙巳子独有的说话方式和话术。

响地将客人们留下的杯子和蛋糕盘收拾好，把摊开的杂志整理完毕。然后，她环视屋内。这里没有病房特有的昏暗色彩，没有其他病房那种阴暗潮湿、冷漠机械的氛围。这里充满了明亮的色彩，空气中飘着淡淡的蛋糕香味，灰色或米黄色的陈设都被暖色系的布料覆盖，身处其中，会让人不由得忘记这里是医院。可是，不知为何，这华丽的房间让伊都子不寒而栗。伊都子慌张地端起盘子走出了房间。

等她端着在公用盥洗室洗好的餐盘，正要回病房时，突然被一名年长的护士叫住了。

“有关你母亲的情况，医生有话要跟你讲，你有空吗？”

“现在吗？可以的。”

“不是现在，你先去挂个外科的号。不好意思，现在挂号的话，估计这周之内能排上号。”

“我知道了。我一会儿就去外科挂号。”

“好的。”护士笑了笑，她好像还想说什么，但仍然什么也没多说，鞠了一躬后就回到护士站去了。

伊都子站在走廊上，叹了口气。可能大医院都这样，跟主治医师聊病情还需要预约挂号。之前拿检查结果时，她们也是在外科门诊挂的号，然后在门诊患者看病的间隙进诊疗室听医生告知检查结果。

护士推着装有饭菜的大型手推车走了进来。伊都子发觉自己妨碍到她们工作了，就急急忙忙离开了房间。食物柔和的香味扑鼻而来，各间病房的门都打开了，能听见访客的说话声和笑声。跟大人一同来看望病人的孩子们似乎早已厌倦了这里，在走廊上跑来跑去。伊都子又一次叹了口气，拿着碗筷走在走廊上。

离开医院时已是晚上九点。伊都子坐在出租车的后座上，望着窗外的霓虹灯招牌掠过，她感觉自己好像在看海底的景色。“刚下班吗？”司机突然问了一句。伊都子朝前看了看，随口回答了句：“嗯。”

“挺辛苦的吧，工作到这么晚。最近，在这个时间点打车的女乘客很多。大家都是刚下班。”白发苍苍的司机悠然自得地说完后，苦笑了一下。

“对啊。”伊都子也不明白自己在附和什么。副驾驶座背后的口袋里夹了一些宣传小册子，伊都子百无聊赖地随意翻阅着。“不想变瘦的人不用看！”“你已经放弃自己的视力了吗？”宣传册放的位置，让乘客刚好能看见大标题。伊都子一边翻一边浏览，突然，她注意到其中一份册子，将它抽了出来。“癌症治愈了！”“我们陆续收到了顾客惊人的反馈！”伊都子在昏暗的车内仔细翻阅着。

那是一本保健品宣传册，里面密密麻麻地记载着南美洲出产的由某种植物原料煎成的粉末被人服用后对身体如何有益，还记录了几名患者的服用感受，比如，内脏脂肪转瞬间就减下去了；痛风治愈了；没接受抗癌药物治疗，癌症就自然痊愈了；孩子的特应性皮炎治好了……伊都子反复阅读着陌生人宣告自己癌症治愈的文章。

出租车开到公寓门口时，伊都子由于看小册子太入神，陷入了晕车状态。接过司机的找零后，她摇摇晃晃地打开自动门锁，走入自己杂乱无章的家中。伊都子从冰箱中拿出罐装啤酒，单手握住，靠在餐桌边。她打开笔记本电脑，输入从出租车里抽出的那张宣传册上刊登的官方主页地址。找到“顾客反馈”一栏后，伊都子凑近屏幕，仔细寻找还有没有别的癌症治愈者的消息。晕车和空腹下肚的啤酒让伊都子的脑子迷迷糊糊，她就在这样的状态下买了一份“有惊人效力的粉末饮料”。之后，她又马不停蹄地继续搜索是否还有能有效治疗癌症的其他民间疗法。

自听到检查结果时起，伊都子就已停止思考自己对芙巳子的感情。她不知道自己该怎么想才对。她曾经极度讨厌母亲，甚至想过要是母亲不在了该多好。可是，希望她不在不等于希望她死，至于这二者有什么区别，伊都子并不明了。除非发生奇迹，否则芙巳子明年应该就不在这个世界上了。想到这里，伊都子心乱如麻，全身由里到外好像有无数只虫子在爬一样难受。这种感觉与其说是不安，不如说是不悦，或者心里没底。母亲如果不在了，伊都子会很苦恼，真的很苦恼，不知道未来该怎么办。那么，这是不是意味着她其实非常需要母亲芙巳子,打心眼里爱着芙巳子呢？事实又并非如此。“知道母亲即将离开人世后才发现其实她对我那么重要”，这样的话伊都子无论如何也说不出口。

对！伊都子抬起头，目光离开电脑屏幕。对，那个人的过世既不会给我带来悲伤，也不会让我感觉寂寞，只是单纯地让我很苦恼而已。对，很苦恼。

桑黄、姬松茸、褐藻糖胶、蜂胶、壳聚糖、中药……有的网页上说这些东西对治疗癌症有效，有的又说没有，但是伊都子没仔细阅读说明，甚至连价格也没仔细确认，就一个接一个订购了页面上展示的所有保健品。伊都子感觉爬满她全身的虫子正在慢慢消失。每买一件商品，她内心的不安就少了一分。慢慢地，伊都子明白了希望母亲不在与希望母亲死亡的差别。芙巳子必须活着。如果她死了，伊都子就不能再希望她从这个世界消失了。伊都子希望自己可以一直怨恨她，一直厌恶她。为了延续自己内心的怨恨和厌恶,母亲必须活着。

我要让她活下去。伊都子暗下决心。怎么可能让她就这样死去？她必须活着,直到我允许她死为止。直到我说可以了，直到我原谅她为止，她必须活着。

伊都子买东西买到心满意足后，抬头望了望天花板。她合上眼，眼睛火辣辣地痛。伊都子睁开眼，瞪着煞白的天花板，在心中默念：我不会让你死的。伊都子感觉自己几周前一度停滞的情感和思维现在开始全方位运转。原本使不上力的指尖渐渐充满了活力。刚才那种虫子爬满全身的焦虑感慢慢消失不见，与第一次和恭市商量出版摄影集时相同的兴奋感，不对，是比那还要强烈的兴奋感，充满了伊都子的整个身体。伊都子凝视着光滑的天花板，眼神坚定。

第六章

麻友美紧张到胃都开始痛了。她悄悄看了一眼旁边，坐在旁边座位的女性放在膝盖上的双手也紧攥着，手指的关节已被攥到发白，可见攥得多么紧。注意到麻友美在看自己，她抬起了头。两个人眼神一对上，她呼的一声松了口气，笑着看向麻友美。麻友美也笑了，心情稍微放松了些。

女儿露娜正和几个孩子一起制作卡片。露娜刚才悄悄回过头来，用无依无靠的眼神四处寻找麻友美，在椅子上坐立不安地挪动着屁股，不过，现在好像终于投入到卡片制作中了，一次也没有将头从卡片上抬起来过。

这已经是麻友美参加的第四家幼儿培训班的试听课了。进入四月后，她连续找了好几家。去第一家时，露娜哭得死去活来，好像回到了婴儿时期，在地板上滚来滚去，手脚并用，大哭不止，整个身体都在抗拒。试听结束后的面谈中，负责的老师断言露娜的家庭应该是出了点问题，麻友美对老师安下定论很火大。

在第二家培训班时，露娜没有哭，乖乖地坐在椅子上，但是眼神一刻也没有从坐在角落的麻友美身上离开过。不管是老师问什么问题，还是其他的孩子和她搭话，她都一直看着麻友美，时而点头时而摇头。这家培训班的老师很严格，提醒了露娜好几次。麻友美原本觉得，学校就应该这么严格，这样孩子才能进步，但是老师在讲解积木游戏时，有个孩子插了句嘴就被老师骂了，这个孩子后来一直一言不发。麻友美看在眼里，忧在心中。这个班的孩子晃腿会激怒老师，说错了答案会被老师直接纠正说“不对”。麻友美细细环视一圈，发现孩子们都异常安静老实。试听一结束，麻友美就在心里给这家培训班画了个叉。

到了第三家学校，可能露娜也习惯了，只是偶尔往麻友美的方向望望，大多数时间里还是看向老师，和其他孩子一起开心地玩耍。但是，在试听结束后的面谈中，麻友美被老师和几名员工围住,追问各种问题。问丈夫的职业还情有可原，但是连双亲的职业、家庭大概的年收入、想考哪个小学、能花多少钱在备考上、现在花了多少钱在兴趣爱好的学习上等等，都问了。所有问题都和金钱挂钩，让麻友美觉得她们像是在参加新兴宗教的劝诱说明会一样，所以这家机构也被她画了个叉。

今天是第四家学校，麻友美觉得这是到目前为止所有培训班中最像样、最正规的。露娜注意力集中，过得很愉快，老师也没有那么咄咄逼人。老师在介绍两个试听的孩子时，其他孩子围在她俩四周，天真无邪地说这说那。麻友美觉得很好。

课堂临近结束，到了每个人轮流说说今天最开心的事情的环节。露娜声音虽然小，但还是准确地表达了“制作卡片时很开心”。老师追问：“具体做什么很开心呢？”露娜回答：“剪了很多折纸，贴上去，白纸变得很漂亮，所以很开心。”麻友美将胃痛完全抛诸脑后，心里小声喊着万岁。

接着，麻友美母女与另一对参与试听课程的母女依次与老师进行了面谈。老师名叫滨野，头发只是简单地扎了一下。麻友美与她对面而坐，心中估计这名老师的年龄应该在四十五岁左右。

“您现在已经确定要考哪所小学了吗？”滨野老师用稳重的声音问麻友美。

“没有，我还没有考虑到那一步。”

“那您为什么想要孩子参加小学入学选拔考试呢？”

滨野老师这个问题虽然是笑着问的，麻友美却觉得内心仿佛被看透了，吓了一跳。与幼儿园的孩子家长相处不融洽，所以不想让自家孩子和他们家的孩子去同一间小学。这个理由无论如何也没法在这里说出口。

“其实，嗯，我让我家孩子去上了一个唱歌跳舞的艺术培训学校，目的是陶冶她的情操，不过现在感觉继续不下去了。别人叫她滚开，她即刻就让开了，遇到不明白的事，她就立刻撒手不干，这孩子和其他孩子完全不同，根本没有自己的主见。在幼儿园也不怎么积极参与游戏活动。如果上了公立学校，参与初中和高中选拔考试，我担心这孩子会跟不上。我自己从初中开始就上私立学校，我希望孩子也能在那种自由自在的环境下，慢慢地茁壮成长。”麻友美信口开河说了一大堆，说完后，她感觉这似乎就是自己一直以来的真实想法。

“看来您家孩子情感很丰富，性格也很温柔细腻啊。”滨野老师一边说，一边冲露娜笑了笑。麻友美吓了一跳。露娜畏首畏尾且内向的坏毛病第一次被人翻译成情感丰富、温柔细腻。

“我觉得这是露娜的性格特色。与其抑制她的个性硬让她朝着某个标准发展，不如想办法让孩子把与生俱来的个性发扬光大，这是我们学校最看重的。”

接着，老师简要介绍了学校的守则以及小学入学考试的现状，最后递给了麻友美一本小册子。

走出培训学校所在的大楼，麻友美遇见了刚刚一起听课的那对母女。母亲正在给孩子喝果汁，发现麻友美后，朝她微微一笑。

“您试听几家了？”

“这是第四家了，不过我觉得这家最好。”麻友美回答。

“我家孩子也说在这里很开心。我们可能最后也会选这家。”小姑娘两手紧握着果汁，一下子躲在了母亲身后。麻友美想，这个孩子应该和露娜一样，是个“情感丰富、温柔细腻”的孩子。

“这样她俩可能会被分到同一个班啊。我叫冈野麻友美。露娜，快跟阿姨打招呼。”

“我叫冈野露娜。”露娜小声地说。

“我叫山口绘里香，这孩子叫优奈。太认生了，真不好带。”

“那我们先走了，以后见。优奈小朋友，以后露娜还要请你多多照顾啊。”麻友美微笑着点了点头。露娜朝优奈轻轻挥了挥手，优奈则躲在母亲背后盯着露娜看。

“露娜，今天怎么样？开心吗？”麻友美边开车边问露娜。

“嗯。”露娜小声回答。

“那要去上课吗？像今天一样，可以和朋友们一起画画，玩积木哦。怎么样，露娜，想不想去？”

麻友美嘴上这么说，心里却意识到伊都子训斥她的话已经留在了脑中。虽然她觉得伊都子什么也不懂，但实际上，她确实也有些担心。“孩子和父母是完全不同的独立个体。以后你会被露娜憎恨到难以置信的地步的……”

“嗯。”露娜小声回答。

不说想去，也不说不想去，露娜这样含糊不清的回答每次都让麻友美很窝火。

“不是‘嗯’，妈妈是在问你想去还是不想去。你要是不想去，妈妈不会强行拉着你去的。”

“嗯，想去。”露娜回答。

明明想听到这个答案，但现在搞得好像是她逼着孩子说出来的一样，于是麻友美更加火大了。露娜摆弄着指甲，一直眺望着窗外。

当天，贤太郎下班回家后，麻友美不停地跟他讲述今天试听的幼儿培训班课程有多好。滨野老师说的话、培训班的方针、今天的课堂氛围、上课期间露娜的状态、露娜优秀的发言等等，麻友美从厨房讲到了饭桌上，就连贤太郎去泡澡的途中她也追着说个没完。

“培训班的事我知道了，只是，你确定要让露娜参加考试吗？”贤太郎洗完澡，悄悄看了一眼刚刚睡下的露娜，然后坐在沙发上问麻友美。

“我不是说了吗，比起唱歌跳舞，这孩子更喜欢读书。她不知像谁，喜欢学习。所以，我打算从小学阶段起就让她上私立学校，让她在能够好好读书学习的优良环境下健康成长。”

“那艺术学校那边就不去了？”

麻友美一时不知道该怎么回答。她内心的真实想法是，每周让露娜去两次幼儿培训班，艺术学校那边一周一次也行，但还是不希望放弃。虽然最近连电视和杂志试镜的消息都没有了，但麻友美还是觉得，只要不退学，就还有机会。“你自己想做的事自己做不就好了……”伊都子的话回荡在麻友美的耳畔，但很快就被抹消了。

“我觉得也可以继续去。毕竟那边也还是有可能性的啊。我小时候也不想学钢琴，被我妈逼着学，但长大后我很感谢我妈。小孩子根本不知道自己想做什么，也不知道自己适合做什么。所以，我想两头兼顾着。”

然而，麻友美的心中还是没能完全抹消伊都子的话。她这段话明明是对贤太郎说的，但听着像是在反驳伊都子一样。麻友美瞄了一眼贤太郎，他似乎心有所想，不过麻友美还是继续往下说：“今天我看了下招生册子，幼儿培训班入学费五万日元，每周上两次课的话，一个月的学费三万五千日元。如果两个培训学校都去的话，是不是花销太大了啊？”

“钱不是问题。我就是觉得，这么小的孩子，你给她安排这么多课程，会不会太辛苦了啊。”

“可是，幼儿园的其他孩子都报了两个班，有的小孩英语口语班和游泳班都报了，还有的足球和体操都在练，人家都没事儿。现在，这些都是常识了，不能跟我们小时候比。”

“是这样吗？”贤太郎看着天花板嘟囔道，“如果露娜自己想去，那就让她去吧。”说完，他冲麻友美微微一笑。

当时，连麻友美自己都觉得很不可思议：她的内心竟然有些嫉妒露娜。无论露娜想做什么，家长都能满足，她想要什么，家里也尽可能给她买，露娜的未来充满了无限可能。有一个殷实的家庭做后盾，露娜的未来一片光明。然而，露娜完全不想用好手中的任何一张牌。

不过，这种情绪只存在了一瞬间，下一秒就变成了对嫉妒幼小女儿的自己的淡淡厌恶之情。“我给你倒杯茶吧。”麻友美话音未落，放在厨房吧台上的手机就响了。她拿起手机，屏幕上显示出千鹤的名字。晚上十点多千鹤竟然打电话来，太稀奇了。

“现在方便接电话吗？”电话那头传来的声音好像故意压低了不少，显得很不自然。

“怎么啦，有什么事吗？”

“有时间的话，咱们三人见一面吧。和小伊一起，咱们三人。”

“啊，吃饭吗？时间上我都可以调整……”

“我想尽快，小伊最近不太对劲。”

“上次吃饭的时候，我不是跟你说了吗？小伊很奇怪。”

麻友美一边说着,一边回忆起之前见到伊都子时的样子。当时,伊都子喝得醉醺醺的,又哭又笑,难道现在她还处于那种情绪不稳定的状态吗?虽然千鹤也在,但一想到要跟那种状态下的伊都子吃饭,麻友美的心情一下变得沉重起来。

“不是那个事啦。你在听吗?是小伊她妈妈……”

“我不清楚啊。”

贤太郎拍了拍麻友美的肩膀,做了个“先睡了”的手势,然后走出客厅。接电话的同时,麻友美从冰箱中拿出了一罐啤酒,坐在沙发上。

“小伊她妈妈生病了,而且病得很严重。小伊虽然一直在母亲身边照料,但最近她的状态真的不对劲。前几天她打电话来想让我陪她一起去一个什么通灵师那里,那个通灵师宣称用手掌触碰患者的患处,就可以治愈病症。我还以为她在开玩笑,没想到她是认真的。她给人家办公室打电话,结果被断然拒绝,对方说不为任何个人提供鉴定和祈祷服务。但小伊不死心,她拜托出版社的朋友打听到那个通灵师的日程安排,准备在别人会谈的间隙去他办公室,给通灵师下跪,请他务必救她母亲一命,还让我陪她一起去。”

千鹤一口气说完。麻友美忘记拉开罐装啤酒的拉环了,出神地听着千鹤的叙述。

“她妈妈到底生了什么病啊?”

“癌症。好像恶化得很厉害。”

千鹤说完停顿了一会儿，麻友美也一言未发。窗帘的连接处露出了几厘米的缝隙，从中能看到夜晚的天空。房间内鸦雀无声。

“什么时候……”

“我也是最近才听说。一开始我接到她电话时，她号啕大哭。我很担心，后来给她回了个电话，发现她状态恢复了，还去照顾她妈妈了，我就放心了。结果，她突然打了这么个电话来。还不只通灵师呢,还有什么看发旋就包治百病的宗教，她居然也觉得试试总比什么都不做好。她还听说中国有一种禁止出口到日本的神药,有癌症晚期患者吃了之后痊愈了。总之，就是神神道道的。”

“发旋？”麻友美不禁觉得好笑，但她很快意识到现在不是笑的时候，努力憋住笑意。

“所以，我想我们三人要不见一面，好好听小伊说说到底是怎么回事。或者，我们去医院探望一下她母亲。”

“嗯，可以，但是……”麻友美心不在焉地看了看贴在墙上的日历。

“怎么啦，你不方便？”千鹤有点担心地问。麻友美想了一会儿，说：“不是的，大家一起吃饭完全没问题，我也很担心小伊，但是，但是……你先别瞎想哈，这种事情我也没经验，我只是担心，自己万一说错话怎么办。我很想帮小伊，但要怎么做才能帮她我也不清楚，万一说了些胡话，伤到小伊怎么办？”

两人的通话再次陷入沉默。接着，千鹤用疲惫的声音说：“我也一样。”

“说实话，听到小伊吵着要去找通灵师，我也觉得很害怕，我也没有勇气单独去见她。但是，如果就这么放任下去，她肯定会被奇怪的宗教忽悠的，这也很可怕。所以，我才给你打了电话。”

“嗯。”麻友美点了点头，好像想起来了什么似的，拉开了罐装啤酒的拉环。但她没有即刻喝下去，而是俯瞰着罐顶那小小的洞口出神。千鹤那边也很安静。麻友美猜想，千鹤应该也是在丈夫睡下后，躲在客厅，手机紧贴着耳朵悄悄给自己打的电话。

千鹤弱弱地叹了口气，继续说：“仔细想想，小伊一直都是一个人。一个人面对母亲的病症，没有兄弟姐妹，也没有亲戚，不是吗？她也没在公司上班，所以，没有同事可以帮忙。好像有男朋友，我也不知道，但听她的意思，似乎一直都是她一个人在忙前忙后。”

麻友美听完，想了想“一个人”究竟是什么意思。她尝试着想象自己是伊都子，正一个人肩负着重担。然而，不知为何，麻友美想：不只是伊都子，其实我们每个人都是孤身一人。我和千鹤也在以一己之力和什么东西对抗着，不是吗？虽然到底在和什么东西对抗，很难表达清楚。与此同时，麻友美也觉得自己这个想法太幼稚了。

“小千，我们虽然年岁增长了，但内心依然还跟个孩子一样啊。”麻友美嘀咕道。

“真的，真的是，我也这么觉得。”电话那头传来千鹤认真的声音。

“我什么时候都可以，你确定时间之后告诉我吧。小伊肯定没事的，毕竟，她可是我们三人里面最坚强的人。”

“嗯，谢谢。不好意思啊，这么晚给你打电话。那再联系。”千鹤说完，挂断了电话。麻友美也按下了结束通话的按钮，终于喝了一口端了好久的啤酒，然而，味道苦涩万分，她拿到水槽边直接倒掉了。麻友美抬头看了眼时钟，分针动了一下，刚好是晚上十一点。

麻友美关掉客厅的灯，走到洗漱间刷牙。她悄悄打开露娜的房门看了看，走廊上泻下的灯光刚好映照在露娜熟睡的脸上。身处梦乡的露娜眉头紧皱，表情像个小大人。麻友美稍有犹豫，想睡在露娜旁边，但她还是关上了门，打开了走廊对面卧室的门。贤太郎贴在双人床的一角睡着了。麻友美关门时，尽量不弄出声响，躺上了床。虽然闭上了双眼，但她毫无睡意。于是，麻友美在黑暗中瞪大眼睛，想象着伊都子陪在她母亲身边的样子。接着，她又试着想象伊都子说通灵师、关于发旋的新兴宗教时是什么样，想象自己和千鹤用听起来相当刻意的辞藻安慰伊都子时的样子。麻友美越想大脑越兴奋，更加睡不着，只好翻了个身。黑暗中，贤太郎的身子蜷缩成一团，后背模模糊糊地泛着白光。

麻友美突然陷入一种强烈的感觉中：自己的人生在二十岁前就已经结束了。麻友美有些害怕。以前这种念头也在她脑中出现过几次，她偶尔会想，自己人生中最辉煌灿烂的时期应该早就结束了吧。但这次和以前不一样，这一次，那突如其来的想法更确信、更坚定。即使露娜试镜成功了，考上了知名小学，从前那样的辉煌肯定也不会在麻友美的人生中出现了。麻友美对此感到无比绝望。

晚上就是不能想这些。一到晚上，人就会莫名其妙地焦躁不安。早上起来，这种情绪肯定会消散的。到了早上，她又可以心情愉悦地准备早餐，送贤太郎出门，送露娜去幼儿园。麻友美像是在跟自己对话，她闭上双眼，等候睡意袭来。

麻友美站在公寓楼下的邮箱集中区前，仔细端详着千鹤寄来的明信片。

"哎哟喂，"麻友美嘴里自然冒出了这么个词，接着又嘟囔道，“没什么厉害的嘛。”她被自己这句话吓了一跳。厌恶感瞬间涌上心头。她居然故意说了句“没什么厉害的嘛”，这跟被嫉妒心驱使的半老徐娘有什么区别。

所以，她刻意更换措辞，重说了一遍：“很厉害嘛，小千。”

这次，她又觉得扫兴。

麻友美从邮箱中拿出来的是千鹤寄来的展览会邀请函。背面印着一张以浅蓝色为基调的画。画上是几只相互依偎着停在电线杆上的鸟。明信片下部印着“片山千鹤绘画展”几个字，另外还有日期以及到达展馆的简要地图。背面印着收件人麻友美的名字，下面手写了一段话：“终于走到这一步了。百忙之中，请务必抽空前来参观。”

走出公寓大门后，麻友美再次停下脚步，看了看明信片上的画。画的基调是蓝色，只有鸟是鲜艳的红色。那种红色太过耀眼，看久了会让人感觉不安。麻友美想，这是幅好画吗？但很快她又打消了这个念头。我又不懂艺术这类东西。

公寓管理员路过麻友美身旁，充满朝气地跟麻友美打招呼。麻友美急忙把明信片收进包里，用同样阳光的声音回应管理员，然后走出了公寓大门。

之前麻友美就听说千鹤要办个人展。当时只觉得稀奇，等到邀请函真正送到的时候，她心中却有些烦躁不安。麻友美下意识地在明信片中寻找能让自己心安的元素。她找到了好几个。比如，办展的地方不是知名画廊，也不是美术馆，只不过是千驮谷附近的一间闻所未闻的店铺。另外，印在明信片上的照片也不知所云。意识到自己会因此感到心安，麻友美感觉羞耻极了。她很喜欢千鹤，也把千鹤当作自己最好的朋友之一，但她竟然通过贬低好友来求得心安，这么看来，自己和无聊透顶的女人们没什么两样，完全与既无聊又无能，只知道费心去嫉妒别人的蠢主妇一模一样。

所以，麻友美发动汽车，再次说了一句："厉害极了。"

离开停车场，穿过小路，麻友美驾车行驶在大道上。她突然回想起明信片上印刷的"片山千鹤"几个字。她发觉自己那近似不悦的不安之感并非源自千鹤成功筹办个展的行动力，而是由这个名字引发的。

为什么千鹤决定用结婚前的旧姓办展呢？是决定像作家用笔名创作那样，用旧姓来开展绘画活动吗？

片山千鹤。麻友美一边开车，嘴里一边小声嘟囔着这个名字。比起井出千鹤，片山千鹤这个名字麻友美更熟悉。中学期间，学号都是按英文首字母排序，千鹤和伊都子以及麻友美三人的学号一直挨得很近。她们之所以关系开始好起来，也是因为按学号排座次表时，三人坐得很近。

但是，现在，片山千鹤这个熟悉的名字给了麻友美一种奇怪的压力：井坂麻友美去哪儿了？你只能是冈野麻友美吗？

这样就可以了吗？麻友美在心中问自己。

麻友美明白，这是自己内心扭曲的思考方式造成的。于是，车停在红绿灯前时，她再次嘀咕道："厉害极了。"

似乎光这样还不够，麻友美又大声说："小千，你很棒！让我刮目相看！不愧是前少女乐队成员！"麻友美发觉自己好像太傻了，不禁笑出声来。旁边车道的卡车男司机叼着烟，好奇地俯视着独自发笑的麻友美。

教室里四处贴着孩子们画的画，麻友美坐在折叠椅上，与其他家长围成一圈，安静地听着她们交换意见。透过窗户，能看到在幼儿园院子里游玩的孩子们。麻友美确认露娜正在和一个小女孩玩耍，放下心来。露娜的玩伴比她还小一圈，应该不是同班级的，而是在年纪更小的班级。但麻友美觉得这也没关系。她看了看表，马上要一点半了。这边的活动要是三点半之前结束不了，去培训班就会迟到。

"大家一起制作鲤鱼旗，这个想法我赞成。"

"但是，女孩子怎么办呢？女儿节的时候也没说大家一起做女儿节人偶娃娃啊，男儿节就给男孩子做鲤鱼旗，不会不公平吗？"

"我觉得真下小姐的意见是正确的，必须做到男女平等。"

"那派对的主要环节怎么办？"

麻友美心想，你们跟五岁的小朋友谈男女平等，开玩笑吧？但她绝对不会发表意见。

“要不做粽子吧？鲤鱼旗的歌曲里好像出现过粽子来着。”

“可是，如果做食物的话，卫生条件怎么保证呢？”

“大家先做好，然后拿到学校来蒸，这样如何？”

“啊？自己做？粽子这种东西是可以自己做的吗？”

喂喂，拜托，别安排这么麻烦的事好吗？大家都很忙的。这也是麻友美心中的话，不过她不会宣之于口。麻友美心知肚明，自己根本没有发言权。

黑毛衣事件以后，幼儿园的家长们都刻意避开麻友美。麻友美主动向她们打招呼的话，她们倒是会回应，但也仅此而已。像今天这样的集会，麻友美也是通过幼儿园发给露娜的资料知道的，否则她就只能通过园内板报上张贴的告示来了解。讨论会也并非强制性的，中午有空的家长聚在一起商量一下而已。麻友美也并不是一定要参加，但她还是来了——出于反省和客套，以及谦虚地希望露娜能够平稳度过幼儿园毕业前的这段时间。

母亲们一时间热烈讨论起粽子的制作方法，接着话题又转移到换成让孩子们也能参与食物的制作。有人提议：“三明治如何？”于是，大家又开始讨论三明治的夹心用什么食材。麻友美看了看手表，距离三点还剩十分钟。两点五十五分，大家终于达成共识：儿童节派对上做三明治。麻友美以为会议终于结束了，没想到大家又从头开始讨论各自要准备什么东西。

“啊，那我准备面包。做三明治需要用的面包。”麻友美第一次出声说话。

她本想通过包揽最烦琐的活计来求得大家的好感，没想到香苗的母亲却温和地说：“冈野小姐您这么忙，没必要勉强。”

香苗的母亲说话时虽面带微笑，但麻友美听得出，她其实是在拒绝。麻友美很生气，她明明已经让步了，而且那件事已经过去很久了，为什么还要揪着不放给她脸色看？

“啊，这样啊。”麻友美站了起来。她知道自己有急性子的坏毛病，但嘴巴就是自作主张地动了起来，“那好，对不起各位，我得先走了。我必须带露娜去培训班了。”为什么她总是这样啊？做完之后立马后悔，但此时她已经走到了门口。走出教室后，麻友美无法忍受自己内心的后悔情绪，于是回过头冲大家笑了笑。“有什么我能帮忙的，随时说。只要你们联系我，我一定尽全力做。”麻友美深深鞠了一躬。这已经是麻友美能做出的最大让步了。但看到母亲们互翻白眼的样子，麻友美知道她们并没有领会自己的苦心。

“反正再忍一年就好了。”

麻友美嘟囔着。她穿上鞋子，到院子里去找露娜。

四月末，麻友美在书店发现了伊都子的书。那天去超市买完东西，贤太郎说想顺便去找与几本电脑相关的书，便开着车去了趟大型书店。贤太郎选书时，麻友美牵着露娜的手去挑图画书，露娜一屁股坐下，挑了本书聚精会神地读了起来，于是麻友美百无聊赖地逛了逛女性杂志专区。女性杂志旁边是明星图书专区，麻友美只扫一眼，草部伊都子的名字就强势地飞进了她的眼中。

伊都子说过她要出摄影集，但这书和她说的摄影集似乎有些不同。这是一本明星的诗集，封面上明星的名字标注在显眼的位置，腰封上也用大字写着“首部诗集！新鲜又清冽的连珠妙语治愈你”。明星名字的下方印着“照片　草部伊都子”，伊都子的名字要比明星的小很多。

麻友美哗啦啦地翻阅着诗集，她感觉诗写得实在太幼稚了，没什么了不起的。突然她歪了歪头，意识到自己最近好像有过类似的想法。对，是千鹤的个展邀请函。麻友美的心情瞬间跌到谷底。为什么我最近老有这样低劣的想法？伊都子可不是没什么了不起的，她很厉害。她的名字和明星的放在一起，这已经足够厉害了，而且照片还都是她自己的作品。井坂麻友美能做到吗？

“喂，麻友美小姐。”

发觉有人叫自己，麻友美吓了一跳，回头一看，贤太郎和露娜站在身后。

“现在社会那么乱，怎么能让这小姑娘离开你的视线呢？这么可爱的小家伙，我可要把她偷偷带回家了哟。”贤太郎满脸堆笑，“你这本书也一起买了吧？”贤太郎看了看麻友美手里的书，努了努嘴。

麻友美的目光缓缓地落在书上，到底要不要买呢？她犹豫不已，仿佛这件事关乎生死。

“不用不用。我就是站这里随手翻翻而已。”

麻友美笑了笑，将书放回了原位。

麻友美牵着露娜，望着在收银台结账的贤太郎，心中又浮现出对自己的厌恶感。换作从前的自己，麻友美一定会指着伊都子的名字说：“这是我朋友。你知道的，她也是‘Dizzy乐队’的成员之一。厉害吧，这些都是她拍的照片。”为什么这些话现在她说不出口了呢？

回到车里后，麻友美嘟囔了一句：“小伊啊……”

“小伊是谁来着？是你朋友对吧？组乐队时候的。”贤太郎边开车边回应着麻友美。

“对，就是伊都子。”麻友美抚摸着坐在身旁的露娜，听到车内回荡着自己的声音。“小伊她妈妈，就是那个著名翻译家，得了癌症，非常痛苦。”

“啊？是吗？严重吗？”贤太郎和伊都子的母亲只在婚礼上见过一面而已，他却能打心眼里对她表示担忧。麻友美觉得，这正是自己最喜欢贤太郎的地方。很快她又纠正了自己的想法：这正是自己最需要贤太郎的地方。

“嗯，好像挺严重。所以，过几天我准备和小千一起去医院看望一下。”

“嗯，这种事情越早越好。你那个叫小伊的朋友肯定也很辛苦。要是有什么我们能帮忙的就好了，不过，这种事情很难的。”

“妈妈，今天的饭可以做成粉色的吗？”露娜抬起头问。

“好呀。妈妈买了樱花鱼松，可以给露娜做粉色的饭。”

“爸爸，你也让妈妈给你做粉色的饭吧。”

“爸爸就不用了。爸爸是男孩子。”贤太郎开着车，声音悠然自得。

透过后座的车窗，麻友美看了看天空。天空中，淡紫色和蓝色层次分明，白云如丝带般流过。麻友美心中微微一动：“真美啊。”想着想着，突然有点想哭。麻友美没哭出来，而是抱紧露娜，将鼻子紧贴在她的头发上。发间有股牛奶和尘土混合的味道。

“露娜，刚才那本书，睡前妈妈讲给你听好不好？”

“做完试卷之后吗？”露娜小心翼翼地问道。

“对，露娜今天也要好好学习哦。”

“周日就让孩子休息一下吧。试卷不就是那个练习册吗？”

贤太郎刚说完，麻友美就想反驳说，休息一天就会落下一大截，但她还是忍住没开口。她抱紧露娜，看着景色从身边掠过。麻友美再次强烈地感觉到，自己一直是孤身一人。

麻友美和千鹤约好五月的第一个周六去看望伊都子的母亲。千鹤似乎一直忙于准备个展，她说这一天应该有空，碰巧贤太郎这天也不用工作，所以，麻友美把露娜交给他便出门了。慰问品选什么的问题她想了好久，最终还是稳妥地选择了买花。她让花店老板挑了一束有春天气息且色彩明快的花束。

两人在医院门口会合，一起去前台做访客登记。

“小千你也买了花啊，咱俩买重了。”

“不过，花再多也没关系吧，能让屋子里更鲜艳些。我记得小伊母亲好像喜欢绘画，所以我本来想买画册的，又觉得画册太重了。”

“慰问品买什么还真是不好决定。买吃的我们也不知道哪些东西病人能吃，哪些东西不能吃。”

两人一路低声聊着天，坐上了电梯，到达被提前告知的楼层后，往病房走去。四周充满着或甜或苦的味道，麻友美条件反射般地感觉自己意志消沉，因为每次带露娜来打预防针和做体检，露娜必定会哭闹。

找到写有草部芙巳子名字的病房后，她们敲了敲门。伊都子从门缝里探出头来，一脸不悦。

“谢谢你们过来。”说完，伊都子打开了门。

门开了，病房内的光景着实吓了麻友美一跳。麻友美看见千鹤也在犹豫要不要进入，就知道千鹤也很震惊。病房内被装饰得像是某种恶趣味的产物。医院本有的白墙和毫无活力感的家具被布巾和绘画覆盖，床上的床单被套也都换成了色彩鲜艳的床品。芙巳子躺在床上，转动眼睛看向千鹤和麻友美。她的右手打着点滴，鼻子上插着管。芙巳子现在的样子比麻友美记忆中要老得多瘦得多，麻友美提前准备好的安慰的话已经说不出口。不过，芙巳子已滔滔不绝地说了起来。

“你是小千，你是麻友美。你们一点都没变啊。谢谢你们来看我。我在这里快无聊死了。怎么样，你们都还好吗？我记得麻友美已经做妈妈了，对吧。小千还在画画吗？伊都子，不是有费南雪蛋糕吗,拿出来给大家吃吧。我手术的日子定了。只要做完手术就没事了。所以，你们不用担心。伊都子的性格就是这样，爱担心，沉不住气，老爱说这说那的。”

“啊，不用招待，没事的。”千鹤有些害怕，小声地说。

伊都子准备好红茶和点心时，芙巳子已经筋疲力尽动弹不得，迷迷糊糊地打盹了。

“她说太多话，累着了。每次都这样，爱逞强，装得跟个没事人一样强撑着精神，结果自己昏睡过去。”伊都子有些生气地说。

从开门的那一瞬间开始，不对，应该是从麻友美联系伊都子说要去看望她母亲开始，伊都子就一直不太开心。麻友美有些担心，毕竟伊都子很少像这样毫不掩饰心中的不悦。不过，麻友美并未表现出来，而是吃了点伊都子准备好的西式点心，喝了口红茶。三人这么面对面地喝茶，仿佛已经忘记此刻身在病房之中了。

“没用。我去见了那个通灵师。他说不为任何个人提供祈祷服务。我在电视台门前给他下跪了。那家伙肯定是假的，绝对没有治病的能力。”伊都子低着头，声音微弱。她的右手手腕上戴了一串紫色的佛珠。

麻友美虽然很想知道发旋宗教的结果如何，但在这样的气氛下也问不出口。于是，麻友美低头喝了口茶，偷偷看了眼旁边，千鹤正在面无表情地在摆弄着包装未拆的西式点心。

“啊，对了，我在书店看到小伊你的书了。已经出版了呀，好厉害啊。”为了打破这凝重的氛围，麻友美用欢快的声音开启了刚想到的新话题。千鹤也终于抬起了头。

“啊？真的吗？小伊好厉害啊，恭喜你。我完全不知道，你应该早告诉我们的。一会儿回家路上我就去买。是哪家出版社啊？”

“好厉害的，封面上草部伊都子的名字印得清清楚楚，照片也很漂亮。”虽然越说越觉得无地自容，但麻友美还是说了出来。

伊都子却不知所云地看着麻友美。麻友美感觉，伊都子虽然在看着她，但眼神似乎已经穿透她的身体落到她身后的墙壁上了，麻友美感到有些恐怖。周围一片寂静，咕嘟咕嘟的微弱声响不断传来。那是套在芙巳子嘴上的氧气罩和呼吸机发出来的声音。芙巳子嘴巴半张地睡着，麻友美也不由自主地张开了口：“小伊的妈妈一直是我的偶像。帅气干练，口才极佳，经常和我们一起又笑又闹。我生露娜的时候，就希望自己成为那样的母亲。不是像自己母亲那样，而是像小伊的母亲那样。”

听着自己嘴里说出来的话，麻友美眼含泪光，慌忙中她赶紧闭上了嘴。千鹤一言不发，而伊都子只是漠然地看向麻友美而已。

没过三十分钟，她们就离开了病房。伊都子一直面无悦色，把她们送到了医院外。挥手告别后，麻友美和千鹤一起往车站走去。

麻友美看着自己脚边摇晃的影子，忍了许久的泪水好像终于获得了许可，从右脸滴落下来。

“哎呀，不好意思。”麻友美慌张地说着，单手擦拭着自己的右脸，左眼也有泪珠滑落。“烦人，小伊那么努力，我却像个傻子一样。”

“小伊从前就很坚强。从初中开始就一直是那样的。”千鹤走在旁边，小声地说。

麻友美现在才意识到，伊都子之所以一脸不悦，并非在发脾气，也不是出于绝望，而是想通过这么做来保持自洽。麻友美觉得，自己贬低千鹤寄来的展览邀请函和伊都子参与制作的诗集的行为，是多么不堪啊。

仿佛泪腺即将崩溃一般，麻友美的泪水源源不断。她一边用手背使劲擦拭着脸颊，一边说 :“小千，我很期待你的个人作品展。”

麻友美深深地记得，生下露娜后得知自己生了个女儿时，她就想到伊都子的母亲了。那个坚韧、干练、充满自信、走路带风的女人。对，她当时就想成为那样的女人。

第七章

泰彦无所事事地坐在沙发上。千鹤透过厨房吧台望了望，感觉时间和空间似乎歪斜纠缠在了一起。虽有些不安之感涌上心头，但这样扭曲的感觉同时也让她心情愉悦。

“我还是不喝茶了。”千鹤正往茶壶里加热水，泰彦突然站起来说。

“啊？我刚泡上。”

“哎呀，我坐在这儿心静不下来。”泰彦杵在原地，一脸困窘。

千鹤情不自禁笑了起来：“我们又没有做什么奇怪的事。只是让你来帮我看看画而已。怎么样，说说感想嘛。”

泰彦听千鹤说完，重新坐回到沙发上，但很快他又站了起来。他从口袋里掏出香烟盒，抽出一根叼在嘴上，也不点火，只是眼神飘忽地四处张望：“没有烟灰缸吗？”

“没有。用这个装吧。”千鹤从橱柜里拿出一个很少使用的小碟，递给吧台对面的泰彦，但泰彦没有接。他把嘴里叼着的烟放回烟盒里，自顾自地嘟囔着："没有就算了。也不是非抽不可。"

托盘上放着茶杯和茶壶，千鹤端着茶具来到客厅，摆到茶几上。泰彦仍旧没有要坐下的意思。

"我还是静不下心来。我们去别的地方吧。"泰彦像个不懂事的孩子，反复说着。

"我丈夫过了半夜十二点才会回来，就算他提前回来了，你也是堂堂正正的客人，没关系的。"千鹤说完，往杯子里倒上了红茶。

"不是因为这个，"泰彦杵在屋子的正中央，嘟囔着，"不是因为这个，我在这个房间里心慌得厉害。"

千鹤拿着茶壶，抬头看向泰彦。她暗自想着：我现在的表情是什么样的呢？她本想一笑了之，但做不到。她被泰彦那句"静不下心来"给打垮了。千鹤终于把眼神从泰彦身上挪开，强装镇定地看看窗户，看看墙上挂着的石版画，越过吧台看向厨房，最后眼神重新回到了泰彦身上。

"那我们去外面吧。"千鹤将一直握在手中的茶壶放在桌上，然后站了起来。

"不是，我是觉得屋子里太干净了，我一直想着千万不要弄脏，千万不要弄脏，但总觉得还是会疏忽大意。万一碰碎了杯子或者打翻了红茶，再或者烟灰把哪儿烧个洞，该怎么办。我说的静不下心来是这个意思。”泰彦慌慌张张地说。

“我去拿包，你去玄关等我吧。”

见千鹤冲自己微笑，泰彦瞬间松了口气，脚步轻快地走出了客厅。千鹤走回自己房间，拿上装有钱夹和手机的手提包。穿过客厅时，她瞥见茶几上那个倒满红茶的杯子上方，水蒸气正悠然地升腾着。她对站在玄关处的泰彦说了声“久等了”。

晴空万里，天高云淡。枝叶繁茂的绿树正堂堂正正地沐浴着阳光。无论是天空还是树木的颜色，都比千鹤在公寓里看到的更浓郁。泰彦一言不发地快步走着，千鹤也不管他到底要去往某个地方，还是漫无目的地瞎逛，只配合着他的步调，走在他的身旁。住宅区的街道上空空荡荡，似乎整个街区的人都被带去了别处。

“这附近没什么大公园。我搬家的时候，怎么就没想着找个有公园的地方呢。”千鹤边走边说。

千鹤的声音一出来，就被干燥的阳光晒得咻咻冒热气，好似要蒸发掉一样。千鹤想：确实啊，在这地方说话，比在那屋子里方便多了。在这个没有屋顶也没有墙壁的路上，连呼吸都变得更容易。千鹤这才发现，原来自己在那屋子里时，内心也无法平静。她只能把自己关在房间里专心画画，这样才算是好不容易有了栖身之所。

“其实，我以前组过三人乐队。”千鹤抬头望着天空，嘟囔了一句。她暗自惊讶自己竟然会将这件事说出来。这本是千鹤一直想隐藏的过去，她一直无法理解为什么麻友美会动不动把这件事拿出来讲。“二十年前的事了。说是乐队，其实就跟三线偶像一样。乐器我也不太会，作曲也都交给陌生的大人做。”

“哎哟。”身旁的泰彦提高了语尾的声调。

“我们还登上过武道馆的舞台呢，虽然不是个人演唱会。”千鹤流露出笑容，“高中时还因此受到了退学处分，即便这样，我们也还是一直很热血。当时，我们只不过是被大人们套进了做好的模型中，对于发生在自己身上的事情，一直没有真切的感受，整个人都轻飘飘的。但这种感觉或许也叫充实吧。我并不是刻意美化这段经历，也没有多怀念，只是觉得自己已经很久没体会过那种感觉了。”

“二十年前啊，当时我在干什么呢？”泰彦的声音很模糊。

千鹤低头一看，两人的影子正在自己的脚边纠缠在一起。千鹤盯着影子，继续说：“乐队解散后，我感觉那段经历就像从来没有过一样。我发现自己根本没什么一技之长。但是，我觉得这才是我本来的样子，就是我应有的样子。后来结了婚，我丈夫完全不知道我过去是做什么的。现在，我感觉我终于回到了符合自己身份的日子中。有生活，画自己喜欢的画，偶尔接点工作，但有时候还是会对这样合乎身份的日子感到不满。我一直觉得，这都是那段特殊经历的错。如果我像正常人一样过完高中生活，现在应该就能过上满足的生活吧。”

千鹤刚开口时，也不知道自己想说什么，但这么东一句西一句地说下来，她慢慢明白了，原来自己心里是这么想的。

“我一直想，要是我没有那样的过去就好了。”

千鹤看了看走在身旁的泰彦。泰彦眼眯成一条缝，看着住宅区的前方。刚才在客厅瞥见的客用茶杯浮现在千鹤眼前，一个茶杯是空的，另一个茶杯内，琥珀色的液体正冒着热气。

不是这样的。我要责备的不是自己的过去，而是现在。千鹤深深理解了自己想说的是什么。对于不做任何选择也不抓住任何机会，只一味地过平淡日子的自己而言，不回家的丈夫、安静的客厅、冷淡的对话、冰箱中冰凉的红酒，所有这些都是理所当然的，都是合乎身份的，甚至还有些多余和浪费。一直以来，我都是这么告诉自己的。但事实并非如此，每一天我都在用全身心拒绝。不是脑子也不是内心，而是身体的某一部分一直在告诉自己，不应该是这样，不应该是这样，不应该是这样。千鹤和泰彦一起并行穿过平平无奇的住宅区一角，内心这么想着。

“中村先生。”突然，她停了下来，叫住了泰彦。先走了几步的泰彦也停下脚步，回过头来。“我好像喜欢你。”

泰彦站在几步开外的地方，完全愣住了。千鹤以为他没听见，于是再次大声地说："我……"泰彦看她这架势，赶紧跑了过来，千鹤刚说完"喜"，嘴巴就被泰彦捂住了。

"这种话，说这么大声，还在大庭广众之下。"泰彦张皇失措，面红耳赤。"听见了，我听见了。"泰彦继续快步朝前走，他的身后，恬淡的影子轻盈地飘浮着。千鹤莞尔一笑，好似即将溺毙的人突然从水中被搬到陆地上一样，呼吸瞬间变得舒畅了。她小跑着追上泰彦，泰彦没看千鹤，只是小声嘀咕道："你的画，比以前好多了。更有力量了。"

小巷里，几个骑着自行车的孩子大声地交谈着与他们俩擦肩而过，孩子们远去的笑声，像沐浴阳光的树木一样时隐时现，清亮悦耳。

想见新藤穗乃香很容易。寿士一如既往，完全不设防，只要千鹤想查，新藤穗乃香的电话号码、邮箱地址，甚至住址，都能查到。两个人约饭的时间、见面地点也很容易知道。

寿士的手账上虽然只写了"明　八点"几个字，但千鹤一下子就明白了这是什么意思——这不是指寿士要去哪儿吃饭，而应该是指寿士要去新藤在明大前站附近的家。两人不能一起离开公司，所以新藤穗乃香要么先回家，要么走别的路回去，然后在车站出口会合。七点一过，千鹤到达明大前站，找了间车站大楼内的咖啡店坐下，边喝咖啡边透过玻璃窗观察对面的情况。

千鹤明白自己在做什么。自从发现寿士出轨后，千鹤就决定绝对不做丢人的事，比如，去见寿士的出轨对象，或者给她打骚扰电话，等等。说实话，千鹤对他们的感情也没有那么大的兴趣，不过，有几次，她确实有些好奇新藤穗乃香究竟是一个怎样的女人。千鹤知道，要见到她其实很容易，但之所以没这么做，只是因为她自己心里觉得，特意去看新藤穗乃香长什么样很丢人。

所以，现在千鹤明白，自己正在做丢人的事。

千鹤八点十分离开了咖啡店。出站口附近的年轻人摩肩接踵，她站在一角，看见自己看惯了的丈夫面带笑容，和一个陌生女人一起穿过出站口。在此之前，千鹤环视了好几圈周边等人的女人，都没发觉新藤穗乃香是在什么时候站在那里的。这个女人的存在感就是这么弱。新藤应该已经回去换过衣服了，她下身穿着牛仔裤，明明是五月，上身却穿着土里土气的灰色运动衫。头发扎成一束。她的长相也很土，黑皮肤的脸蛋、单眼皮、没什么特色的嘴唇。看着寿士和她穿过人潮，千鹤迈开脚步，自然而然地追了上去。

三天前，千鹤接到了伊都子打来的电话。伊都子说昨天芙巳子接受了手术。伊都子说："不是摘除肿瘤的手术，只是做个手术，让我们暂时安心。”要么维持现状，什么也无法进食，继续打点滴;要么切除一部分胃，用导管将胃肠连接起来，这样可以少量进食。但是，不管怎样，癌细胞仍然会留在体内，手术对剩余寿命的长度几乎没有影响。也就是说，她们只能在什么也不吃然后死去与吃一点再死之间二选一。电话里，伊都子讲这些事时，已不像之前打电话时那么惊慌失措，也不像在医院见面时那样句句带刺。虽然用词可能不太准确，但千鹤觉得伊都子似乎已经平静了很多。不知道她是死心了还是顿悟了，总之，从伊都子的声音判断，她很冷静沉稳。

一想到伊都子独自面对这样二选一的抉择，千鹤就无地自容。她问:“手术还顺利吗?”“顺利。剖腹手术会极度消耗体力，所以还是有风险的，不过手术后一直插在她鼻子里那个管子，就是吸胃液用的那个管子取下来了，她应该会舒服很多。不过，麻醉药效过了，她醒来之后意识还是很模糊，没法说话。”伊都子说话节奏平稳，波澜不惊。

“对不起，我什么忙也没帮上。”千鹤轻轻地说。寿士还没回来，屋内一片寂静。“我什么忙也没帮上，真的很抱歉。”这不是客套话，而是千鹤发自内心的感受。千鹤难以想象伊都子是怎样独自度过那些艰难的日子的，又是如何独自在走投无路的境地中做出选择，如何独自照看自己昏睡的母亲。

“别这么说，怎么会没帮上忙，你和麻友美不是一直都陪在我身边，一直在给我力量吗？”

明明应该是千鹤和麻友美给伊都子加油打气、给予慰藉，现在好像变得伊都子要反过来安慰千鹤、让她振作起来了。

挂断电话后，千鹤哭了。她也不知道自己为何哭，但她坐在沙发上，将头埋在膝盖里，痛哭不止。她狠狠地擤了一把鼻涕，洗干净脸，然后做出决定：她要去看看新藤穗乃香长什么样。不知为什么，此时千鹤内心相当坚定。

现在，新藤穗乃香和寿士背对车站，紧紧依偎着走在霓虹璀璨的街道上。霓虹灯越来越少，夜也越来越深。两个人走进了便利店，千鹤走过便利店门口，用眼睛余光瞟向店内，然后她赶紧蹿进旁边教会的院内，假装在反复阅读贴在告示板上的《圣经》语录。

新藤穗乃香和寿士提着便利店的购物袋从店里出来，继续往前走。罐装啤酒贴到了塑料袋上。他俩偶尔相视一笑，依偎前行，一切都那么自然，这让千鹤觉得，反倒是跟在几米开外的自己更像是寿士的出轨对象。

两人穿过好几条狭窄的小巷，头也不回地走进了一栋三层高的公寓。两人的身影消失后，千鹤鬼鬼祟祟地穿过公寓大门，站在邮箱区前。201房间的标识之下，有一块小纸板，上面写着“新藤”两个字。千鹤走出公寓，站在大门外仰望整栋建筑。她看见二楼角落里亮着橙色灯光的房间。但屋内的人好像感觉到了什么一样，哗的一下拉上了窗帘，只勉强留下一些橙色的灯光从玻璃窗的轮廓处透出来。突然公寓的楼梯处出现一个人影，千鹤慌忙背过身面向墙壁。低下头，身子紧贴着墙壁，公寓中走出来的年轻女性不停地看向千鹤，最终离开了。

现在，千鹤觉得自己凄惨至极。她意识到，不管她是开了个人作品展，还是画出了优秀的作品，抑或是如愿以偿，从事了什么令丈夫惊叹的工作，都无法掩饰自己目前的惨状。千鹤也开始明白，这份凄凉的心情正是她一直想要品尝的。

千驮谷的咖啡店兼画廊“N”内，现在只有千鹤和泰彦。千鹤的画作已被装裱好，挂在了墙上，此时泰彦正在调整画作的位置，千鹤则坐在前台看着他。后天，个展就揭幕了。千鹤本想只邀请几个有工作联系的人来，没必要办开幕仪式，但泰彦坚持要办，所以她还是多联系了几个人。泰彦说，这么做对未来的工作有好处，所以他也邀请了几个自己的朋友。不过，他也可能是在苦心经营，毕竟店里如果多来些客人消费酒水，利润也会相应提升。

自打千鹤像高中生一样，在泰彦本人面前表明心意后，她就发现泰彦总有意无意地回避自己。虽然两人为了个展的事情也会见面商量，但泰彦不再主动邀请她去喝酒了。如果千鹤主动提出去喝酒，泰彦也会赴约，但不会像从前那样邀千鹤去宾馆了。千鹤也曾借着醉意向泰彦提议去开房，这时泰彦就会用“你好像醉了”“我好像有点感冒”等幼稚的借口匆匆离席。

就在刚才，泰彦死皮赖脸地让来打零工帮忙搬运的男孩留在店里，千鹤暗自猜想，泰彦应该是害怕和她独处。下午六点多，男孩说自己晚上有事就离开了，之后泰彦便一言不发。

然而，泰彦这样的态度并没有让千鹤产生幻想破灭的感觉。别说幻想破灭了，千鹤反而觉得泰彦这个人更有魅力了。对此，千鹤自己也很吃惊。

不仅如此。任性、斤斤计较、胆小、耍小聪明，随着两个人相处时间越来越长，泰彦的优点下隐藏着的性格缺陷也慢慢暴露了出来。但是，这些缺陷没有妨碍千鹤对他的喜爱。千鹤反而觉得他更有人情味了。泰彦毫不修饰自己爱算计、任性、推卸责任的性格，相比之下，寿士和千鹤的关系显得华而不实，只有表面的干净整洁。泰彦比寿士，不是，应该是比寿士和千鹤的关系更健康，也更有人情味。一直以来，正是因为千鹤竭力避免沾染这所谓的人情味，才酿成了她现在的生活，现在，她却觉得这样很有魅力。千鹤觉得很不可思议。

泰彦一直抬头望着墙上的画。千鹤突然说了句“那个什么”，泰彦明显吓了一跳。千鹤笑了：“那个什么，中村先生，我可以要一点喝的吗？”

“请，请，你想喝什么都行。不好意思啊，我一直没注意到。我给你做点什么呢？”泰彦慌张地说。

“那，请给我威士忌，加冰块。”

“啊，好的好的，加冰威士忌。”泰彦动作生硬地走进前台内侧，拿出小玻璃杯加入冰块，倒入威士忌。然后，他把杯子放在千鹤面前，又迅速给自己也做了一份，像喝果汁一样一饮而尽。

“你不用担心。”千鹤手肘杵在前台上，托着腮微笑着说。

“哈，什么？”

“我说，我不会做任何让你害怕的事情的，你大可放心。我虽然很喜欢你，但是完全、丝毫、一丁点儿也没有想过要做这做那，也不会要求你做这做那。”

泰彦像个被训斥的孩子一样，眼睛缓缓地看向千鹤。千鹤感觉自己像个母亲，必须要守护好眼前这个人。面对寿士时，这种感觉从来没有出现过。在和寿士生活的那个家里，她一直是渴望被保护的那一方，虽然她深知寿士不可能在自己面前扮演母亲的角色。

“不是的，我也没那么想。”

“怎么说呢，就跟小学时喜欢一个人的感觉一样。真是没想到成年之后还能有这种体验。感觉我被你拯救了。”

千鹤微微晃了晃酒杯，一口喝干了杯中的威士忌。从喉咙深处一直到胃里，瞬间都热了起来。个展结束后，如果再也没有机会和泰彦见面，应该也没关系。一定没关系的。千鹤在心里反复告诉自己。

在这家店里和在路上很像，和那个晴天两人步行的路上很像。那天，千鹤走出了令人窒息的家，呼吸一下子变得畅快，也说了本没必要说出口的话。千鹤这么想着，抬头仰望画廊的墙壁。墙上一副巨大的陌生面孔用坚定无比的眼神盯着千鹤。

伊都子从红色的碗中舀出一勺黏稠的粥，送到芙巳子的嘴边。芙巳子微微张开嘴唇，慢慢将粥吸了进去，再缓缓动了动嘴，上下抽动着喉咙。接着，她说了句："真难吃。"

"有咸梅干，要加吗？加了可能会好一点点。"伊都子说。

"不要。就这样吧,不吃了。"芙巳子的声音微弱,转过脸去。

"还是再吃一点吧，好不容易可以进食了。"

伊都子像是哄小孩子一样，再次舀了一小勺送到芙巳子嘴边。芙巳子刚刚还说自己不吃了，现在则看向窗外，机械地张开口，乖乖地把粥吸进嘴里。果然像个小孩子。

"小阳送我的那条围巾，配色真俗气。"芙巳子突然用纤细的声音说。粥从她的嘴边溢出,伊都子用湿纸巾帮她擦拭掉。

“我把它收进抽屉里了，你可以将它送给斜对面房间的那个主妇。她趁我睡着的时候，悄悄潜进我房间，拉开抽屉看个不停。我不要了，你可以给她。”

自手术前一天起，芙巳子就没洗过头发。现在她的头发又油又黏。她未化妆的面庞憔悴不堪，眼睛下方已经出现凹陷。

“他们说夏天住的那套房子被卖了，不是真的吧？刚才在你来之前，有个系蝴蝶结的男人专门来转告我。他说的是假的吧？我完全不认识他。”芙巳子不再喝粥，用沙哑的嗓音说完后，闭上了眼睛。

伊都子忍住想大声叫喊出来的欲望，慌忙将塑料碗放下，调平了活动伸缩床的靠背。

“是假的。没事的，妈妈你不要在意。”伊都子给芙巳子盖上薄被，说，“我给你拿点凉的东西来。”然后就张皇失措地走出了病房。

手术后的第二天，芙巳子开始变得不正常。术后首日，麻药的作用消散后，她醒了过来，整个人还很清爽。当时她笑着说：“插在鼻子里的管子没了，整个人轻松不少。”第二天午后，伊都子去病房后，芙巳子表情非常严肃地对她说：“不好意思，今天的拍摄妈妈不能跟你去了。”接着，她又指着伊都子身后说：“能不能告诉那里的那个人，让他今天先离开这里。妈妈身体状况不好。”伊都子转身一看，背后什么人也没有。

伊都子彻底被搞糊涂了，直到当天下午，她才发觉，母亲的意识应该飘去了一个奇怪的地方。

第二天一大早，伊都子接到了医院打来的电话。院方说芙巳子正在医院大吵大闹。伊都子赶到医院时，芙巳子已经被灌下了镇静剂，正在酣睡。一名年轻护士有些不悦地说："你妈妈说女儿今天要接受采访，要上电视，所以她必须去趟百货店，挑件新衣服。然后，她就拔了输液管，准备出门。我们想阻止她，结果被她用力推开了。"

"她哭闹得很凶吗？"伊都子问。

年长的护士走过来说："她有时候说话不合逻辑。不过，这个症状应该只会持续几天，你也别太担心了。她很久没进食了，非常坚强，但可能也因此积累了不少压力。你最近还是尽可能多在她身边陪陪她吧。"护士略带同情地微笑着。

那天，芙巳子说的话伊都子依然无法理解。"院子里的松树上有小鸟筑巢，必须保护起来，不能让调皮的孩子们把鸟窝给掏了。""对面屋子的人来找我，说要给你相亲，真是过分啊。他把我们当什么人了？"虽然伊都子觉得母亲这些含义不明的话让她不寒而栗，但她尽可能把它们当作耳边风，听过就忘。

当天伊都子回家后，查了好几本医书，了解到母亲似乎患上了术后谵妄。幼儿或老年人在手术后会暂时陷入谵妄状态。症状表现为：呼唤根本不存在的人的名字，出现幻觉，或者有强烈的被害妄想的倾向。好几本书上都说，遇到这种情况，尽量不要否定患者说的话，最好能顺着他/她的话说。伊都子盯着书上的“暂时”两个字，直到它们快要变形，失去其本来的含义，她想以此来求得内心的安稳。

手术结束后，十天过去了。然而，芙巳子还是没有回到正常状态。她刚刚提到的“小阳”还有“斜对门的主妇”，伊都子都不知道是谁。自然，抽屉里也没有什么围巾。芙巳子就这样说着并不存在的人和物，像讲述当下发生的事情一样谈论着二十年前发生的事。但是，她偶尔又会用肯定的语气就现状发发牢骚，例如，“到底什么时候才能让我出院啊”。在芙巳子的意识中，时间和空间好像在自由流动一样。虽然是自由流动，但有一件事情她回避了：在芙巳子的意识中，患癌这件事她完全没有接纳和认可。

伊都子害怕去医院，母亲当下的意识只是勉强挂靠在“现在”之上，和这样的母亲对话，伊都子甚至吓得两腿发软。外面的气温在不断上升，但母亲做完手术后身体一直冰凉。即便这样，上午伊都子还是离开公寓去医院了。从前络绎不绝的访客突然都不见了。手术后，珠美来过一次，她看到说着胡话的芙巳子，一时语塞，坐了十分钟不到就离开了。自那以后，伊都子就再也没见珠美来过。

伊都子从这层大厅的自动售货机那买了一瓶带杯子的凉茶，将茶倒入带吸管的杯子中。大厅里能听到电视的声音，几名住院的患者呆坐在电视机前。角落里的沙发上，几名访客围在病患的周围，发出明快的笑声。伊都子像是穿了铁皮靴一样，沉重地挪动步子，朝着病房方向走去。她双手握着茶杯，缓步前行。

伊都子回到病房时，芙巳子双眼紧闭。伊都子坐在折叠椅上后，芙巳子的眼睛微微睁开，好像说了句什么话。

“什么？”伊都子把耳朵凑到母亲嘴边。

“今年去不了海边了吧？”母亲像个小孩子一样用沙哑的声音呢喃。

“想去海边吗？”

“嗯，想去。想去是想去，但去不了吧。”

芙巳子低吟般说完后，闭上了眼睛。闭着眼，她又用微弱的声音继续说：“买点蜗牛面包和牛奶咖啡。海边有大叔在钓鱼，对吧？海面闪闪发光，红色的屋顶……”

“要喝茶吗？”

面对伊都子的问题，芙巳子默不作声。她似乎保持着嘴唇微张的状态睡着了。芙巳子的呼吸日渐恶臭，伊都子觉得应该是她的内脏正在腐烂。伊都子俯瞰着睡着的芙巳子。母亲瘦削的面庞和已经死去的人没什么两样。伊都子一下子慌了神，她从椅子上站起来，透过鲜艳窗帘的缝隙看了看窗外。行道树上的绿叶多到让人烦闷，它们正接受着阳光的洗礼，闪闪发光。似乎本该存在于这间屋子的生气，全都被窗外的那抹绿色给夺走了。树木不过是在那里安静地生长着，但此时此刻，伊都子痛恨它们。她猛地拉上窗帘，屋内乍然暗了下来，伊都子一惊，赶忙又把窗帘拉开。她完全不知道自己想要做什么，只是呆呆地蹲在原地。蹲下后，伊都子疯狂地暗示自己："不能哭！"

让伊都子吃惊的是，在她眼中，恭市已经不是从前的恭市了。如今出现在她面前的恭市，几乎是个陌生人。

恭市问："你瘦了？"在电话里，恭市责怪伊都子在诗集出版前突然撂挑子，又不满于她没有在摄影展上露脸，同时对她未出席艺人经纪公司举办的庆功宴感到震惊。然而，现在，恭市在战战兢兢地讨好着伊都子。伊都子将目光从恭市身上移开，翻开菜单。从前那一个个带有含义的单词，现在看起来就像某些记号一样：意式短角牛生肉片、拉古酱拌海鲜、玛萨拉酱拌嫩牛肉和鹅肝、烤螯虾——这些到底是什么？等伊都子回过神来，才发觉几乎在跟菜单对话的自己很奇怪。

"我就要一个戈尔贡佐拉奶酪通心粉好了。"伊都子笑着说。

“啊？今天可是庆功餐呢。我不是在电话里跟你说了吗，咱们一起喝个高兴，吃个痛快。这家店可是很难预约的。”

伊都子看着说话的恭市，再次提起面颊勉强微笑。她不知道除此之外自己还能做什么。服务员走了过来，恭市开始点菜。香槟上来后，伊都子保持着笑容，学恭市的样子举起了细长的酒杯。她感觉一切似乎都离自己很遥远，也很疑惑她为何感觉不到身处现实之中。前菜上来后，坐在对面的恭市好像微笑着说了什么。他的声音离伊都子越来越远，她完全听不明白。虽然不明白，却能配合着他的言语微笑，伊都子佩服自己有这奇怪的能力。恭市给她分了一份前菜，她准备吃一口，但感觉浇了绿色酱汁的章鱼肉一放进嘴里就反胃。

前菜撤下后，又上了意大利面。明明是在餐馆，伊都子却如同在内心做出重大决定一般告诉自己：这次一定要吃下去。她拿起了叉子。不知何时，香槟被换成了白葡萄酒。白葡萄酒哧溜一下顺畅地通过喉咙，这感觉让伊都子心安。恭市在看着她，他好像在问什么，她必须要回答。“对啊。”伊都子莞尔一笑，点了点头。恭市继续说着，似乎伊都子随口应答几句，也能合上谈话的逻辑。伊都子再次对此感到心安——从内心深处感到安定。

伊都子猛然想到：我还没有告诉这个人，我的母亲就要死了，我的母亲已几乎无法与人正常交流了，我还没有告诉他，我一直在一个人照看我生病的母亲。每次他问我怎么了，我都只回答我很累。我太过分了。如果我告诉他，诗集出版后我高兴不起来不是因为最终的成品并非自己想做的摄影集；没去摄影展也不是因为我任性地以为那只是个握手会的附属品；没出席庆功宴也不是因为宴会本身无趣至极——只是因为我已经没有心思做这些事了，如果我告诉他真相，他肯定会如释重负吧。这样，他也不用如此讨好我，也无须一个人长篇大论了。如果我向他坦白，一切都是由我母亲的病引起的，他一定会立刻沉下脸来，替我担忧的吧。我的行为让人难以捉摸这一谜团瞬间解开，他一定会松一口气，然后说一些话安慰我，比如，“虽然很辛苦，但你一定要加油啊”，“有什么我能帮忙的随时说”，等等。

我怎么可能会告诉你这些事。

伊都子心中突然蹦出的这句话，让她感到惊讶。她这才发现，原来自己是这么想的。“不想离开这个人，离开这个人之后我什么也做不了，什么也不想做。”“我怎么可能让你解脱？我怎么可能让你有机会担心我？我怎么可能让你如释重负？”——这两种互斥的想法，竟同时存在于伊都子的脑中。

还剩三分之一的意面被撤下，恭市点的主菜被端了上来。恭市的声音依旧模糊不清。酒杯也被换掉了，倒上了红葡萄酒，应该是恭市点的吧。甜品菜单正摊开来放在伊都子的面前，恭市应该也点过了吧。咦？难道是我自己想要点什么甜品吗？明明就坐在餐桌旁，可伊都子上一秒的记忆转瞬就变得混乱模糊。

伊都子瞧着恭市切分肉块时，突然抬起了头。崭新的记忆里，四处杂乱无章，支离破碎。在记忆的一角，突然出现一个闪闪发光的东西。伊都子定睛一看，那光亮在摇摇晃晃，慢慢变大。饭店的墙壁消失了，别的顾客消失了，恭市也消失了。微弱的光亮在伊都子面前悠然展开。

是海。海面沐浴着阳光，像一块透明的玻璃板那样闪着光亮。刚才母亲说想去海边时，伊都子在内心认定她想去的一定是自己不知道的某片海滨。与掏鸟窝的调皮小孩一样，与告诉母亲夏天住的房子被卖掉了的蝴蝶结男子一样，那片海也是只存在于母亲记忆中的东西。只是伊都子不知道那是母亲实际存在的记忆，还是她虚构出来的东西。不管怎样，伊都子觉得那些都是作为女儿的自己所不了解的记忆，所以听过就算了。伊都子太害怕了。她害怕母亲一直沉溺于自己独有的记忆和妄想中，所以只是随意附和了几句。但事实不是这样的。伊都子很肯定：夏天住的房子、松树还有其他的东西我不清楚，但海不一样，母亲口中的海我知道。

伊都子心中无比坚定，甚至话到嘴边就要脱口而出了。

伊都子站了起来。恭市抬头看着她。他好像在问什么。伊都子心里想，他应该在问我是不是要去厕所。伊都子朝恭市笑了笑，说：“我要回去了。”震惊的表情就像慢镜头一样逐渐显露在恭市的脸上。恭市开口讲话。他的声音依然模糊不清，伊都子没听清他说什么，径直走向餐馆门口。她感觉恭市似乎叫了自己的名字，但她没有回头。现在，她只想尽快将回忆到一半的光景一个人占有。她不想受任何人打扰，她只想一个人将这光景看个够。

伊都子打开门来到室外。车辆奔驰在行车道上，车灯鲜艳闪烁。巨大得似要遮住天空的招牌上，一名女模特正咧开嘴大笑不已。伊都子飞快地走在霓虹灯闪耀的热闹街市上。

那是伊都子九岁或十岁的时候，她和母亲住在英国，有一次旅行去了西班牙。她们从马德里入境，途经巴塞罗那，最后留在了靠近法国边境的一个小城。那里什么也没有，伊都子觉得无聊至极，但芙巳子似乎很中意，伊都子记得她们在那里比预期多停留了很长一段时间。那座城市似乎是某位知名画家的出生地，有座造型独特的美术馆，里面展出的是那位画家的作品。伊都子觉得那座建筑物很可怕，所以下定决心不靠近它。那座小城里，有许多嬉皮士一样打扮的男男女女。小城还有渔港，爬到小山丘的顶上，就能眺望大海。芙巳子每天都会步行去小山丘，画着拙劣的素描。伊都子经常被母亲丢在一边。如果发现芙巳子不见了，伊都子就沿着海边的道路，东一家西一间的店铺挨个寻找芙巳子的身影。坐在这些店里的，要么是嬉皮士打扮的男女，要么是正午就早已醉得不省人事的老人。店里的服务员或顾客中有人记住了伊都子的样貌，偶尔会给正在找妈妈的伊都子果汁、糖果或者油橄榄。人人都很热情，但伊都子厌恶他们。他们每个人身上都酒气熏天，酒的味道会让伊都子想起母亲不愉快时的样子。

那次旅行算不上舒服。芙巳子的行动比以往任何时候都更随心所欲，伊都子几乎把所有的时间都花在了寻找母亲上。那里既没有书店，也没有玩具店和蛋糕店，伊都子无法像母亲那样一言不发，安静地眺望大海、发呆。不过，若被问到她和母亲的哪一次旅行最舒服，伊都子也只能歪着头思考，怎么也想不出答案。

在餐馆里出现在伊都子脑海中的大海，如今在城市的夜色下依然没有消失，在伊都子眼前闪闪发光。往事的细节像被暴露在了阳光之下，逐渐清晰起来。当时，母女俩借住的是一间有着红色三角屋顶的小旅馆，推开窗就能看见大海。母亲穿着背心和短裤，搬了把椅子坐在阳台上晒太阳。幼小的伊都子站在她身旁，母亲跟她讲了与另一片海有关的故事。那一天，因为母亲在身边，伊都子只顾着高兴了，没有好好听母亲讲了什么。如今伊都子忘我地走在大街上，拼命想要找回当天的记忆。当时,母亲讲的应该是她小时候见过的一片海的故事:“我被我的母亲从遥远的外国抱了回来。回国的船里塞满了人,臭气熏天,当时我还是个孩子,我想,与其这样还不如死了。但是,有一天,当天空突然放晴时,我从母亲手臂的缝隙中看见了大海。大海晶莹透亮,有种令人难以置信的坚强品格。当时,我暗下决心:我才不要死,我一定要活下去。我那时刚懂事,竟然会有这么强的决心。我想,下船后,无论发生什么,都要坚强地活下去。就算和抱着我的母亲分离失散,我也要活下去。强悍的大海让我下定决心。怀上你之后,当我知道要独自抚养你长大,我就搬到一座靠海的城市住了下来。我决定和大海一起把即将出生的你抚养成人。你肯定不记得了,在你两岁之前,我们住的公寓推开窗就能看见海。不可思议吧,伊都子。当时妈妈咬紧牙关看到的大海,现在回想起来,竟然和这里的海一样平静安详。现在妈妈能回想起的,只有沐浴着阳光,恬静地闪着光芒的大海。”

幼小的伊都子站在晒太阳的母亲身旁,等着母亲的下一句话。虽然她并没听母亲在讲什么,但她相信只要母亲一直回忆一直组织语言,就不会离开自己去别的地方。

自那之后,伊都子也和母亲一起看过几次海。她们在英国、意大利,回日本后又在横滨、伊豆、新潟和濑户内一起看过海。但伊都子坚信,母亲几天前说想看的海,一定是西班牙那个孕育了画家的小城的海。

伊都子一路走着，她不知道自己身在何处。地铁站早就走过了，车灯依旧璀璨，霓虹灯也无止境地一路闪耀。抬头一看，色彩斑斓的霓虹灯就像浮在水面一样漂摇不定。它们渐渐歪斜扭曲，绽开的色彩融合在一起。伊都子发觉自己在流泪，但她没有擦拭泪水，依然迈开脚步向前走去。

海！给她看海！我要带她再去看一次海！这样一来，她一定会想，我要活下去，我才不要死。她一定会像孩提时那样坚定自己的信念——她可是草部芙巳子啊。活给你们看看！这才是我的母亲啊。

明明早已泪如雨下，伊都子内心却高兴得想笑。为什么我会相信通灵师和宗教教祖能够延长母亲的寿命呢？这些人根本做不到。他们根本无法左右草部芙巳子的人生。能够让草部芙巳子活下去的，只有她自己。

对，就是大海。就是要去大海。要给母亲看大海。伊都子并不认为，这么一来母亲就会像不死鸟一样恢复生机。但不可思议的是，一想到大海，她的心底就好像点亮了一束微弱的光。山重水复疑无路，柳暗花明又一村，这正是伊都子此刻的心情。刚才还不知道自己身在何处，现在已经没必要再去追究了，因为没必要再纠缠自己究竟从哪儿来，正走向哪里。电车、出租车伊都子都不想坐，她只想走路。伊都子觉得，只要一直走下去，她和母亲一起看过的那片海就会一直在她眼前。伊都子不顾一切地走在无数模糊的光芒中。

千鹤毫不客气地环视伊都子的屋子。麻友美曾经说，她的屋子已经乱到被电视台作为“不会收拾的女人”的典型来采访都不奇怪。其实也并没有那么夸张。的确，沙发靠背上挂着衣物，客厅餐桌上也密密麻麻地堆着许多文件、照片和信封，地板上散放着杂志和报纸，但杂乱程度没有千鹤想象中那样严重。她反倒觉得，这样适度的散乱，或许会让人居住起来更舒服。千鹤陷入苦涩的回忆中：前不久泰彦还说过，在她家客厅里静不下心来。

麻友美坐在单人沙发上，转动眼球扫视屋内。和千鹤眼神交汇后，她欲言又止。

“啤酒也有，不过我提前泡好了茶。”伊都子从厨房出来，将茶盘放在茶几上，小心翼翼地斟上红茶，“要是饿了，随时说啊，我点比萨。”

“没事。早饭吃得晚。”麻友美回答后，瞥了一眼千鹤。

“我也还不饿。”千鹤急忙说。

“啊，应该还有点心。你们等我一下。”伊都子斟好红茶后起身，从厨房拿出饼干盒和一大袋巧克力，一屁股坐在地板上，仔细地剥下包装袋。

“不用搞这些了，小伊。怎么了，发生什么事了吗？”麻友美焦急地问。

昨天，伊都子主动约千鹤和麻友美见面：“明天中午，我想请你们来我家。”伊都子的语气很果断，好像确定两个人不会拒绝。

“嗯，有件事我想请你们帮忙。”伊都子盘腿坐在地板上，抬头望着坐在沙发上的千鹤和麻友美。还没等千鹤追问具体什么事，伊都子自己就先说起来了。

“我想把我妈从医院里接出来，带她去看海。我记得麻友美你有车的，对吧？很大的一辆车。你能把车借我吗？然后，麻友美或者小千你们俩谁都行，能不能帮我开一下车？”

伊都子的声音充满无限的朝气，仿佛是在商量一起去野餐一样。千鹤目不转睛地盯着伊都子，她弄不明白伊都子究竟想说什么。

“太远的海不行，但是像台场那样假的海也不好，横滨的海又太小了。所以，我想去伊豆。去伊豆的话，不到三个小时应该就能到吧。听说我妈怀我时就住在伊豆，我出生后她也在那里住过一段时间，虽然我不记得了，好像是住在伊豆的下田再往南一点的地方。”

伊都子突然开心地笑了起来。千鹤不明白哪里好笑，只得困惑地点点头。

“正好现在她状况稍好，可以脱掉氧气面罩，输液也只需输营养液。我算过时间了，四个小时。一袋营养液输四个小时。因为是葡萄糖,所以就算输完了一时半会儿应该也没事儿，不过，为保险起见，我还是会多偷一袋出来。我知道怎么换输液袋，你们不用担心。我天天都看着呢，不可能不会。”

伊都子又笑了。伊都子的话，千鹤还是一知半解。

麻友美插了句嘴:“等一下，你说偷一袋出来，为什么要偷啊?”

“嗯，就是，我想偷偷地把我妈带出来，所以想请你们帮忙。”伊都子笑了，她那欢欣雀跃的表情好像考试得满分的孩子在昂首挺胸地炫耀一样。

“偷偷地？怎么偷偷地？很危险吧，万一发生什么事怎么办？去医院申请外出留宿不行吗？”千鹤不由自主地从沙发探出身子说道。她完全搞不懂伊都子到底在想什么。

“嗯，但是……”伊都子微笑不已，她接下来说的话，时而逻辑颠倒，时而省略要点，千鹤和麻友美不得不经常穿插着提问。到达伊都子家一个小时后，千鹤才终于理解了伊都子究竟想做什么，以及为什么她会把自己和麻友美叫到这里来。

伊都子的母亲任何时候都可能病情恶化，死去。医生说，就算她能保持现在的状态，应该也撑不过一个月。医生还说，如果伊都子想让病人居家疗养，院方也能安排，不过癌细胞已经扩散到骨骼了，病人一旦跌倒就非常容易骨折，相当危险，希望家属做好准备。因此，伊都子申请了继续住院治疗。外出留宿或许能申请成功，可是万一申请不成功，她就没有机会带母亲去看海了，而且时间也来不及。如果今明两天不实施计划的话，母亲随时都有可能断气。所以，伊都子制订了这个趁凌晨零点半至两点期间护士人数较少时，悄悄将母亲带出来的计划。

伊都子的话前后不连贯、飘忽不定，不过随着她计划的轮廓渐渐清晰，千鹤觉得伊都子这计划愚蠢至极。她能明白伊都子的心情，但这个计划也太疯狂了。即便伊都子无论如何都想带母亲去看海，也要获得医院的同意，或者请求护士一同前往……

想到这里，千鹤突然心里一惊：原来是这样！伊都子不想让除我们以外的任何人卷进来。她绝对不想让护士或者其他任何人来帮忙。如果可以，她甚至想一个人做这件事。但是，她一个人做不到，所以才叫了我和麻友美来。如果我和麻友美拒绝，伊都子肯定会一个人想方设法把母亲带到伊豆去。推着轮椅，换乘电车，即便这样，她也一定会做到底。伊都子肯定下定决心了。

不可思议的是，意识到这一点后，千鹤的情绪也渐渐高涨起来。

“麻友美的车是沃尔沃的小轿车吧，轮椅可以折叠起来放进后备箱，输液的东西怎么办呢？怎么固定呢？”等到千鹤回过神来，她已经探出身子对伊都子说了这几句话。麻友美不安地看着千鹤。

“输液杆的高度是可以调节的，把它调低放到副驾驶座就好了，或者放后备箱，然后牵一根导管过来，这样也是可以的。”

“或者，不用麻友美的车，租一辆大一点的面包车？这样她就能躺下了。”

“最好提前查医院。”麻友美狠下心开口了。千鹤看了看麻友美。“提前将去伊豆的路上即刻能就医的医院标记好。万一走到半路，小伊母亲的身体状况急转直下，也不至于束手无策。尽量找大医院。”

千鹤想，啊，麻友美应该也明白了。这件事是伊都子，同时也是我和麻友美无论如何都要做成的事。麻友美和我一样，也明白了。

“那么，什么时候去？”千鹤问。

“越快越好。但……大家应该都有别的安排吧？”

“明天如何？”麻友美看了看千鹤，又瞧了瞧伊都子。

明天是千鹤的个展揭幕的日子。下午四点，承办外包酒席的人来布置会场，下午五点半，派对正式开始。到时候千鹤需要上台致辞。泰彦兴高采烈地说过，揭幕当天要喝个痛快，他还预约了二次聚会[1]的地方。为了明天的仪式，千鹤两周前就已买好了礼服，首饰和鞋子也都提前买好、搭配好了。

千鹤脑中模模糊糊地浮现出泰彦画廊中陈列的那些画作。男人的脸，女人的脸，还有风景。一开始，我想让丈夫对我刮目相看。我想对丈夫说，你看，我一个人也能做得这么出色。我想让自己从轻视自我的泥沼中抽身出来。但我还是没能回答泰彦的那个问题——“画画究竟是为了什么。”泰彦说，要像在限时特卖会上抢购商品那样去画画，虽然我没太明白，但还是尝试按他说的那样思考和作画。画啊，画啊，一直画下去。好像在锻炼肌肉一样，我一直在画画。那段时间充实极了，但我还是没明白自己画画究竟是为了什么。我去见了丈夫的情人，如我自己期望的那样，精神受到了极大的摧残，悲惨至极。即便这样，我也还是没能往前迈一步。

“就明天吧。凌晨出发的话，准确地说，应该算是后天吧。”千鹤听着自己的声音——这个声音是郑重的。

我想通过画画，让自己变强——千鹤反复听着回荡在自己耳边的声音——我终于明白了，原来我是想让自己变强啊。

千鹤想到了曾经哭泣着说讨厌母亲的伊都子。如今，伊

1 在日本餐饮聚会文化中，首次正式的聚会结束后，全部或部分聚会成员通常会换个地方再次聚会。

都了却像在商量一起去野餐一样，愉悦地说着去海边的话题。千鹤觉得，伊都子已经在不知不觉间收获了千鹤一直企盼的坚强。

伊都子突然说："感觉很像咱们那时候。"

"什么那时候？"

"以前我们一起在伊豆高原策划组乐队来着，不是吗？当时好像看了个什么电视节目。"

"还写了歌，设计了登台的服饰。"

"那时我们可认真了。"

"大家一起边哼歌边去买东西。那超市那么远。"

在伊都子母亲的病情这么重的情况下，三人还在回忆过往，确实有些不妥当，但她们就是停不下来。顺着伊都子和麻友美的话，千鹤脑中浮现出从前的光景：当时，三人闹哄哄地做了饭，去森林里散步。千鹤在素描簿上画了好几套服饰，她们还一起模拟了记者采访，一起翻来覆去笑个不停。后来又买了啤酒，战战兢兢地喝下肚。那时，她们觉得自己什么都能做，她们相信，想要的东西，只要她们想到就立马可以获得。

"一旦想要做什么，从想的那个时间点开始，事情就已经开始了，对吧？"伊都子小声嘀咕着，然后把空杯子放回了托盘中。

“什么？你在说什么？”麻友美问。

“我说，当我们在内心决定要成为某种人时，从萌发这一想法开始，就已经在成为这种人的路上了。”伊都子说完，端起托盘走向厨房。

“听不懂。”麻友美说着，拿起伊都子撕开了包装后放在一旁的饼干盒。她皱了皱眉头，说：“哎呀，这东西过了最佳食用期限了。”

“没事的，有什么关系。”千鹤从麻友美手中夺过盒子，揭开盖子后挑了一个放进嘴里，甜中带咸的味道在她口中扩散开来。

东名高速厚木出口前的路段以及之后的小田原厚木道路都很顺畅。她们沿着国道135线一路下行，经过热海。左边宽广的大海陷入黑暗之中，好似一个巨大的黑洞。昏暗的车厢里小声地放着音乐。可能是怕自己开车走神，麻友美本来没开收音机，也没放音乐，专注地握着方向盘。可是，当车内的声音消失之后，几个人瞬时被静默包裹。麻友美忍受不了这沉闷的空气，于是放了张CD到车载播放器里。麻友美解释说这是瑞典摇滚，但坐在副驾驶座位上的千鹤觉得，加拿大摇滚也好，中国摇滚也罢，大家都无所谓。

芙巳子坐在后座上，靠在伊都子身上睡着了。上车时，芙巳子醒了，用与她衰弱外表极不相符的强势语气说了一句让人不明就里的话："你们又要拉着我到处跑吗？我说了我和那幅画已经没有任何关系了。"千鹤见状，吓得缩成一团。"不是的，妈妈，我们去海边，去看大海。"在伊都子的反复安抚下，芙巳子终于平静了下来。上高速时，芙巳子睡着了。千鹤偷偷瞄了好几眼，芙巳子睡着时痛苦地皱紧眉头，嘴巴微张。

"照这个速度，五点前应该能到吧。"麻友美在驾驶座上小声嘀咕。

"要是能看到日出就好了。"耳畔传来伊都子朝气蓬勃的声音。

不管怎么说，把芙巳子从医院中带出来的计划算是成功了。千鹤从个展后的二次聚会上提前离席，在医院的夜间入口处与伊都子会合。她晚礼服都没来得及换，披了一件外套就来了。千鹤和伊都子瞄准护士站内暂时空无一人的时机，推着坐在轮椅上的芙巳子走了出来。看到芙巳子的样子，千鹤内心动摇了。芙巳子和前不久见面时相比，已经完全判若两人，她原本瘦骨嶙峋的面庞现在变得肿胀不堪，让人感觉不到一丝丝活力。惺忪睡眼的一侧也蒙上了一层黄色的膜。可能伊都子比较在意母亲凌乱的头发，还给她戴了个帽子，只是这拥有宽广帽檐的帽子颜色过于鲜艳，与病人格格不入。看到如此羸弱的芙巳子用嘶哑的嗓音喊着让人不明所以的语句，千鹤感到了撕心裂肺的难过。发现麻友美的车后，她们把轮椅推过去，然后小心翼翼地把芙巳子从轮椅上移下，把输液袋从支撑杆上取下，暂时交由麻友美举着。等芙巳子上车后，她们再将输液杆缩短放进后备箱，用宽胶带固定好。

“妈，这样会不舒服吗？没事吧？”伊都子的声音稚嫩得像孩子一样。

“要去海边吗？能去海边吗？”芙巳子反问时，声音比伊都子的还要更稚气。

睡前，芙巳子吃了止痛药和安眠药，等她睡着后，千鹤才放下心来。现在唯一能做的，就是在尽量不吵醒芙巳子且不让她感觉到痛苦的状态下抵达伊豆。

麻友美按照伊都子的指引驾车抵达海边时，已是凌晨四点多。伊都子本想去弓之滨海滩，但麻友美说，回程时国道153线绝对会堵车，所以她们最后选择在比较靠北的今井滨迎接朝阳。

麻友美把车停在海边的道路上，熄火之后，车内瞬间无比寂静，芙巳子的鼾声变得非常大声。麻友美和伊都子默不作声，千鹤也紧闭双唇，默默计算着芙巳子打鼾的频率。

海平面逐渐变红，橙色的太阳像是在燃烧一样，从海对面露出头来，看得人有一种火辣辣的感觉。伊都子默默下车，取出轮椅。麻友美和千鹤也下车，帮助伊都子将芙巳子从车上转移到轮椅上。坐上轮椅的芙巳子微微张开眼睛，小声呢喃：“小伊，是大海。”

“对，是大海。妈，一会儿我就去买蜗牛面包和牛奶咖啡。”

“大海。”芙巳子嘟囔着。

伊都子推着轮椅走到海滩最深处离海最近的地方，她不停地与母亲交谈着。千鹤拿着输液杆，跟在她们身后。不一会儿，她悄悄地离开了。她站在麻友美身边，望着这对母女的背影。太阳越来越大，两人的轮廓沐浴着让人震撼的鲜艳色彩，闪闪发光。千鹤眯着眼，像在观看圣物一样，注视着面朝大海的两个人。

在千鹤心中，一股深切的充实感油然而生。我做了什么？我什么也没做。我只是坐在副驾上而已。但此刻在我心中澎湃着的这股充实感，比之前画了无数幅画都要浓烈深刻得多。

“我们做到了。”旁边的麻友美小声地说。

“嗯，我们做到了。”千鹤回应道。她很清楚，麻友美也有和自己相同的感触。

微风吹起了芙巳子头上戴着的宽檐帽。芙巳子和伊都子都毫不在意，继续专注地看海。千鹤抬头看着艳丽的帽子在逐渐变蓝的空中起舞，她觉得，这场景比自己的任何一幅画都要完美。

第八章

有人告诉千鹤她们，沿着河一直走就能到达海边。于是，她们三人就这样悠闲地溜达了起来。晴空万里，树木碧绿。水田对面稀稀拉拉的民居阳台上，鲤鱼旗似乎被主人忘记收起来，正迎风飘扬。

为什么要走去海边，千鹤并不明白。她觉得另外两个人应该也不明白,大家只是不想回东京而已。待做之事堆积如山。事实上，每次被伊都子问怎么去海边时，护士长都一脸迷茫。千鹤仿佛能听见她心里的声音——现在根本不是去看海的时候好吧?

距离她们擅自将草部芙巳子从医院带出来已经过去了三天。按照伊都子匆忙制订的计划，她们本该直接回东京，但车发动后没多久，芙巳子的身体状况就急转直下，呕吐出大量暗绿色的黏稠液体，呼吸也变得很艰难。虽然这在她们预料之中，而且她们也提前确认过沿途医院的地址，做好了预案，但还是慌慌张张地开车前往河津的医院。车辆超速的警告音响个不停，令人烦躁，千鹤已经记不起来她们是如何到达医院，又是如何为芙巳子办理了住院手续的。

这三天以来，伊都子自不必说，千鹤和麻友美也没回过家。麻友美给家里打电话说明了缘由，千鹤却没有联系寿士。她直接将手机关机了。

前天中午，医生找伊都子确认，是否可以给芙巳子用吗啡。就连从没照顾过病重亲友的千鹤和麻友美也明白这意味着什么。伊都子淡淡一笑，说“可以”。麻友美一下子哭出来了，千鹤急忙把她拉到走廊上呵斥道：“不能哭。小伊都没哭，我们怎么能哭。”让人惊讶的是，和制订去海边的计划时一样，伊都子既没有慌张，也不曾吵嚷，一直保持着开朗甚至是充满朝气的状态。

芙巳子始终昏睡不醒。偶尔她会发出痛苦的呻吟，但没有睁开过眼睛。三人轮换着睡觉和去医院食堂吃饭。她们让院方在病房内加了一张折叠床，伊都子在床上睡觉时，千鹤或者麻友美就悄无声息地在旁边照看芙巳子。伊都子醒着时，她们中的一个人就去休息室的沙发上打个盹儿。她们用水濡湿棉签，放入沉睡中的芙巳子微张的口中，以防她感觉干渴。芙巳子无意识地吐出暗绿色液体时，她们就用毛巾帮她擦拭干净。

千鹤突然非常想找个人说话，于是她走到休息室的角落，拿出手机开机。看到发光的屏幕时，她才意识到，自己想找的人不是寿士，也不是“某个人”，而是泰彦。她走到接打电话区，拨通了泰彦的手机号码。等候音响了几声后，泰彦接起了电话。

“我最近有急事，一时半会儿去不了你那里了，抱歉啊。”千鹤说。

“啊？没关系。你没事儿吧？遇到什么事情了吗？”泰彦的声音从容悠闲。

“没事。我以后再跟你联系。”说完，千鹤就挂断了电话。

只是这么一小段对话，就不可思议地让千鹤充满信心：没关系，我可以渡过难关。不管发生什么，我们都可以渡过难关。千鹤再次将手机关机，紧握手中，回到芙巳子的病房中。

昨晚，别的病房里来看望病人的客人们都回去之后，晚饭的香味还飘在空中，这时芙巳子微微睁开了眼睛。千鹤、麻友美和伊都子刚巧都醒着，坐在病床周围。麻友美嘟囔了一句“眼睛睁开了”，大家齐刷刷地看向芙巳子。芙巳子转动着她那蒙了一层黄色薄膜的眼睛，挨个看了一圈伊都子、千鹤和麻友美，最后目光落在伊都子身上。“没事的。”她低吟一般说着，“我一个人也没关系的。”芙巳子用沙哑的嗓音补了一句，再次将视线转向千鹤和麻友美，“所以，你也一样。”

芙巳子有气无力，强撑着说完后，闭上了眼。那以后，她的眼睑再也没有张开过。十点刚过，医生来到病房，告知三人芙巳子的体温和血压在下降，希望她们做好心理准备。

早上五点多，芙巳子断气了。医生宣告她已死亡。伊都子被护士催促着用湿润的纱布濡湿芙巳子的嘴。之后，三人和护士一起将芙巳子的身体擦拭干净，换上在医院的小卖部买的睡衣，为她整理好遗容。伊都子没哭。麻友美使劲儿忍住不哭出声，肩膀一直在抽搐发抖。

三人一起和护士以及与医院合作的丧葬公司商量后续安排，最终决定今天就将芙巳子的遗体运回东京。待办之事堆积如山，伊都子必须安排葬礼的程序，千鹤也准备尽可能提供帮助。谁都知道，现在要争分夺秒地安排灵车，回东京去，但是，当伊都子去护士站问“怎么去海边”时，千鹤和麻友美都理所当然般等待着护士长的回答。

于是，现在，在晨间澄澈空气的包裹下，三人朝海边走去。骑自行车的老人超过了她们，背着小书包的孩子们从前方跑过来，目不转睛地盯着千鹤三人，然后又从她们的身后跑远。

“这棵是樱花树吧。要是樱花都开了，应该很壮观呢。”伊都子抬头看着河岸边的树木，不紧不慢地说。

千鹤觉得很不可思议。她明明睡眠不足，且最后一次进食是在昨天傍晚，吃的还是医院小卖部的甜面包，但现在她感觉身体轻盈无比，甚至就这样走回东京都不成问题。而且她相信，走在前面的伊都子和麻友美也是同样的感觉。

“啊，大海。”麻友美突然大声喊叫着，奔跑起来。伊都子一晃神，回过头，对着千鹤笑了笑，跑着追向麻友美。千鹤也跑了起来。河床变宽，河水直接注入海中。女人牵着狗在海边散步。三人穿过沿着海边修建的车道，直接冲进沙滩。千鹤的肩膀上下抽动，大口喘着粗气跑步超过她们，直至快碰到海水才停下来。但她觉得就此停下有点意犹未尽，于是脱下鞋袜，大步流星朝着拍打岸边的白浪走去。千鹤的脚一接触到海水，就感觉海水异常冰凉，她尖叫着迅速后退。伊都子和麻友美站在沙滩上，一起笑出声来。

千鹤站在海边往回看，伊都子和麻友美互相扶着对方的手臂，笑得前仰后合。晨间干爽的阳光照耀着沉浸在笑声中的两人，短小的影子缠绕在她们的脚底，翩翩起舞。她们的面容都因睡眠不足而苍白浮肿，眼睑下方也有明显的乌青，头发散乱不堪。即便这样，在千鹤看来，她们和高中时也没有一点点改变。准确地说，她们拥有的纯净与澄澈没有被时光消磨殆尽。

千鹤光脚朝她们跑过去，她拽住伊都子的手把她往海里拉。伊都子惊叫着，但还是被拉了过来。麻友美也跟着起哄，推着伊都子的背。千鹤已经忘掉脚底的冰凉，使劲把她往海里拉。伊都子吱吱呀呀地大叫着，运动鞋也没脱就踏进了海水中，牛仔裤眼看着被打湿变黑。麻友美一屁股坐在沙滩上，大笑不止。伊都子惊叫道:“好冷！不敢相信!”千鹤也大笑着，脚踝以下都泡在海水中。

“我一个人也没关系的，所以，你也一样。”千鹤一边笑一边思考芙巳子这句话究竟是对谁说的。她知道我们各自的情况吗？还是说，这句话她只是对伊都子说的？又或者，她是对另一个不在场的其他人说的？不过，说这句话时的芙巳子，千鹤不觉得她是伊都子的母亲。她不是谁的母亲，也不是我的熟人，说她是神可能有点言过其实，但她至少是借了人的身体出现在我们面前的那种类似命运的东西。命运没有对着别人，而是对着我，坦诚地说了那一番话——“哪怕孤身一人，你也没问题。”

清脆的笑声响彻半空。被拉到水中的伊都子倒在沙滩上，笑得捧起肚子，双腿吧嗒吧嗒扑腾个不停。千鹤也从海里走了上来，仰面躺在沙滩上，耳畔传来自己急促的呼吸声。

“我打电话联系了东京的医院，他们勃然大怒。也对，如果我没有把母亲带出来，她应该能多活一阵子吧。”伊都子躺在沙滩上说。麻友美和千鹤都收起了笑容，看着伊都子。伊都子面带微笑仰望天空。

“对于我妈，我究竟是喜欢还是讨厌，其实我到现在也不知道。不过，我已经决定，不管是喜欢也好，讨厌也罢，为了这个女人，我要做我应该做的事情。现在，该做的我都做到了。”说完这些之后，伊都子果断地站了起来。沙子被风吹得哗啦啦四处飘散。伊都子看着躺在沙滩上的麻友美和千鹤，笑着说："谢谢。多亏了你们，我才有机会与母亲以我和她独有的方式告别。”

伊都子好像演唱完一首歌曲那样，深深鞠了一躬。然后，她转身迈步走开了。千鹤和麻友美也缓缓地站起来，拍打掉身上的沙子，跟在伊都子身后。

伊都子走在最前面，三人步履沉重地原路返回。伊都子的牛仔裤湿透了，沾满了沙子，麻友美的衣服和头发上也都是沙子。至于千鹤，她两手提着鞋子和袜子，光脚走在路上。千鹤想，这应该就是伊都子想要的葬礼了。伊都子以她独有的方式，送走了她强烈爱过又强烈恨过的母亲。回到东京后，伊都子会独自为“草部芙巳子”办一场风风光光的葬礼。

草部芙巳子的葬礼在东京青山的某家殡仪馆内隆重举行。在伊都子的恳求下，千鹤和麻友美也坐在了亲人席上。亲人席上只有她们三人。出席葬礼的几乎都是千鹤不认识的人。依照伊都子的意愿，葬礼以无宗教的形式举行，宽阔的场地内播放着千鹤没听过的歌曲。人们排起长队，挨个献花，他们向伊都子鞠躬时，千鹤和麻友美也学着伊都子的样子低下头。

千鹤扭头看了看，芙巳子巨大的照片装点在侧。照片周围点缀着许多颜色鲜艳的花朵，有大丽菊、百合、兰花和小苍兰，鲜艳到与葬礼格格不入。照片上，芙巳子留着短发，发色是近似金色的茶褐色，几乎素颜。她虽然正咧嘴大笑，但眼神锋利地看向这边。

这张照片不知是何时照的，却与近二十年前千鹤见到的伊都子母亲的模样相同。高二暑假前，千鹤她们被校方告知受到了退学处分，家长中唯一支持她们的就是伊都子的母亲。学生和家长一起被老师叫到学校时，芙巳子坐在会议室内，若无其事地抽着烟，醉酒般欢快地笑着说："我真没想到，这几个孩子能做得这么棒。"见千鹤和麻友美的父母以及老师们都眉头紧锁，芙巳子笑得更开心了："这几个孩子现在正掌握着自己的人生，她们那魅力无穷的人生，你们这样下三烂的学校想用下三烂的制度来阻止她们，你们做得到吗？你们这些人没有资格也没有能力，夺走属于这几个孩子的任何东西。"

千鹤回想起来，最开始说要报名参加乐队比赛的正是伊都子，吵着干脆不上学了的也是伊都子。当时，只有伊都子有着明确的信念。千鹤和麻友美对一反常态语气坚定的伊都子给予了极大的信赖，也相信靠她们三人的力量能够拼出一番天地。

现在，千鹤才发现:原来伊都子当时是想获得母亲的表扬，她陶醉在母亲的那句“这几个孩子能做得这么棒”中。结果，我和麻友美也相信了，相信今后我们会像芙巳子说的那样，拥有充满无限魅力的精彩人生。我们都相信芙巳子说的是对的，相信着，并最终兴奋、激动起来。

千鹤一边朝着来献花的陌生人鞠躬，一边思考：然而，我们是否真的拥有了那充满魅力的精彩人生呢？或者说，能够被断定为我们自己人生的东西是否存在？就算存在，那么，它又是不是真的“充满了无限魅力”呢？

千鹤再次瞥了一眼照片中芙巳子微笑的样子，重新调整了一下自己的姿势。献花的队伍仿佛没有尽头。这首曲子终了，另一首曲子又响起。花香满室，味道甚至有些呛人。

芙巳子曾经把自己的病房装点得华丽又鲜艳，让人感觉不到病房的气息。她把窗帘和床罩都换成自己喜欢的样式，往白色的墙壁上贴海报，给床头装饰鲜花，但最终，她在一家小医院的空落落的标准病房内咽下了最后一口气。那间病房里，属于芙巳子的东西除了她身上穿的睡衣再无他物——就连那件睡衣，最终也被换成了医院小卖部的便宜货。我行我素活了一辈子的芙巳子，唯独在离世时没能主宰命运。不过，如果我们各自拥有自己的人生，那也一定和她一样吧。不能事事称心如意，握在手里的东西也都转瞬即逝。

“没关系的。”芙巳子沙哑的嗓音回荡在千鹤的耳畔。对啊，芙巳子这么说过。她说过，就算是这样也没关系。她说过，就算身无长物，就算孤身一人，我们也无须畏惧。

献花结束，一名连千鹤都叫得出名字的老作家开始致悼词，现场的抽泣声此起彼伏。接着，另一名老翻译家继续致悼词。主持人用庄重的语气朗读吊唁信，抽泣声像水一样漫延，淹没了整个现场。千鹤看向伊都子，伊都子没有哭。她伸长脖子，抬高下颚，定定地望着花团锦簇下的芙巳子。芙巳子的嘴角依旧浮现着笑意。千鹤陶醉了，眼神无法从那充满威严的侧脸上挪开。

画画到一半，千鹤抬起头，看向窗外。透过屋内的窗户，只能看到旁边楼房灰色的墙壁。千鹤将素描簿放在桌上，打开电脑，走向厨房。说是厨房，其实就是在八块榻榻米大小的西式房间之外的另一个两块榻榻米大小的小空间而已。煤气灶只有一个，千鹤把水壶放上去点燃火，再将速溶咖啡的粉末倒入马克杯中。

四个月前，千鹤搬到了这里。当时还是梅雨季节。芙巳子的葬礼结束后，千鹤回到家，坐在客厅餐桌边等待寿士。他回来后，千鹤静静地将写有自己名字的离婚申请书放到桌上，说："差不多是时候了吧。"

我和你敷衍着过了这么久，不过，我想我们应该都知道，我们没有再一起住在这里的理由了——没说出口的这句话，寿士是否明白，千鹤无从知晓。

第二天，寿士难以启齿一般说道："如果你希望这样的话，那就这么办吧。"寿士的话竟然只能说到这个份上。不过，千鹤对此既不怨恨也不惊讶。她只觉得，从前我很需要这个人，但如今我已经不需要了。

正式离婚后，千鹤搬到了这套月租八万九千日元的轻型钢结构公寓中。押金和礼金都是寿士出的，虽然他没说，但千鹤觉得这应该算是抚恤金了吧。千鹤没有正式向寿士提抚恤金的要求。她虽然有些积蓄，但迟早会见底。插画的工作在照常做，但仅靠这些不足以支撑生计。两个月前，千鹤开始打零工，在一家英语口语培训班做前台接待。

二十多岁时，千鹤害怕过现在这样的生活：一个人住在狭小的房屋内，为收入和支出苦恼，半夜三更喝着速溶咖啡，被不安的情绪压得喘不过气。于是，她选择了结婚。她觉得，过上没有不安也没有恐惧的日子才是自己的人生该有的样貌。如今，和年轻时的她所畏惧的一样，她怀抱着不安生活，甚至对不确定的未来有些微的恐惧。但是，现在这个在昏暗的厨房内啜饮着速溶咖啡的千鹤，心里也充满着满足感。她感觉自己终于得到了只属于自己的，不被他人意见左右的，不用害怕失去的东西了。千鹤觉得，就连现在空气中漠然飘浮着的不安情绪，也都只属于她自己。

千鹤端起马克杯，回到靠窗的桌边。她点开邮箱一看，收到了两封邮件，是伊都子和麻友美发来的。两个人都说想取消下周的会面。

> 最近好吗？新生活还顺利吗？下周午餐会的事，实在抱歉，明明是我提议的，但我去不了了。本想着下周直接告诉你们的，其实现在已经是第十周了。啊，我这么说，小千你也不懂是吧。（笑）就是小宝宝啊，我怀上第二胎了。这次孕吐比怀露娜的时候还要严重，所以我想在身体稳定下来之前还是好好待在家比较好。我还想跟你们说好多事呢……有空的话，来我家玩啊。替我向小伊问好。

这是麻友美邮件的内容。千鹤读着文字，面露微笑。经常说高中时期是自己人生巅峰的麻友美，又要将新的生命带到这个世界上来了。千鹤强烈地感觉到，她之所以下定决心要这么做，一定与那次大海之行有很大关系。千鹤觉得，那天，麻友美看见母女俩一同眺望大海的画面之后，内心应该产生了与别人不同的、仅属于麻友美的感触。比如，父母与子女之间的感情是友情和爱情都无法取代的。

晚上好。最近还好吗？下周的聚会，我可能去不了了。前段时间我跟你提过，我准备去旅行。两周前我一直在等航班有人退票，现在终于等到了。这段时间我得准备出国的事，所以不好意思，聚会我应该没法去了。等我在那边稳定下来之后，我再联系你。务必替我向麻友美问好。

这是伊都子邮件的内容。大概一个月前，伊都子在电话里说她准备去西班牙。千鹤问她是不是又要去拍照，伊都子说，她不会再像以前那样拍东西了。“我要去五月那天真正想给母亲看的那片海。我不会再为了谁而拍照片了。因为母亲已经不在这个世上了。”伊都子在电话那头说。

千鹤点击回复键，崭新的页面出现在面前。开始打字前，千鹤抬起了头。窗外是灰色的墙壁。千鹤漫不经心地看着那面墙壁，心想，我们应该暂时不会再像以前那样聚在一起了——与其说是心想，不如说是明白了——千鹤明白，一边思考着该说什么不该说什么一边前往约会地点，然后在午后的餐馆中，面对面汇报各自的近况，这样的事应该不会再发生了。即便有，也是等大家都上了年纪，在很遥远的未来才会发生的事了。

因为我们现在终于找到了各自前进的方向。就像在没有月光的夜晚，不惧大海的黑暗奋勇前行的船舶一样，我们各自扬帆起航了。

明白了。咱们的饭局就无限延期吧。以后，可能是很遥远的以后，我们再一起聚会吃饭吧。我很期待那时候的到来。我们一起加油。

千鹤打完字后，在抄送栏粘贴上伊都子和麻友美的邮箱地址，发送了出去。

千鹤站了起来，拉上了窗帘。灰色的墙壁消失了。千鹤的脑中浮现出上了年纪的三人围坐在饭店的餐桌旁，七嘴八舌聊天吃饭时的场景。阳光洒在露台座椅上，温和的风吹拂着桌布的下摆，三人像孩提时那样，伸手去够另一个人面前的菜，再品评菜的味道，还会苦恼要点什么甜品。那时，她们谈论的一定不是过去登台演唱的经历，不是那属于别人的过去，而是那个夜晚大家不顾一切一起带伊都子的母亲去海边的故事，而是三人沉默地注视过的朝阳以及朝阳映照下的银色大海。

“去泡个澡吧。”

千鹤小声地自言自语。然后，她关掉了电脑，随心哼着小曲儿，走向洗漱间。千鹤觉得，此刻伊都子和麻友美应该也在哼着同样的歌曲，忙着各自的事情。三人的微弱歌声重叠在一起，飞舞在夜空之中。

后记

2017年年末，我在工作地大扫除时，发现了一份校对稿。所谓校对稿，就是将稿件暂时先打印出来，校对者可以在上面用红笔修正，作者自己也会用红笔在上面修改。然而，这份校对稿上没有任何朱批，还是完全崭新的状态。

看样子应该是部小说，标题都取好了，但是我完全没有印象。也有可能有人拜托我写过书评——确实有这样的情况，在图书正式出版前，先阅读校对稿，然后写一些感想。但是，如果我写过感想，至少应该记得一些内容才对。

我在网上输入小说的标题检索了一下，没有发现任何相关信息。也就是说，这部小说并未出版。嗯，所以，这到底是什么东西呢？

实在太让我摸不着头脑了，于是我在社交媒体上发布了这样一条感慨："突然出现了一份我完全没有印象的校对稿，太可怕了。"让我惊讶的是，作家宫下奈都女士看了之后给我回信，她说："是不是在《VERY》杂志上连载的小说啊？"

我那遥远的记忆终于苏醒了。我的确在那本杂志上连载过。连载结束后，我觉得这部小说不行，于是跟编辑说，想对小说进行全面修改，找编辑要了校对稿。那段时间是我最忙的时候，一个月有三十多份稿子要赶。在前仆后继的稿子大战中，这份校对稿就在我未来得及经手的状况下，悄悄沉到了我的记忆深处。

编辑重新与我商定出版之后，我重读了一遍这部小说。然后我发现，我改不了——不是说无可挑剔，无须改动，更贴切的形容应该是，"我已经无法插手了"。

小说的时间背景设定在2004—2005年。小说里出场的女性们都在三十五岁左右，曾是初中同班同学。她们有幼稚之处，也很可怜，甚至还有些蠢，如今她们已经快五十岁了。也就是说，我感觉她们在一个与我无关的地方，以她们自己的身份生活着。作为一个比她们年长很多的人，我没有办法去修改这样几个与我无关的人的某个人生阶段。

如果非要改，那就得全部重写。要从令和时代的现在倒回去写她们的"现在"。这么一来，她们三人就已经不是她们自己了。

这种感觉很不可思议。我在写作时，从来没有遇到过书中的主人公擅自行动、推进剧情的情况。一直以来，我总是处心积虑、绞尽脑汁地让主人公们按照我的意志行动。所以，这种主人公在一个与我无关的平行世界生活的状况，我一次也没感受过。而且,我经常在连载结束后对自己的小说不满意，拿回来重新修改。但是，为什么单单这部小说，我完全无法插手了呢?

理由之一在于,时间过去太久了。如果连载刚结束没多久，她们还只是我创作的文字中的主人公，她们依然能够按照我的意志做出改变。但随着时间流逝，我的年岁日益增长，我随时都会面对人生中完全不同的场景。她们也一样。

我第一次感觉到小说像个有生命的物体。作者写完小说后，松开手的那一刹那，小说就拥有了自己的意志。这意志不一定与作者的意志相同，或许，与作者意志不同的情况反而更多。拥有不同意志的生物离开自己时,写作者除了安静目送，别无他法。或许有人会反驳道，我说这些只是在为小说的无趣找借口，逃避责任。但我想说的并不是这个意思。小说若写得无趣，身为作者，完全应该由我来负责任。但是，小说的意志并非有趣或者无趣，或者应该这么说，不管小说有趣还是无趣，小说的意志都无可动摇地存在于那里，这才是我想表达的。或许这一点很难理解，但它就是我心之所想。

她们活到三十四五岁才终于开始面对自己的人生，现在已经五十岁的她们，过着怎样的日子呢？她们会和年轻人一样，熟练使用LINE以及其他社交软件吗？更年期以及身体上发生的变化，她们又是如何应对的呢？她们现在又面临着怎样的人生境况呢？我的内心闪过一个念头：未来我想继续写一写比我小几岁的她们“现在”的生活。

感谢各位读者能够阅读这部有如此特殊背景的小说，也感谢各位读者与她们仨相遇。

本书原载《VERY》2005年7月号至2007年6月号。原题为“银色夜里的船”，后改为现题。